KB126159

9클래스 소드 마스터

WISHBOOKS FUSION FANTASY STORY

이형석 퓨전 판타지 장편소설

 **19**

이형석 퓨전 판타지 장편소설

초판 1쇄 찍은 날 | 2020년 12월 18일
초판 1쇄 펴낸 날 | 2020년 12월 28일

지은이 | 이형석
펴낸이 | 예경원

기획 | 위시북스
편집책임 | 이은송
편집 | 위시북스

펴낸곳 | 예원북스
등록번호 | 제396-2012-000132호
등록일자 | 2012. 7. 25
KFN | 제1-578호

주소 | 경기도 고양시 일산동구 호수로 646-24 위너스21II빌딩 206A호 (우)10401
전화 | 031-819-9431 팩스 | 031-817-9432
E-mail | yewonbooks@naver.com

ⓒ이형석, 2019

ISBN 979-11-365-4808-5 04810
       979-11-6424-597-0 (set)

9클래스 소드 마스터

9

이형석 퓨전 판타지 장편소설

WISHBOOKS FUSION FANTASY STORY

19

[완결]

Wish Books

CONTENTS

Chapter 1   7

Chapter 2   55

Chapter 3   93

Chapter 4   131

Chapter 5   187

에필로그   217

외전   235

▶Chapter 1◀

"우리가 가세하지."

노인은 지팡이를 쥔 채로 날아올라 카릴의 옆에 서며 말했다. 그의 뒤를 따라 두 명의 신들 역시 주변에 착지했다.

"늦었군."

카릴은 그 한마디 이외에 달리 그들을 탓하지 않았다. 그들의 합류보다 눈앞에 있는 율라가 더 중요했기에 그녀에게서 시선을 떼지 않았기 때문이다.

"그에게 축복을 걸어주게."

노인이 뒤에 있는 네 명의 신 중 한 명에게 말했다. 지목된 신은 고개를 끄덕이고는 뭐라 주문을 외우기 시작했다.

룬어도 아니었고 인간의 언어는 더더욱 아니었다. 마치 오래된 노랫가락처럼 흥얼거리는 것처럼 들렸는데 그 음률이 끝나자 카릴의 주위에 연분홍색의 빛무리가 흩뿌려지듯 나타났다 사라졌다.

"이런 게 있었으면 진즉에 썼어야지."

상처는 그대로였지만 카릴은 자신의 마력이 빠른 속도로 회복되고 있음을 느꼈다. 정신도 맑아지는 기분이었는데 알 수 없는 고양감이 육체에 깃드는 기분이었다.

"쉽게 쓸 수 있는 것이라면 그랬겠지. 신의 힘은 마법과 다르다. 사제의 축복과도 본질적으로 다르지 단순히 상처를 치료하는 1차원적인 힘은 마법이나 사제를 통해 발현되는 신의 힘이지만 신이 쓰는 진짜 축복, 그 자체는 원래 그런 것이 아니야."

노인의 말대로 카릴은 엉망이 된 얼굴을 손등으로 쓱 문지르며 고개를 끄덕였다.

"직접적인 영향을 끼치는 것이 아니란 말이지. 회복은 그저 부수적인 것이야. 네가 비정상적인 회복력을 가진 육체이기 때문에 가능한 일이지. 게다가 그 운마저 이제는 다한 것이니 더 이상 축복을 기대할 순 없을 걸세."

"한 번이면 충분해."

카릴은 검을 잡고서 율라를 바라봤다.

"질 생각은 애초에 하지도 않았으니까."

"정녕…… 너희들 나를 배신하고 녀석의 편에 서겠다는 게로군."

"배신이라니. 율라, 오해로군. 차원을 관장하는 신들은 자신의 세계를 맡을 뿐 그 누구도 동맹을 맺고서 살아가지 않는걸."

"자기네들끼리 살기 위해 영혼 계약을 맺은 주제에 잘도 혀를 놀리는군?"

율라가 잡아먹을 듯이 노인을 노려보며 말했다. 하지만 그런 그녀의 분노에도 불구하고 노인은 그저 어깨를 으쓱할 뿐이었다.

"자, 끝을 내세나."

그는 마치 승리를 확실시하는 것처럼 감정 없이 말했다.

차앙--!!

율라가 갑주에 달린 붉은 검을 뽑았다. 지금까지 쓰지 않던 그 검을 뽑자 일대에 무거운 기류가 감돌았다.

"언제까지 지켜보고 있어야 하는 거지?"

토스카의 머리에서 내려와 전선의 후위로 돌아온 밀리아나가 신경질적으로 그에게 물었다.

[싸우고 싶은 마음은 이해하나 우리가 움직일 수 있는 상황은 아니다. 저들의 전투는 신의 영역. 네가 강한 것은 사실이나 저 틈바구니 안에 끼어들면 검을 뽑기도 전에 죽을 거다.]

"그럼? 우리는 또 그에게 모든 것을 떠넘겨야 하는 거야?"

밀리아나는 스스로가 못마땅한 듯 아랫입술을 깨물며 주먹을 쥐었다.

"이제는 짐이 되지 않으리라 맹세했는데……."

지금까지의 전투가 그러하듯 항상 어려운 일은 카릴이 도맡아 왔었지만, 인류의 미래를 건 마지막 전투까지 이렇게 관망하며 카릴이 자신들을 구해주길 기다리는 것은 그녀로서는 용납할 수 없는 일이었다.

"도대체 내가 기른 이 힘은 뭐지? 아무짝에도 쓸모가 없잖은가. 고작 구경하는 게 다란 말이야?"

[그를 도울 수 있는 방법이 하나 있긴 하다.]

그때였다. 화가 난 밀리아나에게 토스카는 조심스러운 목소리로 말했다.

"……뭐?"

[좀 전에 내가 네게 말했었지. 너는 좀 더 강해질 수 있다고.]

"당신이 말한 강함이 신과 견주어도 충분할 수 있는 강함이란 뜻이야?"

[목숨을 걸어야 하는 것은 매한가지다. 다만 적어도 저 영역 안으로 들어가 볼 수는 있겠지.]

"어떻게 하면 되는데?"

[대신 조건이 있다.]

"조건?"

밀리아나가 고개를 갸웃거리며 물었다.

[카릴의 전언(傳言)을 네게 남기겠다. 지금 당장 신살의 10인을 이 자리에 모두 소집하거라.]

그는 나지막한 목소리로 말했다.

[그는 혼자서 짊어지려고 하는 게 아냐. 누구보다 너희를 믿고 있다. 너희들은 그가 준비한 최후의 검이니까.]

그러고는 마치 마지막을 준비하는 것처럼 파렐을 바라봤다.

[이 앞은 산 자의 것이니.]

"끝을 내? 누구 마음대로. 균열에서 태어난 우리에게 끝이 무엇을 의미하는지 알 테지? 너희들이야말로 내가 만든 세계에서 끝을 내주마."

율라는 화가 치밀어 오르는 얼굴로 소리쳤다.

[꼭 그 애송이 여자를 보는 것 같군.]

"비올라?"

[그래. 세상 무서운 줄 모르고 콧대 높았던 녀석 말이야. 뭐…… 지금은 꽤 달라졌지만.]

카릴은 율라를 바라보며 쓴웃음을 지었다.

"율라. 넌 전투의 신이 아니로군."

그의 말에 율라의 얼굴이 굳어졌다.

"신에게 있어 검이란 도구가 과연 무슨 의미가 있을까 싶지만 아이러니하게도 이곳에 있는 모든 신은 저마다의 무구를 가지고 있다."

마치 인간처럼.

"하지만 다른 신들과 달리 검을 쥔 네 모습은 어색하기 짝이 없어. 네가 불안해한 이유를 알겠어. 신들이 돌아서는 것이 무엇보다 걱정되었겠지."

그러나 율라는 차가운 표정으로 그런 그를 향해 코웃음을 쳤다.

"네 말대로 나는 전투의 신은 아니다. 그런데 그게 뭐가 어떻지? 나는 누구들처럼 죽음이 두려워 인간에게 빌붙진 않아."

"마음에 드는군."

카릴은 동의를 하는 듯 고개를 끄덕였다.

"거리낌 없이 전력을 다해 널 죽여도 될 테니까."

"으아아아아아!!"

거침없는 기합 소리가 율라의 입에서 터져 나왔다. 그녀의 붉은 검에 불씨가 타오르며 등 뒤에 펼쳐진 빛의 날개 위로 날카로운 광선이 쏟아졌다.

"율라는 빛의 힘을 쓸 수 있네. 하지만 빛은 곧 어둠이니 조심하는 게 좋을걸세. 빛에 숨겨 어둠을 찌르는 것이 진짜 그녀의 수법이니까."

노인은 마치 과거의 그녀와 싸워본 적이 있는 것처럼 말했다.

"하긴, 너희는 과거에도 신좌를 두고 경합을 벌였을 테니까.

모두가 로드(Lord)에 의한 패배자들뿐이지만 말이야."

카릴의 차가운 말에 노인의 얼굴은 굳어졌지만 이내 곧 자신의 스태프를 쥔 채 주문을 외우기 시작했다.

"어딜……!!"

율라의 광선이 노인을 향해 쇄도했다. 카릴은 본능적으로 검을 뻗어 그 빛을 쳐냈다. 맹렬한 충격과 함께 전기에 감전된 것처럼 저릿한 느낌이 손목을 타고 전해졌다.

츠으으으으윽……!!

지진이 난 듯 땅에서 솟구친 율라의 마력이 카릴을 옥죄었다. 하지만 그가 율라를 견제하고 있는 덕분에 나머지 세 명의 신들은 자유로이 움직일 수 있었다.

화르륵……!!

노인의 지팡이에서 불꽃과 더불어 번개, 화염, 얼음, 바람의 칼날이 미친 듯이 율라를 향해 뿜어졌다. 2대 광야를 제외하고 모든 속성의 마력이 그의 지팡이에서부터 쏟아졌다.

[흐음, 저자는 원소 마법을 쓰는군.]

마법사라면 입이 쩍 벌어지는 광경일 테지만 알른 자비우스는 오히려 그런 노인을 조사하듯 살폈다.

[2대 광야의 마법을 쓰지 않는 것은 율라가 그 힘을 가지고 있기 때문인가? 흐음…….]

"율라!!"

남자가 쏜살같이 튀어나오며 양팔에 감겨 있는 건틀렛을 서로 마주하며 때렸다.

콰앙-!!

그러자 번쩍이는 빛이 일더니 그의 건틀렛이 칠흑처럼 검게 변했다.

부우웅……! 쾅!!

그가 뛰어올라 율라를 향해 주먹을 내지르자 검은 파편들이 마치 유리 조각처럼 가루가 되어 흩날렸고 가루는 다시 연기가 되어 율라를 덮쳤다.

스팡……!! 카가가가각--!!

쉴 새 없이 쏟아지는 남자의 권격 속에 숨어 있던 여인의 채찍이 뱀처럼 율라의 두 다리를 휘감았다.

"부질없는 짓을."

하지만 율라는 당황하지 않고 먼저 자신을 옭아맨 채찍을 끊어 냈다. 그러나 채찍을 베어낸 순간 마치 고무처럼 잘리지 않고 오히려 늘어나면서 율라의 두 팔을 휘감았다.

"내가 무슨 신인지 잊은 모양이지. 율라."

뱀 입술의 여인이 회심의 미소를 지으며 자신의 채찍을 있는 힘껏 잡아당겼다. 그러자 율라의 갑옷이 부식되는 것처럼 채찍이 닿은 자리에 새하얀 연기가 나며 지글거렸다.

"알지. 미천한 능력이면서 그 잘난 혀로 로드의 환심을 사 신좌에 오른 것은 모든 신들이 알고 있는 사실인 것을."

콰아아앙--!!

율라가 힘을 주자 뱀 여인의 채찍이 뜨겁게 달궈지며 녹아 내렸다.

[카릴. 보았느냐. 확실히 저들은 저마다 다른 능력을 가지고 있다. 그렇다는 것은 놈들은 다른 신이 가진 능력은 가질 수 없는 제약이 있다는 말일 터. 규율이라는 멋들어진 말로 꾸몄지만 결국은 자신을 위협할 수 있는 모든 요소를 배제하기 위함일 터.]

알른 자비우스는는 카릴에게 말했다.

[이로써 우리의 계획이 확실해졌다.]

맹렬한 전투 속에서도 두 사람은 그 다음 단계를 계획했다.

신살(神殺). 그것은 한순간도 방심해서는 안 될 미래를 건 싸움이지만 그렇다고 해서 현재의 전투에 눈이 팔려 앞을 생각지 않으면 안 된다.

"흐압!!"

지금 주먹을 내지르는 남자도.

"흡……!!"

채찍을 휘두르는 여인도 결국은 죽여야 할 상대. 사방이 적이니 그 누구도 믿지 말아야 하며 그 누구도 모르게 덫을 쳐놓아야 한다.

"……."

[저들은 대단하지만 서로가 서로의 영역을 침범하지 않도록 벽을 쳐두었다. 그 말은 곧 상성이라는 것이 존재할 수 있다는

뜻이지. 하지만 너는 어떻지?]

무색(無色). 그 어디에도 속하지 아니하며 그 어느 곳에도 속할 수 있는 그에게 있어서 무색이란 단순히 속성만을 의미하는 것이 아니었다.

검과 마법의 영역. 전생의 카릴은 오직 검의 길만을 걸었던 자였다. 그 덕분에 검성이라는 칭호와 함께 마력이 없음에도 불구하고 검의 최고위에 오를 수 있었다.

하지만 그것으로는 부족했다. 그렇기에 현생의 그는 용의 심장을 얻어 마력을 얻고 소드 마스터로서 새로운 검의 길을 구축했다.

카앙--!!

세 명의 신들이 만들어낸 빈틈 속을 파고든 카릴의 검날이 율라의 붉은 검과 마주했다.

"솔직히 네가 검을 쓰는 것에 조금 놀라웠다."

"그래, 네가 가장 잘하는 것이 검이라고 했지? 네 삶을 바쳐서 걸었던 검의 길을 내 검으로 처참히 무너뜨려 주마."

"흐음."

그때였다. 카릴이 폴세티아의 검의 손잡이를 버리며 순식간에 거리를 좁혀 율라의 품 안으로 파고들었다.

"……!!"

그가 그녀의 어깨를 움켜 잡았다.

우우우웅……!!

순간 그의 손바닥 아래에 빛이 뿜어져 나왔다.

"누가 내게 검뿐이랬지?"

율라의 말이 틀리진 않았다. 강대한 마력을 얻었지만 평생 마법을 써본 적 없던 그는 검을 통해 마력을 발휘하는 것 이외에 방법에 대해서 무지했다.

대마법사인 알른 역시 그의 전생을 알았기에 가장 먼저 검으로써 마법을 행하는 것을 가르친 것이기도 했다.

하지만 단순히 검이 주가 되고 마력이 그를 뒷받침하는 도구가 된다면 단순히 마력이 많다고 해서 대마법사의 영역에 도달했다고 볼 수 없었다. 대마법사의 칭호를 가지는 자는 오직 그만이 새로이 구축한 마법 체계가 있어야 했으니까.

9클래스의 영역. 백금룡의 심장을 얻고 난 이후 심장에 걸려 있던 금제를 올리번이 풀었을 때 카릴은 당당히 그 영역 안으로 들어서게 되었다.

신이 되고자 했던 백금룡이 남긴 최후의 마법이 그의 마력혈에 고스란히 담겨 있었기 때문이다.

"서, 설마……?!"

율라는 느껴지는 카릴의 마력에 당황한 듯 눈을 껌뻑였다.

백금룡의 창조마법(創造魔法).

그 순간. 율라의 어깨를 움켜진 카릴의 손바닥 아래에서 작은 빛무리가 그녀를 관통했다.

"크아아아악!!"

율라의 비명이 울려 퍼졌다. 빨려 들어갈 것 같은 고통과 함께 그녀의 어깨 부위가 뒤틀리면서 부서졌다.

아니, 소멸되었다고 해야 하는 것이 맞을 것이다.

"이, 이건 도대체 무슨 마법이지?"

세 번째 신인 노인은 카릴이 시전한 창조마법을 보며 믿을 수 없다는 듯 눈을 껌뻑였다.

"나르 디 마우그는 신좌의 꿈을 가진 자였다. 그의 레어 속에 있던 수많은 인종. 키메라라 불리는 합성체부터 라엘이라는 유사 인간까지. 녀석은 새로운 자신만의 피조물을 만들고자 했다. 왜일까."

카릴은 비틀거리는 율라를 향해 말했다.

"창조(創造). 오직 그것만이 신의 존재성을 나타내는 유일무이한 것이라 여겼기 때문이다."

백금룡의 레어에는 수많은 실험체가 있었다. 모두가 실패로 인한 시체들뿐이었지만 그 안에는 인간도 있었으며 엘프도 있었고 다른 유사 인종들까지 수많은 종족들이 존재했었다.

"하지만 녀석 역시 신의 피조물. 당연하게도 신력(神力)을 가지지 못했지. 그렇기에 신력 대신 마력과 정령력으로 그 빈자리를 대체해서 창조의 영역에 도달하려고 했었다."

실로 불완전한 실험이었다. 아무리 율라의 힘과 같은 빛의 힘을 가진 라시스의 힘을 기반으로 할지라도 새로운 것을 만드는 것은 극히 도박과도 같은 도전이었다.

수많은 실패는 그의 레어 속에 시체들에서 알 수 있었고 그는 자신의 해법을 다른 곳에서 찾았다.

　종족의 가능성.

　신에 도달할 수 있는 방법을 녀석은 아이러니하게도 자신이 아닌 실험체에서 찾으려 했던 것이다.

　때문에 더 많은 살생이 일어나게 되었고 녀석의 레어는 무덤을 방불케 할 정도로 인간, 엘프, 노움 할 것 없이 종족의 시체들이 즐비했다.

　"녀석은 자신이 탄생시킨 피조물들을 통해 신력을 얻을 수 있는 가능성을 찾고 그것을 통해 스스로를 변화시켜 신좌에 올리려 했다. 하지만 실패했지. 그러나 그 실패는 녀석이 내게 죽임을 당했기 때문이 아니야."

　휘이이이익……!!

　카릴이 손을 비틀어 손바닥을 위로 올리자 조금 전 율라를 공격했던 무형의 기운이 그에게로 다시 흡수되었다.

　"애초에 성공할 수 없는 실험이었지. 녀석은 대륙의 그 어떤 존재보다 오래 살아왔으나 그런 그자도 알지 못하는 게 있었어."

　우우우우웅…….

　카릴의 손바닥 위로 에메랄드빛 파편이 빠른 속도로 회전을 했다.

　"디멘션 스파이럴. 너희들이 말하는 신력(神力)의 근원. 신임을 증명하는 이 파편에서 신의 힘이 만들어진다는 것을 녀석은 알지 못했거든."

신의 축복을 받아 공격했을 때엔 잘린 팔이 쉽사리 나았던 것과 달리 지금 율라의 어깨에 난 상처 부위는 어쩐지 회복되지 않았다.

카릴은 그 모습을 보며 마치 확인을 하듯 고개를 끄덕였다.

"그럴 수밖에 없겠지. 녀석은 신의 존재 자체가 신의 힘을 가지고 태어났다 여겼으니까."

저벅- 저벅- 저벅-

그가 천천히 율라를 향해 걸어갔다.

"하지만 네놈들. 별거 아냐. 결국 너희들도 파편의 힘을 그저 빌려 쓰는 존재에 불과한 것이니까."

"네놈……!!"

율라의 얼굴이 일그러졌다.

"드래곤은 신의 힘을 쓸 수 없었다. 하지만 재밌게도 그의 연구 결과 중에 신의 힘을 쓸 수 있는 존재가 있었지. 라엘 스탈렌. 물론, 교단의 사제들도 축복을 쓸 수 있긴 하지만 엘프와 네피림의 혼혈인 그자가 쓰는 신의 힘은 달랐다."

쩌적…… 쩌저적…….

카릴의 반대쪽 손에 검은 기류가 나타났다. 어둠의 정령왕인 두아트의 힘이 응축되자 기류 안에서 익숙한 음산함이 느껴졌다. 타락(墮落)이었다.

"빛과 어둠. 신력과 타락. 축복과 흑마법. 각자 이름은 다르지만 맥락은 같다. 하지만 그 어떤 피조물도 이 두 개의 힘을 동시에 쓸 수 있는 자는 없었다. 라엘을 제외하고 말이야."

그의 말에 율라의 얼굴이 굳어졌다.

"율라. 네가 인류의 역사 동안 빛의 신으로 우리에게 숭배받았지만 네 본질은 빛만이 아닌 어둠도 함께라는 것을 이제 모두가 알지. 신의 어두운 이면의 증거가 타락이니까."

신이 존재하기 때문에 타락이 존재한다. 파렐에서 쏟아지는 타락은 인류를 위협했지만 실상 재해라 불리는 타락들은 결국 각각의 신이 불러낸 피조물들이었다.

"하지만 신의 축복과 함께 타락을 불러낼 수 있는 자가 바로 라엘이었다. 백금룡의 유일한 성공작이자 그가 자기 손으로 파괴한 비운의 작품이지."

"……뭐?"

율라의 반응을 봐서는 라엘의 존재를 알지 못하는 듯 보였다. 그 모습을 보며 카릴은 나르 디 마우그가 거대한 발로 라엘을 찍어 눌렀던 그 광경을 기억했다.

어쩔 수 없는 일이었을 것이다. 한순간의 실수라면 실수였지만 자신을 막기 위해 라엘이 타락의 힘을 쓸 것이라고는 백금룡도 예상치 못한 일이었으니까.

'하지만 망설임 없이 라엘을 죽인 것은 의외였지. 율라에게 자신의 실험을 들키지 않으려는 의도라고 보기엔 그 오랜 실패 속에 거둔 유일한 성공작을 제 손으로 없애 버렸으니까.'

처음에는 갑작스럽게 벌어진 일에 그냥 넘어갔지만 카릴은 이후 라엘의 죽음에 대해서 의문을 가졌었다.

그리고 내린 결론. 라엘을 아무렇지 않게 죽일 수 있었던 것은 더 이상 라엘이 필요하지 않기 때문이었다.

그녀를 토대로 나르 디 마우그는 빛의 힘과 동시에 타락의 어둠을 운용할 수 있는 방법을 발견했으니까.

하지만 그의 계획은 실행되지 못했다. 변수의 변수까지 생각했던 백금룡조차 절대로 예상하지 못한 일이 벌어졌기 때문이다.

'설마 놈이 내게 당할 거라고는 생각 못 했겠지.'

백금룡뿐만이 아닐 것이다.

그 누가 상상이라도 했겠는가. 대륙에 남아 있던 세 드래곤이 모두 인간에게 패한 것도 모자라 현존하는 드래곤의 정점이라 불리던 나르 디 마우그가 그의 손에 죽게 될 것을 말이다. 허무하다면 허무할 결말.

전생에 카릴을 과거로 보내게 하면서까지 이루려던 계획은 오히려 자신이 보낸 자로부터 실패하게 되었으니까.

"하지만 그 덕분에 나는 새로운 사실을 알게 되었지."

카릴은 율라를 바라봤다.

"엘프와 네피림의 혼혈인 라엘은 빛과 어둠 두 힘을 모두 쓸 수 있었다. 엘프와 네피림은 모두 신의 축복을 받은 종족이라 불리지. 하지만 그 둘은 극명한 차이점이 있다. 바로 지상과 하늘. 한쪽은 두 다리로 진흙탕을 구르고 다른 한쪽은 날개를 펄럭이지."

카릴은 차갑게 웃었다.

"고작 날개가 있고 없음의 차이라 할 수 있겠지만 너는 오직 자신과 같은 날개를 가진 종족만을 편애했어. 그렇기에 엘븐 하임이 멸망해도 그냥 뒀던 거지. 그리고 그건 인간 역시 마찬가지다. 교단의 사제들 역시 빛의 힘을 쓸 수 있으니까. 하지만 인간 역시 엑소디아의 희생물로 삼았지. 왜?"

우우우웅……!! 콰아아앙!!

카릴이 양손을 서로 포개었다.

"지상의 종족만이 어둠을 다룰 수 있으니까. 너는 그것을 용납할 수 없었던 것이지. 빛의 신으로 자신을 치장하던 네게 타락은 용납할 수 없는 찌꺼기라 생각하잖아."

그러자 그의 손바닥에 있던 디멘션 스파이럴과 타락의 힘이 서로 엉겨 붙기 시작했다. 율라를 비롯해 그곳에 있던 모든 신이 경악을 금치 못했다.

"머, 멈춰!!"

폭발할 것 같은 맹렬한 소용돌이가 카릴의 손바닥 안에서 일어났다.

"무슨 짓을……!!"

"상극의 두 힘을 합친다고?! 당장 그만둬!!"

"차원이 폭발할 수도 있단 말이다……!!"

신들은 다급하게 그의 주위에서 물러섰고 율라만이 그런

그의 모습을 보며 인상을 구겼다.

"정녕…… 내 세계를 망가뜨릴 작정이로구나."

"망가뜨려? 그건 네가 한 짓이고."

"감히……!!"

율라의 두 눈이 붉게 변했다.

[멈추지 못할까!!]

종족의 먹이 사슬 꼭대기에 있는 신이라는 존재가 절대적인 힘을 발휘할 수 있는 이유는 모든 생명체가 가지는 숭배일 것이다. 그것에는 여러 가지 이유가 있을 수 있겠지만 가장 큰 이유는 역시 두려움이었다.

율라가 날카로운 포효를 지르자 일대의 병사들은 패닉에 빠진 듯 몸을 부들부들 떨었고 카릴에게 축복을 걸었던 4명의 신들 역시 밀려오는 압박감을 참기 힘들어 보였다.

저릿- 저릿-

카릴은 정수리에서부터 마치 전기가 관통하고 내려오는 것 같은 느낌에 몇 번이나 주먹을 쥐었다가 폈다. 절대적인 존재를 마주했을 때 느끼는 본능적인 공포.

지상에서 드래곤이란 종족이 쓰는 피어(Fear)라 불리는 능력이 이와 같았다. 하지만 카릴은 천천히 고개를 들어 율라를 바라봤다.

저린 느낌은 들었지만 그렇다고 움직이지 못할 정도는 아니었으니까.

"별거 아니군."

카릴은 아무렇지 않은 표정으로 한쪽 고개를 꺾으며 담담하게 말했다.

[이······이익!!]

율라는 자신의 일갈에 대한 그의 반응이 당혹스러운 듯 뭐라 할 말을 잃고 말았다.

짜악-!!

그의 두 손바닥이 서로 겹쳐졌다. 결코 요란한 소리가 아님에도 불구하고 전장의 한복판에서 그의 박수 소리가 수백만 군사들의 귀에 정확히 들렸다.

황급히 물러난 신들은 마치 세계가 폭발이라도 하는 것처럼 머리를 감싸고 숨었다. 하지만 카릴의 손바닥이 합쳐진 순간 정적만이 남았고 신들은 어찌 된 영문인지 알지 못해 어리둥절한 얼굴이었다.

"어, 어떻게 된 일이지?"

"이게······."

폭발도 폭음도 일어나지 않은 조용한 상황에 신들은 전쟁이라는 것도 잊은 채 서로를 바라봤다.

"나르 디 마우그는 신의 영역인 창조(創造)를 마법의 개념으로 재탄생시키려고 했었다. 하지만 놈이 실패한 진짜 이유는 자신이 아닌 남에게 기대어 목표를 이루고자 했기 때문이다."

아무일도 일어나지 않자 마치 놀림을 당한 것 같은 굴욕감에 율라의 얼굴이 일그러졌다.

"창조마법? 이름은 거창해도 결국은 네놈도 백금룡과 마찬가지로 욕망에 차 있을 뿐이렷다!! 인간이 주제도 모르고……!!"

콰아아아아아앙--!!

율라가 질주하며 카릴을 향해 달려들었다.

"나는 그 녀석과 달라. 놈이 만들어놓은 마법에 기대어 네놈들을 죽이려고 하는 게 아니야. 신살은 내 손으로 행할 것이니까."

"흐아아아아아!!"

율라의 검이 카릴의 어깨 위에 박혔다.

콰직!!

그의 쇄골이 부서지며 어긋난 뼈가 살점을 뚫고 튀어나왔다.

"팔 하나."

그녀의 검은 기세를 늦추지 않고 그대로 그의 왼팔을 갈랐다. 아니, 가르려 했다.

"……!!"

율라의 검이 카릴의 팔뚝에 박혀 움직이지 않았다.

그가 힘을 주자 마치 근육이 그녀의 검을 꽉 쥐어놓지 않는 것처럼 율라가 자신의 검을 뒤로 잡아당겼음에도 꿈쩍하지 않았다.

섬뜩-

"으아아아악!"

알 수 없는 위화감에 율라는 본능적으로 카릴의 팔에 박힌 검을 빼내듯 아래에서 위로 쳐올렸다.

촤아아아악……!!

붉은 피가 그녀의 검날을 타고 호를 그리듯 하늘에 흩뿌려졌다.

"카릴--!!"

만환(卍環)으로 그 광경을 지켜보고 있던 밀리아나가 당장에라도 튀어 나갈 듯 그의 이름을 부르며 지면을 밟았다.

[기다리게.]

하지만 그런 그녀의 앞을 토스카가 가로막았다.

[분명 네가 할 일은 따로 있을 텐데.]

빠득-!!

카릴의 일이라면 물불 가리지 않았던 그녀가 어쩐 일인지 토스카의 말에 바닥을 발로 내려치며 달려가는 것을 멈춰 섰다.

"내어주마."

잘려 나간 왼팔에도 아랑곳하지 않고 카릴은 오히려 팔을 내어주고 만든 약간의 틈으로 충분하다는 듯 그녀를 향해 말했다.

"대신 네 목은 내가 가져간다."

우-우-우-우-웅……!!

그의 손에 작은 물체가 빛과 함께 나타났다.

"창조의 방식은 누구나 다르다. 내가 창조하려는 것은 너희들처럼 차원을 만들고 백금룡처럼 신과 싸울 생명을 만드는 거창한 일이 아냐."

카릴은 쓴웃음을 지었다.

"인간인 내가 할 수 있는 창조란 고작 그 정도뿐이겠지."

그것은 다름 아닌 이민족의 단검 아그넬이었다. 하지만 이미 부서져 사라진 그 검이 아직 남아 있을 리 없었다.

율라는 그것이 마법으로 만든 것임을 단번에 알 수 있었다. 카릴이 창조한 것이 고작 검(劍)이라는 것을 알게 된 순간 그녀는 차갑게 비웃었다.

"……!!"

하지만 그때였다.

푸욱……!!

카릴은 망설임 없이 그것을 율라의 목덜미에 찔러 넣었다. 놀랍게도 카릴의 검은 율라의 실드를 아무런 방해도 없이 통과한 것이었다.

"마, 말도 안 돼……."

율라는 그제야 자신의 목에 박힌 검을 바라봤다. 검날을 감싸는 새하얀 빛무리 속에 감춰진 칠흑 같은 어둠이 깊숙이 자리 잡고 있었다.

"인간에게 신력과 타락이 함께 존재한다고……? 이건 있을 수 없어!!"

"왜? 네가 버리고 싶은 그 힘마저 내가 쓴다는 것이 믿기지 않나 보지. 아니면 두 힘을 함께 가지는 것은 오직 신만이 가능하다고 여겼던 건가? 상극의 힘을 합치는 것? 내겐 특별한 것이 아니다."

검과 마법. 결코 공존할 수 없다 여겨졌던 두 개의 영역을 최초로 도달한 그랜드 마스터가 바로 카릴이었다.

촤아아악……!!

율라는 자신의 목에 박힌 카릴의 검을 뽑아내며 뒤로 물러섰다.

"이, 이건 있을 수 없는 일이다!! 신력과 타락을 융합한다니……!! 신조차 하지 않는 일이야!"

"그게 뭐가 어렵지? 인간은 지금까지 검을 매개체로 식(式)을 만들었고 마법을 도구로써 의지를 발현했다. 그리고 그 두 가지의 힘을 함께 사용하는 것을 신의 축복이라 네가 명명하지 않았더냐. 우리는 언제나 상극의 힘을 함께 다뤄왔다."

"닥쳐……!! 고작 인간의 검과 마법을 신력과 타락에 비교하느냐! 타락의 힘을 제어하기 위해서는 그만큼의 신력이 필요하다. 네가 가진 디멘션 스파이럴의 힘을 모두 사용해야 가능한 일……!! 하지만 아무리 신의 화신인 란체포라 할지라도 융합에 신력을 모두 소진한 네가 살아 있을 리가 없어!!"

카릴은 그녀의 외침에 피식 웃었다.

"난 나의 신력으로 이 힘을 창조했다고 한 적 없는데?"

"……뭐?"

"주위를 둘러봐. 네들이 서로 치고 박고 싸운 덕분에 신력과 타락을 가진 아주 훌륭한 제물들이 널리고 널렸잖아."

"그, 그런……."

그 순간 율라의 얼굴이 창백하게 굳어졌다. 그녀의 시야에 너부러져 있는 4, 5, 6번째 신들의 시체가 들어왔다.

스르릉-

카릴은 아그넬을 들어 올리며 차갑게 말했다.

"경고했을 텐데. 진흙탕에 구르는 건 네놈들뿐이라고."

"마…… 막아!!"

율라는 다급한 목소리로 소리쳤다. 하지만 이미 죽은 세 명의 시체의 심장에서 뽑힌 디멘션 스파이럴이 빛의 궤적을 그리며 카릴이 만든 아그넬 안으로 빨려 들어갔다.

그 광경을 지켜본 나머지 신들 역시 뭔가 잘못되었다는 것을 뒤늦게 알 수 있었다.

"도대체 언제……?"

카릴의 뒤에 있던 세 명의 신들은 어느새 자신들의 발치에 시체들이 있다는 것을 깨달았다.

"제길!!"

완벽하게 당했다. 노인은 자신들이 카릴의 힘을 빼기 위해 전선에 합류하지 않았던 그때 율라와 전투를 벌였던 카릴은 아무도 모르게 조금씩 밀리는 듯 후퇴하며 쓰러진 시체들 주변으로 이동했다는 것을 뒤늦게 깨달았다.

[클클클…… 꼴 좋구나. 잔머리를 굴리니 그렇지.]

알른은 그런 신들을 향해 냉소를 지었다.

'이제 어쩌지? 놈이 세 명의 신들의 힘까지 흡수하게 생겼어!!'

'……설마 녀석이 약속을 어기고 우리까지 죽이는 것은 아니겠지.'

'그럴 리가…… 율라를 죽이고 나면 그는 엑소디아에서 빠질 것이라고 말했잖아.'

'그래, 놈은 도박을 하고 있는 거다. 창조마법? 란체포라 할지라도 신의 파편을 4개나 다룬다는 것은 말이 안 되는 일이야.'

신들의 머릿속이 복잡해졌다.

재빨리 서로를 바라보는 시선이 오갔다.

[이 와중에도 제 살길만 찾으려고 궁리 중이로군. 저런 것들이 신이라니…… 쯧쯧.]

멈춰 선 그들을 보며 알른은 고개를 저었다.

카릴의 머릿속에서 하는 말이기에 그들에게 들릴 리가 없었지만 만약 듣는다 하더라도 신들 중 그 누구도 그의 말에 반박할 수 없었을 것이다.

"걱정 마라. 나는 약속은 지킨다. 네 들을 내 손으로 죽이는 일 따위 없다. 나는 엑소디아에 참가하지 않을 거니까."

그들의 속내를 읽은 것인 양 카릴의 말에 신들은 서로 눈치를 보듯 그를 바라봤다.

"그러니 싸워."

카릴이 아그넬을 들어 율라를 가리켰다.

"진짜 내가 죽여 버리기 전에."

싸늘한 한마디였지만 신들은 그의 말이 결코 농담이 아니라는 것을 잘 알았다.

살기 위해서 서로가 싸워야 하는 상황. 아이러니하게도 서로 피를 보지 않기 위해 인간들을 장기 말로 썼던 그들이 이제는 인간에게 죽임을 당하지 않기 위해 서로 피를 흘리게 되었다. 그것도 인류가 모두 지켜보고 있는 한가운데에서 말이다.

"젠장……!!"

선택지가 없었다. 장기 말이 되어버린 이 상황이 첫 번째 신인 남자는 인정하고 싶지 않았지만 결국 할 수 있는 것은 주먹을 내지르는 것뿐이었다.

콰가가가강……!!

그의 주먹이 바람을 가르며 뻗었다.

콰직-!!

"이…… 머저리 같은 놈아……!! 네놈은 신으로서 자존심도 없는 것이냐!!"

카릴은 율라의 외침에 쓴웃음을 지었다.

남자의 주먹은 자신들을 우스운 장기 말로 만들어 버린 카릴이 아닌 율라에게 꽂혔기 때문이다.

"디멘션 스파이럴을 세 개나 더 가지고 있는 자다. 미안하게 됐지만 이제는 신좌가 아닌 살기 위해서 너를 죽일 수밖에 없어."

"그게 뭐!! 여긴 나의 세계다……!! 내가 만든 세계에서 창조자보다 강한 자는 있을 수 없어!!"

율라는 악에 받친 듯 소리쳤다.

하지만 그녀의 외침에 대한 대답 대신 노인의 날카로운 불꽃과 뱀 여인의 채찍이 그녀에게로 돌아갈 뿐이었다.

"크…… 크큭! 꼴좋구나. 신이 카릴의 손에 놀아나는 꼴이라니! 이거야말로 진정한 신살이지 않는가!"

밀리아나는 신들이 뒤엉켜 싸우는 모습을 보면서 차갑게 웃었다. 하지만 그러면서도 한편으로는 눈시울이 붉어져 있었다. 율라의 일격에 잘린 카릴의 한쪽 팔이 그녀의 눈에 들어왔기 때문이었다.

'카릴…… 죽은 신의 힘으로 전세를 역전 시키다니 네가 짜놓은 계획은 제아무리 신이라 한들 절대로 알지 못했을 거다. 인정하지 않을 수가 없어. 하지만……'

그녀는 살짝 입술을 깨물었다.

"이 계획의 마지막이 아직 남아 있다는 것에 더 기가 막힐 노릇이지."

처억-!!

그녀가 자신의 검을 들어 올렸다.

"신살의 10인이여!! 지금 당장 이곳으로 집결하라!! 모두 황금룡에게 카릴의 계획을 들었을 것이다. 실패란 절대로 용납할 수 없다……!! 그가 만든 이 무대의 마지막을 우리가 장식할 것이다."

마력이 실린 외침은 나머지 사람들의 귀에 꽂혔고 그들은 각오를 다진 듯 고개를 끄덕였다.

"망설이는 자도 용서하지 않겠다."

수안 하자르와 에이단의 표정이 그 한마디에 살짝 굳어졌고 미하일은 당장에라도 울 것 같은 표정을 지었다.

"무조건 해야 한다. 우리는 카릴이 죽일 수 없는 단 한 명의 신에게 검을 꽂아 넣어야 한다."

쫘악-

그러나 토스카에게 카릴의 마지막 계획을 들었던 밀리아나는 남은 동료들을 독려하면서도 자신도 모르게 쌍검을 쥔 손에 힘을 주었다. 그가 죽일 수 없는 단 한 명의 신.

'네가 신살(神殺)을 위해 우리를 뽑은 이유가 바로 이것이더냐……. 카릴.'

그녀는 자신의 마음을 다독이듯 마음속으로 그의 이름을 되뇌었다.

"네놈……!!"

율라는 남자의 주먹을 쳐내고 노인의 스태프를 검으로 가르며 카릴을 향해 소리쳤다.

촤르르륵……!!

그녀가 손바닥을 펴 앞을 밀 듯 쳐올리자 뱀 여인의 채찍이 튕겨 나갔다.

"승부를 보고자 한다면 좋다! 다 죽여주마!! 더 이상 내게 자비를 바라지 마라……! 너희들의 심장을 뽑아 내가 먹어줄 터이니!!"

율라는 악에 받친 듯 그들을 노려봤다.

흠칫-

그러자 뒤에 있던 축복을 걸던 네 명의 신들이 자신도 모르게 어깨를 움찔거렸다.

"어림없다!!"

그녀의 의도를 파악한 노인은 자신의 신력을 최대한 끌어 올렸다. 그들의 축복이 없다면 율라와 결코 싸울 수 없음을 알았기 때문이었다.

쿠그그그그…….

노인의 스태프가 바닥을 때리자 지진이 일어난 것처럼 땅이 흔들리며 수백 개의 거대한 바위 기둥들이 솟아올랐다.

"조심해!!"

"전선을 뒤로 후퇴하라!!"

반경 수십 킬로미터에 빼곡하게 솟아오른 돌기둥들은 포위하고 있던 수백의 자유군들에게까지 닿을 정도로 광범위하게 나타났다.

"엄청나군……."

"이게 신의 마법이란 건가."

대마법사인 나인 다르혼과 카딘 루에르는 말도 안 되는 대규모 마법에 혀를 내두르고 말았다. 중력이 거꾸로 된 것처럼 하늘 위로 솟아오른 돌기둥들이 마치 찍어 누르듯 아래로 떨어졌다.

콰아아아아아앙--!!

소나기처럼 동시에 쏟아지는 돌기둥들이 사방으로 폭발하듯 터져 나갔다.

서걱-

하지만 거대한 돌기둥의 빗속에서 한 줄기 섬광이 번쩍이더니 마치 길을 만들 듯 돌기둥들이 차례차례 잘려 나갔다.

"흡……!!"

노인의 가슴에 날카로운 칼날이 박혔다. 그는 다가오는 그림자에 황급히 실드를 펼쳤지만 그의 보호막이 무색하게 허무할 정도로 쉽게 부서지며 입에서 붉은 핏물을 토해냈다.

"신들의 축복을 받으면 내게 이길 수 있으리라 생각했나? 얼굴처럼 생각하는 것도 낡았구나. 로드와 지혜를 겨뤘던 신이라고? 네 늙은 몸뚱이에서 쓸 만한 건 이것뿐이다."

율라가 노인을 찌른 검을 뽑아내며 갈라진 상처 안으로 손을 집어넣었다.

"컥!! 커억……!! 크아아아아아악……!!"

그녀의 팔이 노인의 내장을 쥐어짜듯 몸 안에서 거칠게 움직였다. 살점들이 떨어져 나감에도 아랑곳하지 않고 율라는 그의 몸을 해부하듯 잡아 뜯었다.

툴썩-

노인의 몸이 무너지듯 쓰러졌다.

"사, 살려……."

그는 쓰러지면서 카릴을 바라봤다. 로브로 가린 얼굴 속에서도 원망의 눈빛만큼은 섬뜩할 정도로 선명하게 보였다.

뭔가를 말하려는 듯 안간힘을 쓰며 입을 뻐끔거렸지만 더이상 목소리가 나오지 않았고 파르르 떨며 카릴을 향해 뻗었던 팔이 끝내 축 늘어졌다.

"……."

하지만 카릴은 그런 노인의 죽음을 그저 물끄러미 바라볼 뿐이었다.

"크아아아아아!!"

율라가 있는 힘껏 쓰러진 노인의 머리를 신경질적으로 밟아 뭉개자 첫 번째 신인 남자가 비명인지 고함인지 악에 받친 얼굴로 소리치며 그녀에게 달려들었다.

"너희들은 속은 거다. 머저리 같은 놈들. 이제 와서 후회해봤자 소용없는 일이지. 인간에게 힘을 보태주느니 차라리 내게 힘을 보태는 것이 그나마 남은 신의 명예를 지키는 것이겠지."

"너……!!"

"내게 모조리 죽어라. 쓸모없는 것들."

율라는 차갑게 남자를 바라보며 말했다. 그의 주먹이 맹렬하게 바람을 뚫으며 날아왔지만 노인의 디멘션 스파이럴을 흡수한 그녀에겐 그의 주먹은 한없이 느리게만 보였다.

"약속이 틀리잖아……!! 당신, 우릴 돕지 않을 거야?!!"

노인의 죽음을 보며 뱀 여인은 소리쳤다.

"율라가 그의 디멘션 스파이럴을 빼앗으면 싸움은 점차 불리해진단 말이야!!"

하지만 그녀의 외침에도 카릴은 검을 뽑지 않았다.

"제기랄!!"

잘못되었다는 것을 알면서도 이제는 돌이킬 수 없기에 여인은 어쩔 수 없이 율라를 향해 채찍을 들었다.

'내가 인간에게 놀아나다니……!!'

둘이서 싸운다 한들 승산이 없음을 알지만 그렇다고 가만히 개죽음을 당할 순 없는 일이었다.

[표정 한번 볼만하구나.]

알른은 달려가는 그녀의 뒷모습을 보며 말했다.

[애초에 넌 저놈들도 살려둘 생각이 없었는데 말이야.]

"쓸데없는 소릴 하는군."

카릴의 대답에 알른은 역시나 하는 표정을 지으며 고개를 끄덕였다.

[놈들이 영혼 계약을 맺는 순간 직감했지. 서로를 죽이는

걸 방지하기 위해 수를 쓴 거라고. 하지만 저들은 하나만 알고 둘은 몰랐던 거다. 영혼 계약이 카릴이 자신들을 죽이려고 하는 것을 방지할 수는 있을지 몰라도 율라가 자신들을 죽이는 것을 막아주진 못한다는 것을.]

카릴은 남은 두 신들의 처절한 싸움을 지켜보며 한쪽 입꼬리를 올렸다.

[하지만 이대로라면 조금 곤란하지 않겠어? 전투의 신인 저 셋을 처리하기 위함은 알겠지만 저들이 모두 죽고 나면 율라가 세 개의 디멘션 스파이럴을 가질 수 있을지 모른다. 그렇게 되면 신의 축복을 받았다고 해도 버거운 상대야. 게다가 저들이 너를 버리고 율라를 택할 수도 있는 일이고 말이지.]

"알른."

[……음?]

카릴이 자신의 이름을 부르자 알른은 살짝 고개를 꺾으며 그를 바라봤다.

"내가 누군지 아직도 몰라? 내가 그 정도도 예상하지 않고 이 일을 벌였을 것이라고 생각하는 건 진짜 아니겠지."

알른은 카릴의 말에 멍한 표정을 지었다가 큰 소리로 웃기 시작했다.

[크…… 크큭! 물론이다! 백만 대군도 해내지 못할 일을 혼자서 하고 있지 않으냐. 너 하나로 이미 네 명의 신이 죽은 것을.]

"그래."

카릴은 천천히 걸음을 걸었다.

"이제 내 계획도 마지막에 다다르고 있다. 알른, 저걸 봐라. 서로 물고 할퀴며 동족을 죽이고 있는 진흙탕 싸움을 위대한 신들이 벌이고 있다. 저런 싸움에 내 손을 더럽힐 순 없지."

그는 고개를 들었다.

"율라가 남은 신들을 모두 죽이는 것마저 내 계획의 일부였대도 이제 놀라지 않겠지."

[겨우 그 정도로? 그게 네 계획의 마지막이 아님을 아니까. 너는 분명 가장 큰 한 수를 아직도 품 안에 숨기고 있을 터이니 진짜 놀랄 일을 숨겨뒀겠지.]

"그래."

카릴은 아그넬을 들었다.

"나는 신력을 얻음으로써 신좌에 도전할 수 있게 되었다. 그 말은 더 이상 인간의 범주에서 머물러 있지 않다는 것이지. 굳이 따진다면…… 저들과 같을 거야."

카릴은 신들을 바라보며 말했다.

"그렇기에 나는 저들과 싸울 수 있다. 진흙탕을 뒹굴어야만 한다면 그 오물은 나만이 뒤집어쓸 수 있겠지."

그의 눈빛에서 적의가 느껴졌다. 적의는 곧 결의가 되어 지금까지 갈무리했던 분노로 이어졌다.

"라므느, 에테랄, 막튠, 사미아드, 쿤겐 그리고 라시스, 두아트. 나를 따르겠는가."

[당연한 소리를 하는군.]

[네가 없었다면 우리는 이 자리에 서지도 못했을 터.]

그들은 카릴의 말에 하나같이 대답했다.

[우리를 써라. 우리의 힘이 필요하다면 힘을 줄 것이며 목숨이 필요하다면 목숨마저 내놓을 것이다.]

카릴은 고개를 끄덕였다. 그러고는 천천히 뒤를 돌아봤다.

"하지만 이 세계는 인간의 것이기에 마지막은 인간의 손으로 끝내야 할 터."

저 멀리 밀리아나의 모습이 보였고 그 뒤로 신살의 10인들이 모두 집결되어 있는 것을 확인했다.

"나는 진흙탕 위에서 다리가 될 것이다."

파앗-!!

"저들이 미래로 나아갈 수 있도록."

그 순간 카릴은 율라를 향해 달려갔다.

"율라……!!"

남자는 소리치며 그녀를 향해 주먹을 뻗었다.

콰아아아앙--!!

날카로운 폭음이 들렸다. 이제는 누가 적이고 누가 아군인지 알 수 없는 상황이 되어버렸다. 싸우는 자는 그저 살아남기 위함으로 무기를 들 뿐이었다.

"캬악!!"

뱀 입술의 여인이 다시 한번 채찍을 휘둘렀다. 푸른 빛을 뿜어내며 채찍은 살아 있는 것처럼 율라의 사각지대를 노렸다.

차르륵……!!

율라가 팔을 들어 올리자 채찍이 그녀의 손목을 휘어 감았다. 뱀 입술의 여인이 있는 힘껏 채찍을 잡아당겼지만, 노인의 디멘션 스파이럴을 흡수한 율라에게 그녀의 힘은 그저 어린아이 같게 느껴졌다.

"이 승부는 더 이상 너희들이 끼어들 문제가 아니다. 아직도 주제를 파악하지 못하는가?"

"닥쳐……!! 율라, 너는 규율을 어겼어!!"

"규율?"

"신들이 신좌를 결정하기 위해서 엑소디아를 만든 것은 서로를 죽이지 않기 위함이다! 또한 차원의 주인에게만 힘을 남기고 나머지 신들에겐 제약을 건 것 역시 신들의 전쟁이 일어나지 않기 위함이었지! 그런데 너는 그 힘으로 우리를 죽이려 하느냐!!"

율라는 뱀 입술 여인의 말에 어이가 없다는 듯 입술을 씰룩이며 헛웃음을 터뜨렸다.

"아직도 그 잘난 혀를 놀리는구나. 먼저 나를 죽이려고 한 것은 내가 아니라 너희들이야. 인간의 꾐에 넘어가 내게 검을 든 주제에…… 뭐? 규율?"

그녀의 얼굴이 일그러졌다.

퍼억-!!

율라가 채찍이 감긴 자신의 팔을 잡아당기자 뱀 입술 여인의 몸이 붕 떠오르며 그녀에게로 딸려 들어갔다. 그녀의 얼굴에 정통으로 율라의 주먹이 꽂혔다.

"컥!!"

뱀 입술의 여인은 단말마의 비명을 지르며 그대로 고꾸라졌다.

"방금 네가 뱉은 말이 오히려 너희들이야말로 규율을 어겼다는 것을 인정하는 꼴이겠지. 그러니 너희들은 죽어 마땅하다."

"컥…… 크윽!!"

바닥에 너부러진 뱀 입술의 여인은 고개를 들어 율라를 바라봤다.

"로드가 죽고 신좌가 공석이 되었을 때 남아 있던 우리 다신(多神)들은 네 말대로 규율을 만들었다. 하지만 그 규율의 맹점을 악용한 것은 너희들이지. 제약을 가진 힘으로 감히 내게 덤비다니……."

"컥……!!"

율라가 바닥에 쓰러진 뱀 입술 여인의 목을 낚아채듯 들어올렸다.

꽈드드득……!!

그러자 그녀의 손가락이 여인의 목을 파고들기 시작했고 뱀 입술의 여인은 그저 컥, 컥 거리며 율라의 손을 뿌리치려 안간힘을 썼다.

"덜떨어진 네놈들에겐 신의 파편이야말로 돼지 목의 진주로구나!!"

하지만 그럴수록 율라의 손톱은 더욱더 날카롭게 목을 파고들었다.

우드득-!

마침내 율라가 손아귀를 움켜쥐어졌을 때 마치 풍선이 터지는 것처럼 뱀 입술 여인의 목이 부러지며 뜯겨 나간 머리가 하늘로 솟구쳤다. 사방에 핏물이 흥건했고 두 번째 신의 푸른 비늘만이 바닥에 흩뿌려지듯 떨어졌다.

율라는 자신의 얼굴에 흘러내린 피를 닦아내고는 바닥에 쓰러진 시체 속에 빛나는 디멘션 스파이럴을 움켜잡았다.

"크…… 크윽!!"

첫 번째 신인 남자는 율라가 순식간에 두 명의 신을 압살하는 것을 보며 어찌할 바를 모르겠다는 듯 떨리는 눈빛으로 그녀를 바라봤다.

"쯧쯧…… 꼴사납구나."

율라는 피로 물든 입술을 핥으며 차가운 시선으로 남자를 바라봤다.

"이제 너밖에 안 남았군. 저자가 누구에게 붙을지 정하라고 했지? 과연…… 신의 멸망은 원하는 저놈이 널 도울까?"

"……뭐?"

"너희들이야말로 줄을 잘못 섰다는 뜻이야. 저자는 애초에 너희를 살릴 생각이 없었어. 너희들이 일부러 힘을 빼게 하려고 처음에 저자를 돕지 않았던 것을 안다. 놈은 그걸 그대로 돌려준 거야."

남자의 얼굴이 굳어졌다.

"영혼계약? 저놈이 보여준 위압감이 그토록 대단케 보였나? 신이 아니라 인간이 이길 거라고 생각할 정도로?"

굳어진 그의 얼굴을 보며 율라는 비웃었다.

"네놈들도 신인 주제에……!! 신의 패배를 인정하다니! 잘도 멍청한 짓을 했구나!"

콰아아아앙--!!

율라의 검이 날카롭게 남자를 향해 날아갔다.

"카릴……!! 잘난 네놈도 결국 실수를 했구나. 내가 정말로 신을 죽이며 규율을 어길 거라고 생각하지는 못했겠지!!"

율라는 자신의 앞에 다가온 카릴을 바라봤다.

"내가 디멘션 스파이럴을 얻을 수 있도록 그냥 둔 것이야말로 네 패착이다!!"

스아아아악……!!

검이 공기를 가르며 쇄도했다.

"안 돼……!!"

율라와 신들의 전투를 바라보던 네 명의 신들 중 한 명이 남자를 향해 소리쳤다. 하지만 이내 곧 나머지 세 명의 시선에 입을 다물고 말았다. 소리를 지른 사람은 다름 아닌 마지막 신이었다.

"이제…… 어떻게 해야 하지?"

열 번째 신에게 잠시 시선을 주었던 세 명의 신들은 뒤엉켜 싸우는 순식간에 두 명의 전투의 신이 죽은 것을 보며 떨리는 목소리로 말했다.

태초에 태어난 신들이었으나 그들은 모두가 달랐다. 앞선 신들이 전투를 위해 태어난 자들이라면 그들은 균형을 위한 존재들이었다. 당연한 얘기지만 그들은 전투에는 걸맞지 않았다. 내릴 수 있는 것은 축복뿐.

저들의 싸움에 끼어들 수도 없고 그렇다고 넋 놓고 아무것도 안 할 수도 없는 상황이었다.

"이대로 율라가 이기면? 인간을 도왔다는 이유로 그녀는 결코 우리들 역시 살려두지 않을 거야."

"그렇다고 이제 와서 우리가 할 수 있는 것은 아무것도 없어……!! 그저 저들이 이기기를 기도할 뿐이지."

"저들? 우리의 축복을 받은 저 인간은 아무것도 하지 않고 있고 신들이 죽어가는 것을 보고만 있다고!"

"제길……! 우리도 싸울 수 있다면…… 왜 같은 신이면서……!"

균형의 신들은 자신에게 싸울 수 있는 능력이 없다는 것에 억울한 듯 말했다.

"애초에 우리는 신좌를 바라지도 않았어. 그렇기 때문에 재해를 일으키는 순번에서 뒤에 있어도 아무런 불만을 가지지 않았지."

"하지만 우리와 달리 율라는 신좌에 욕심이 있었던 거야. 엑소디아가 시작되고 재해가 일어나면 자신의 세계는 엉망이 된다는 걸 알면서도 자신에 세계를 내어줬으니까."

"그런데 그녀의 계획을 방해하는 것이 신이 아닌 인간일 줄이야……."

"때문에 그녀의 분노가 더더욱 무서운 거겠지. 우리는 결정을 내려야 해. 나는 인간을 택하느니 차라리 율라에게 자비를 바라겠어!!"

네 명 중 한 명이 떨리는 목소리로 소리쳤다.

하지만 그들은 알고 있었다. 냉혹한 율라가 비록 승리할지라도 결코 자신들을 살려줄 리 없다는 것을.

"나…… 나는……."

마지막 신은 어쩐 일인지 쉽게 결정을 내리지 못한 채 대답을 하지 못했다. 하지만 그 이유를 나머지 세 명의 신들은 알고 있다는 듯 차갑게 비웃었다.

"됐어."

"그래, 네게 물은 우리가 바보 같군."

"너는 다른 신들과 달리 혼자서 존재할 수 없는 신이니까. 첫 번째 신에게 힘을 빌려주었을 때부터 네 미래는 결정되었던 것 아니야?"

"그게 무슨……."

세 명의 신들의 냉랭한 반응에 열 번째 신의 표정이 굳어졌다. 뭐라 말을 하려고 했지만 그보다 앞서 다른 신이 말을 잘랐다.

"변명할 필요는 없다. 우리는 이미 오래전부터 너와 첫 번째 신의 관계를 알고 있었어."

"……뭐?"

"네게는 신이란 이름도 아까워. 신은 오로지 유일무이한 존재로서 모두 위에 군림해야 하는 것을…… 너는 누군가에게 기생하지 않으면 살아남을 수 없으니 말이야."

"풋…… 재생의 신? 그런 수식어로 감춰봤자 네 진짜 신명을 우리가 모를 리 없잖아."

"그만해……!! 나도 어엿한 한 명의 신이라고!"

"네가?"

어쩐 일인지 마지막 열 번째 신을 향한 세 명의 신들의 시선은 차갑기 그지없었다.

"그렇다면 그 배는 어떻게 설명할 거지? 로브 속에 감춘다고 티가 나지 않을 것 같아?"

"이, 이건……."

열 번째 신은 자신도 모르게 황급히 두 팔로 배를 감싸고서 한 발자국 뒤로 물러섰다.

"우리는 진실된 미래를 위해 인간에게 힘을 빌려주는 것을 감내했어. 하지만 너는 그저 네 안위를 위해 그랬지."

그들은 갑자기 열 번째 신을 몰아세웠다.

"지랄하고 있네. 싸울 힘이 없어? 힘은 누가 주는 것이 아니야. 로드란 자의 파편으로 힘을 얻으니 이런 꼴이 되는 것이지. 남의 것을 빌려 강해진들 제대로 된 강함을 알 리가 없지."

네 명의 신들은 자신들의 뒤에 나타난 밀리아나의 등장에 화들짝 놀라며 뒤로 물러섰다.

"그런 주제에 이제는 탓할 사람이 없어서 적이 아닌 자기들끼리 내분을 일으키고 앉았군."

그녀는 조금 전까지 세 명에게 질책을 받던 신을 주시했다.

로브 속의 가려진 얼굴이 보였다. 어린 외모였는데 신이라고 불리기 어려울 정도로 커다란 여인의 눈을 가졌다.

'저자인가.'

황금룡 토스카에서 들은 이야기를 떠올리며 밀리아나는 단번에 그녀가 마지막 신이라는 것을 알 수 있었다.

'흐음, 그런데……'

열 번째 신을 바라보던 그녀 역시 밀리아나는 세 명의 신들이 그랬던 것처럼 그녀의 배를 바라보며 의아한 듯 살짝 눈을 흘겼다. 로브에 가려져서 언뜻 보기엔 차이가 나지 않았지만 자신의 배를 양손으로 가리고 있는 열 번째 신의 모습은 마치 아이를 가진 여인의 모습처럼 보였기 때문이었다.

'그게 중요한 게 아니지.'

하지만 밀리아나는 그녀의 겉모습 따위는 상관없다는 듯 비소를 지었다.

"신들의 휘광에 속아 넘어간 것이 인간의 역사 중 얼마나 오래되었는지를……. 너희들의 어두운 이면을 알고 있는 지금,

네놈들의 모습에 좌우지되지 않아."

그녀의 뒤로 여덟 명의 사람들이 나타났다.

꿀꺽-

자신들을 바라보는 그들의 눈빛이 마치 잡아먹을 듯 이글거리는 것을 느꼈을 때 신들은 처음으로 죽음이란 것에 대한 공포를 느꼈다.

"무, 무슨 짓을 하려는……!!"

"뭔지는 네 표정을 보니 알고 있는 것 같은데."

밀리아나는 신들을 향해 말했다.

"적어도 우리는 자신의 미래를 남에게 맡기지도 남의 탓으로 미루지도 않아."

그녀가 검을 들어 올렸다.

"네……! 네 주군은 분명 우리를 살려주겠다고 했다!! 그런데 지금 네 주인의 명을 어기겠다는 거냐!!"

신들 중 한 명이 당황한 듯 소리쳤다.

"그래."

"……뭐?"

"어길 생각이라고."

너무나도 당연하게 대답하는 밀리아나의 모습에 오히려 고함을 질렀던 신은 어안이 벙벙한 얼굴이 되어버리고 말았다.

"네가 말하는 우리의 주군이 지금 우리를 살리겠다고 자신의 목숨을 내놓으려고 한다. 그런 와중에 네놈들이 목숨 따위 우리가 왜 지켜야 하지?"

"그, 그게 무슨……."

밀리아나의 눈시울이 붉게 변했다. 살짝 맺힌 눈물 뒤로 뜨거운 열염(熱炎)의 분노가 그녀의 뺨 위로 눈물이 흐르기도 전에 증발시킬 듯이 휘몰아쳤다.

"네놈들 목숨 따위. 한 수레를 가져와도 그의 목숨보다 무겁지 않다."

그녀는 저 멀리 카릴를 응시하고서 천천히 마력을 끌어 올렸다.

"신은 죽인다. 하지만 넌 안 돼."

우드득……! 콰직!!

전신을 휘감는 붉은 비늘이 날카롭게 돋아나며 붉은 안광이 빛났다.

"카릴, 네가 말한 신살(神殺)이 신들의 시체 위에 서서 우리를 내려다보며 맞이하는 것이라면 우리의 신살은 네가 신좌에 오르기 전에 네놈들을 모두 베어 그와 똑같은 눈높이에서 마주 보는 것이다."

척-!! 촤르르륵……!!

그녀의 말이 끝남과 동시에 사람들은 저마다 무기를 들어 올렸다.

에이단, 수안 하자르, 케이 로스차일드, 세리카 로렌, 세르가, 안챠르, 하와트 타슌.

좌르르륵……!!

그리고 그들의 주위로 수십 개의 마경이 나타났다.

[무운을 빕니다.]

신살의 10인 중 마지막인 이스라필까지.

"너희들의 목숨으로 우리가 그를 이 땅으로 끄집어 내리겠다."

►**Chapter 2**◄

"감히 네놈들이……! 우리를 죽이겠다고?"

밀리아나의 등장으로 짐짓 당황해하던 네 명의 신들은 이내 곧 정신을 차린 듯 그들 중 한 명이 소리쳤다.

"네 주군이 신과 대등하게 싸우니 너희마저도 신을 우습게 보는구나! 그는 디멘션 스파이럴을 가지고 있기 때문이지만 너희들은 고작 인간에 불과하다!!"

"비록 우리가 전투의 신이 아니라 하더라도 인간 몇 명에게 당할 리가 없다……!!"

"자신들의 무지를 원망하게 만들어주마."

균형의 신들은 저마다 한마디씩 소리치며 신살의 10인, 아니, 9인을 향해 적의를 뿜어냈다. 그러나 그들이 내뿜는 살기는 오히려 밀리아나에겐 우습게 느껴졌다.

"세르가."

"네."

"저들의 발을 묶어라. 행여나 도망쳐서 카릴에게 피해가 가지 않도록."

"알겠습니다."

용족화로 전신을 비늘로 둘러싼 밀리아나는 말을 할 때마다 날카로운 어금니가 보였다. 그녀의 양팔에는 쥐고 있던 검의 손잡이가 비늘과 이어져 손등 위로 검날이 튀어나와 있어 마치 드래곤의 발톱을 연상케 했다.

세르가는 그녀의 명령에 천천히 마법을 영창하기 시작했다. 드래곤들에게 마법을 전수받은 최연소 대마법사인 그는 어찌 보면 지금까지 이렇다 할 스승이 없었다. 밀리아나로 인해 드래곤을 스승으로 모시게 된 그에게 있어 황금룡 토스카의 축복을 받고 그의 피를 이어받은 그녀는 이제 절대적인 존재가 되었다.

화르르륵……!!

세르가의 손에 붉은 화염이 일었고 그가 주문을 외우자 화염이 지면으로 떨어지며 닿자 마치 거미줄처럼 사방으로 퍼졌다.

츠으으……!! 츠즈즈즈즈즈……!!

동시에 다시 한번 스태프를 가로로 긋자 바닥에 어지럽게 흩어졌던 화염 위로 날카로운 빛이 뿜어져 나오며 네 명의 신들을 가로막는 광염의 벽이 만들어졌다.

"크윽?!"

"이게 무슨······."

신들은 자신의 주위에 만들어진 마법 장벽에 닿는 순간 타는 듯한 강렬한 고통에 흠칫 놀라며 뒤로 물러서고 말았다.

"괜찮군."

밀리아나는 화염과 광휘의 마법을 동시에 시전하는 세르가를 보며 만족스러운 듯 고개를 끄덕였다.

"인간이 어떻게······."

"속성 하나 이상의 마법이라니?"

신들은 믿을 수 없다는 듯 세르가를 바라봤다. 하지만 정작 당사자인 그는 담담한 표정이었다.

카이에 에시르가 하나의 속성을 응축시키는 중첩 마법의 체계를 개척했다면 세르가는 지금까지 그 어떤 사람도 이룰 수 없었던 다중마법의 체계를 구축한 것이었다.

"그가 드래곤의 마법을 익혔다는 것이 사실이었군."

"보았는가. 조금 전 그가 광염의 결계를 만드는 모습을 말일세. 무색의 마법이라 불리는 용마법을 인간이 깨우친 것만으로도 대단한 일일진대 그는 무영창으로 마법을 시전하는군."

세르가의 모습을 지켜보던 나인 다르혼과 카딘 루에르는 자신도 모르게 혀를 차고 말았다.

"그저 유망주라 여겼던 젊은 마법사가 이제는 우리보다 더 뛰어난 영역에 도달했군."

"흥……."

카딘의 말에 나인 다르혼은 인정하고 싶지 않다는 표정이었지만 결계를 만들고 어느새 머리 위로 크루아흐의 독구름을 만들어내는 모습을 보며 반박을 하지 못했다.

"지금 그가 쓰는 마법은 그저 세 드래곤의 마법일 뿐이지만 앞으로 그는 더 높은 경지에 도달할 겁니다."

"자넨……."

두 사람은 뒤에서 들려오는 목소리에 고개를 돌렸다.

대륙의 대마법사 중 또 한 명의 젊은 마법사.

다름 아닌 데릴 하리안이었다.

카딘 루에르는 그의 옆에 백색의 털을 가진 늑대가 서 있는 것을 보고는 살짝 놀란 표정을 지었다.

[크르르르르…….]

그리고 그의 시선을 느낀 듯 늑대가 살짝 이빨을 드러내자 데릴 하리안은 녀석의 머리를 쓸어 넘겼다.

"자네가 어쩐 일이지?"

"저 녀석만이 아니야. 저치도 함께 왔군. 상아탑에 웅크리고 있던 노인네야말로 무슨 바람이 들어서 여기에 나온 거야."

카딘 루에르는 나인 다르혼의 핀잔에 데릴 하리안의 뒤를 바라봤다.

"허허…… 오랜만일세."

여명회의 수장이자 상아탑의 주인인 베르치 블라노는 나인의 말에 헛웃음을 터뜨렸다.

"노인네? 서로 동년배들끼리 할 소리는 아닌 것 같은데. 외모가 젊어 보인다고 해서 속까지 쌩쌩한 것은 아닐 텐데."

"걱정 말지? 다르혼가(家)는 태생적으로 시간이 천천히 흐르거든."

"여명회와 불멸회는 이 와중에도 서로 헐뜯는군. 누가 빛과 그림자가 아니랄까 봐 말이야."

카딘 루에르는 고개를 저으며 데릴 하리안에게 말했다.

"누가 그림자야? 불멸회가 추구하는 것은 어둠이지. 노망이 나도 말은 바로 하라고."

나인 다르혼이 눈을 부릅뜨며 말했지만 그의 성격을 잘 알고 있는 다른 이들은 그의 반응을 대수롭지 않은 듯 여유로운 얼굴이었다.

"여러분들에게 부탁이 있습니다."

데릴 하리안은 그들의 인사가 끝나자 기다렸다는 듯 말했다.

"부탁?"

"네 녀석. 무슨 꿍꿍이가 있는 게로군."

그와 함께 온 베르치 블라노를 제외하고 두 사람이 그에게 시선을 돌렸다.

"백만 대군이 집결한 인류의 미래를 결정지을 대전쟁임에도 불구하고 아직 저희 군의 피해는 전무하다 할 정도로 미비하다 볼 수 있습니다. 물론, 희생된 자들을 가벼이 여기는 것은 아니나 세계라는 큰 전장에서 본다면 말이죠."

"그래서?"

"저희가 지금 이렇게 서 있을 수 있는 이유는 모름지기 주군 덕분이라 할 수 있습니다. 주군께서 저희를 대신해서 신을 속이고 신을 싸우게 만들며 신을 죽였기 때문입니다."

"자네가 하고 싶은 말인 뭔가?"

카딘 루에르가 되물었다.

"하나 보십시오. 이제야 신살의 10인이 움직였습니다. 신을 죽이기 위해서 말이죠."

데릴 하리안은 저 멀리 밀리아나를 가리켰다.

"여제는 확실히 저 신살의 중심입니다. 무색의 용마력을 지녔으니까요. 그리고 수안 하자르 님은 거암군주의 힘을, 에이단 님은 우레군주와 계약을 했지요. 그리고 세리카 로렌 님은 물을 뜻하는 빙결의 힘을 쓰는 마법사입니다."

세 명의 대마법사들은 데릴 하리안의 말을 경청하며 신살의 인원 하나하나를 훑었다.

"뿐만 아니라 케이 로스차일드 님은 어둠을 상징하는 사령을 다루며 하와트 타슌 님은 반대로 거인족의 힘인 태양 즉, 빛을 다룹니다. 그리고 안챠르 님은 알카르라는 신수와 함께 그 자신이 타락의 영향을 받는 드루이드. 즉, 빛과 어둠을 동시에 가지기에 그 스스로가 연결 고리가 되어 정령이 아님에도 2대 광야의 힘을 잇는 매개체가 되어줄 겁니다."

"자네 말은 신살의 10인이 결국 각각의 속성의 힘을 가진 자들의 합일이라는 뜻이로군?"

카딘 루에르는 단번에 그가 하고자 하는 말의 의미를 알아차렸다.

"그렇습니다. 5대 원소와 2대 광야는 세계를 구축하는 힘이자 신에게 대항할 수 있는 자연의 칼날이기 때문입니다."

데릴 하리안의 말에 나인 다르혼은 살짝 인상을 찡그렸다.

"하지만 네 말대로라면 말이 안 되는 걸. 불과 바람이 없지 않으냐. 카릴이 그렇게 허술하게 신살을 준비했을 턱이 없다."

"그 부족한 부분을 아마 세르가 님의 마법을 통해 채우려 했던 것으로 사료됩니다."

"확실히…… 세 드래곤의 마법을 배운 그라면 가능한 일이겠지. 그가 쓰는 다중 마법술은 말 그대로 두 가지의 서로 다른 마력을 동시에 쓰는 것일 테니 말이지."

"카릴, 그는 이 모든 것을 계획한 건가……."

그들은 데릴 하리안의 말에 기가 막힌다는 표정으로 신살의 10인을 바라봤다.

"어찌 보면 진정한 인류의 저항은 지금부터라고 할 수 있을 겁니다. 디멘션 스파이럴이라는 신의 힘을 가진 주군께서는 더 이상 인간이라 부를 수 없을 테니까요."

"하지만……."

그들의 대화를 듣던 나인 다르혼이 의문스러운 눈빛으로 물었다.

"고작 저 녀석들로 정말 신을 죽일 수 있을까? 아무리 저들이 전투와는 무관한 신들이라 하더라도 어쨌든 신의 힘을 가졌다. 세계의 속성을 갖추었다 한들 결국은 이 세계에 국한된 힘. 차원의 영역을 아우르는 신에게 대항할 수 있을까."

그의 말에 데릴은 고개를 끄덕였다.

"질 겁니다."

"······뭐?"

"대륙의 강자들만 선별한 신살의 인원이지만 아무리 그들이라고 해도 신을 이길 순 없을 겁니다. 결국 그들은 인간의 영역에 있으니까."

"너무 쉽게 단정 짓는군. 이길 수도 없는 싸움을 위해서 카릴이 지금 신살의 인원을 뽑았다는 말이야?"

나인 다르혼의 말에 데릴 하리안은 쓴웃음을 지었다.

"카릴 님의 계획 속에 그들이 죽여야 할 신은 저들이 아니기 때문입니다."

"흠?"

"카릴 님은 모든 신을 죽이고 스스로 신좌에 올라 신살의 10인으로 하여금 이 전쟁의 끝을 낼 생각입니다."

콰악-!!

나인 다르혼이 데릴의 멱살을 움켜잡았다.

"그게 무슨 헛소리야!! 네 말은 지금 카릴이 자신의 목숨을 저들에게 끊으라고 하기라도 한다는 말이야!"

"맞습니다."

하지만 너무나도 확고한 데릴의 대답에 나인은 할 말을 잃은 듯 입을 뻐끔거렸다.

"카릴 님은 지금까지 모든 것을 자신의 두 어깨로 짊어지셨습니다. 한계라고 생각되는 지금마저도 그분은 저희가 상상하지 못할 이상으로 더 많은 것을 짊어지려고 하고 계십니다."

"이런 멍청한……!!"

"그게 사실인가? 그렇다면 그 계획을 자네 말고 누가 알고 있지?"

카딘 루에르의 물음에 데릴 하리안은 저 멀리 밀리아나와 신살의 인원들을 가리켰다.

"허……."

사람들은 그만 탄식을 토해냈다.

"다시 한번 말씀드리지만 저들은 질 겁니다. 그럼에도 저들이 왜 신을 죽이고자 무모한 싸움을 하려고 하는지 이제 그 이유를 아시겠지요."

"카릴을 보내지 않기 위함이겠지."

나인 다르혼은 빠득-! 이를 갈면서 대답했다.

"카이에 에시르가 남긴 유언을 보고 디멘션 스파이럴의 사용법을 깨우치신 카릴 님께서는 스스로가 신의 화신이라 할 수 있는 란체포가 되어 신좌에 올라 남은 신들을 처단하겠다

하셨습니다. 하지만 신은 스스로 죽을 수 없습니다. 오직 소멸만이 있을 뿐."

"신살의 의미가 그거였나? 멍청한 녀석……."

데릴의 말에 나인이 말했다.

"부탁이란 게 뭐지?"

그 순간 조용히 두 사람의 대화를 듣던 카딘 루에르가 말했다.

"이대로 뒷짐을 진 채로 저들에게만 미래를 맡길 수는 없지 않겠습니까?"

"무슨 말인지 정확히 말해. 쓸데없는 짓을 하면 겨우 붙여 났던 팔이 다시 잘라 버릴 테니."

나인의 으름장에 데릴은 피식 웃었다.

"그겁니다."

"저희가 카릴 님의 잘린 한쪽 팔이 되어 검을 휘둘러야 할 겁니다. 나머지 신들을 죽여 그들의 디멘션 스파이럴을 빼앗는 겁니다. 그리하여 다신의 체계를 지금처럼 유지한다면 균형을 그대로 유지될 것이고 카릴 님께서 목숨을 내어놓을 필요가 없게 되는 것이죠."

"토스카의 계획인가?"

"아닙니다. 밀리아나 님의 계획입니다. 토스카 님께 카릴 님의 계획을 듣고 난 이후 모두에게 말씀하셨습니다. 보시는 바와 같이 거절한 이는 아무도 없군요."

"저 용의 여제가 말도 안 되는 짓을 벌이는군."

나인 다르혼은 저 멀리 신들을 바라봤다.

"신살(神殺)의 10인은 질 겁니다. 저희들이 합세한다 하더라도 전투의 판도는 크게 달라지지 않을 겁니다. 하지만……."

데릴이 고개를 들었다.

"인류가 힘을 합친다면……."

놀랍게도 저 멀리 수백만 군의 병력들이 천천히 진군하기 시작했다.

"고작 네 명의 신. 한 번쯤 도전해 볼 만하지 않겠습니까?"

"앙큼한 녀석. 네 녀석이 이미 다른 이들에게도 계획을 말했나 보구나."

나인 다르혼의 말에 그는 옅은 미소를 지었다.

"목숨을 내걸어야 할 일입니다. 하나 저희는 이제 카릴 님을 따르기로 맹세한 지금, 싸우고자 합니다. 부디 선배님들의 힘을 빌려주시기 바랍니다."

"주제넘은 소리 하지 마."

데릴의 말에 나인 다르혼은 차갑게 말했다.

"카이에 에시르의 비밀을 알고 있고 우리보다 파렐에 대해서 깊이 관여하고 있기에 신좌의 전쟁에 조금 더 알고 있다는 것은 인정한다. 하지만 거기까지야. 네놈이 뭐라고 목숨을 걸자는 얘기를 해?"

"……네?"

나인 다르혼은 당황해 하는 데릴에게서 눈을 돌려 이글거리는 눈빛으로 신들을 바라보며 말했다.

"목숨을 아껴라. 네 녀석들이 진정 카릴을 따른다면 그게 그가 바라는 일이라는 걸 알 터. 그 때문에 놈은 혼자서 짊어지고 가려는 거니까."

우우우우우우웅…….

"좋아. 나의 불사가 어디까지 도달할 수 있을지 도전해 보마. 신의 불멸마저 씹어 삼킨다면 나의 불사가 완성되는 것일 테니."

그의 주위에서 타락의 검은 기운과 함께 지면을 뚫고 슬레이브들이 나타나기 시작했다.

"그야말로 목숨을 걸 만한 일이지."

나인 다르혼은 한쪽 입술을 혀로 쓸며 비장한 목소리로 말했다.

"전군!! 전진하라!!"

"비룡 부대 전기(全機)……!! 낙하! 목표는 저 네 명의 신들의 숨통이다!!"

"천공성 가동!!"

"골렘 부대 전투 준비!!"

"모든 마법사는 실드 마법을 전개하라!!"

전투의 시작은 잔잔했지만 신살의 10인이 불러일으킨 불씨는 순식간에 백만 대군의 전의를 뜨겁게 달구었다.

와아아아아아--!! 와아아아--!!

기사들을 필두로 병사들이 신들을 향해 진격하기 시작했다.

"흥, 녀석들. 분명 나서지 말라고 했거늘."

나인 다르혼은 자신의 뒤에서 달려오는 병력을 바라보며 피식 웃었다.

"그러는 자네야말로 자신의 목숨을 아끼지 않는 모양이지. 내가 알고 있는 불멸회의 수장의 모습과 좀 다른걸. 그는 사람의 목숨을 꽤 가벼이 여겼는데 말이야."

"흥, 남이사."

여명회의 수장인 베르치 블라노는 나인 다르혼의 반응이 재밌다는 듯 미소를 지었다.

"살 만큼 살았잖아. 저 수많은 병사들 중에 아마 우리가 가장 늙은이들일걸. 적어도 우리가 겪었던 삶의 시간만큼 저들도 누릴 수 있도록 해줘야지."

"마음에 드는군."

베르치 블라노의 대답에 나인은 어깨를 으쓱했다.

"클클, 처음이지 않은가. 여명회와 불멸회가 같은 마음으로 함께 싸우는 것이 말이야. 내 평생 이런 날이 올 줄이야. 비록 저 앞에 계신 분이 내가 바랐던 주군은 아니나……. 폐하께서도 조금은 기뻐하시겠지."

카딘 루에르는 만감이 교차한 얼굴로 낮게 읊조리듯 말했다.

"여명 10계에게 고하노니. 전장의 빛을 밝혀라."

대마법사 중에서도 9클래스에 육박하는 엄청난 마력을 가진 유일한 존재인 베르치의 마력이 담긴 목소리가 울려 퍼졌다.

"날이 밝아 오고 있도다!!"

와아아아아--!! 와아아아--!!

제국 전쟁에 참여하지 않아 목숨을 구했던 여명회의 정예들은 마치 지금까지 참았던 울분을 토해 내듯 소리쳤다.

"불멸이여, 생(生)을 원하라."

그리고 그에 질세라 불멸회의 마법사들이 나인 다르혼이 쏟아낸 슬레이브들의 뒤에서 마력을 밀어 넣기 시작했다.

[크르르르르르……!!]

[카아아악!!]

흑마법의 검은 기운이 슬레이브들에게 흡수되자 녀석들의 몸집이 부풀어 오르며 미친듯한 속도로 질주하기 시작했다.

쿠다다다다다다……!! 콰가가강……!!

슬레이브들이 바닥을 밟을 때마다 마치 지진이 일어나는 것처럼 떨렸다.

"……쓸데없긴."

밀리아나는 신들을 포위한 병사들을 보며 중얼거렸지만 그들의 결의가 썩 나쁘진 않은 듯 그녀 역시 자신의 두 주먹에 힘을 주며 기세를 늦추지 않고 소리쳤다.

"신살의 임무를 받지 않은 저들도 싸우고자 한다. 그런데 신살의 인원에 뽑힌 우리가 이대로 멍하니 있어서야 안 되는 일이다!! 적어도 한 놈이라도…… 신의 목을 베어 카릴을 도와야 한다."

그녀는 네 명의 신들을 하나하나 훑듯 짚으며 말했다.

"어떤 놈이 제물이 되겠느냐."

"큭…….."

"감히…….."

신들은 차례차례 밀리아나의 손끝이 자신을 향할 때마다 으르렁거리듯 말했지만 섣불리 누구 하나 싸우려 드는 자는 없었다.

그러나 적어도 적의를 감추지 않는 그들과 달리 한 명의 신만큼은 오히려 나머지 신들의 뒤에 숨어 있었다.

'토스카의 말대로군.'

인간을 두려워하는 신의 모습에 밀리아나는 확신하며 조금 전 일을 떠올렸다.

카릴이 율라와 전투를 벌일 때 황금룡이 신살의 10인을 모두 소집했을 때의 일이었다.

"그게 무슨 말이야! 카릴이 죽는다니?!"

[목소리를 낮추게. 지금부터 자네들은 은밀하게 파렐을 공략할 준비를 해야 하니까.]

"헛소리!! 당장 조금 전 뱉은 말에 대해서나 해명해!"

조금 전 세 번째 신인 노인의 죽음을 보며 조금씩 승리에 다가가고 있음에 기뻐했던 이들에게 토스카의 말은 끔찍한 충격이었다.

특히나 밀리아나는 황금룡의 말에 납득할 수 없다는 듯 소리쳤다.

[카릴은 스스로가 마지막 신이 되어 파렐 자체를 무너뜨릴 계획을 하고 있네. 하지만 신은 스스로 죽을 수 없기에 그는 다른 모든 신을 섬멸하고 파렐 안에서 자네들을 기다릴 것이야.]

"설마…… 파렐을 파괴하지 않고 남겨둔 이유가 그 때문입니까?"

세르가가 물었다.

[그렇다. 신이 모두 사라지면 그 세계는 파괴된다. 하지만 파렐의 각층은 각각의 신들의 또 다른 세계와도 같다. 그렇기에 카릴은 신좌에 올라 이 세계를 변혁하는 것 대신 파렐 안에 자신의 세계를 창조하여 그 안에서 죽음으로써 이 세계에 영향을 끼치지 않으면서도 신의 멸살을 이룰 수 있게 되는 것이지.]

"주군……."

자신도 모르게 튀어나온 에이단의 한 마디에 사람들은 모두 침통한 표정을 지을 수밖에 없었다.

"그딴 표정 짓지 마. 그게 희생으로 보여? 남겨진 자는 생각도 하지 않고 오직 자신의 목표만을 이루려는 이기적인 생각이지!!"

침묵 속에서 밀리아나는 소리쳤다.

"난 허락 못 해. 누구 마음대로 죽어? 나도 모르게 그따위 말도 안 되는 생각을 하고 있던 녀석의 얼굴을 한 대 때리지 않고선 분이 풀리지 않는다고!!"

[그럼 어찌할 생각이지?]

"신을 죽인다. 그리고 나 역시 디멘션 스파이럴을 얻어 신의 힘을 얻을 거다."

"그, 그게 무슨……."

"어떻게 하실 생각이십니까?!"

밀리아나의 말에 모두가 화들짝 놀라며 소리쳤다.

"그가 스스로 죽고자 하는 이유야 너희들도 이제 모두 알겠지. 신에게서 인간을 완벽하게 자유로이 만들기 위함이야. 하지만 그게 꼭 신좌의 멸망으로만 가능한 것은 아니지."

꿀꺽-

그녀의 말에 사람들은 자신도 모르게 마른침을 삼켰다.

"신의 존재가 문제가 되는 것은 인간을 자신들의 장난감으로 생각하기 때문이야. 하지만 내가 다신(多神)의 자리에 오른다면 인류에게 위험이 없거니와 신의 균형을 맞출 수 있으니 신좌를 소멸시킬 필요가 없게 된다."

"주군이 죽을 필요 없게 되는 거군요."

"맞아."

수안 하자르는 기쁜 듯 소리쳤고 그녀는 고개를 끄덕였다. 하지만 그 두 사람을 제외하고 나머지 사람들은 어쩐 일인지 방법을 찾은 것에 기뻐하는 것이 아니라 여전히 침울한 얼굴이었다.

[감당할 수 있겠느냐.]

토스카가 그들의 생각을 대변하듯 말했다.

[신의 파편은 인간이 감당할 수 없는 것이다. 어쩌면 네 정신마저 잠식할 수 있다. 솔직히 말해 카릴, 그가 특별한 것이지.]

"나는 당신의 축복을 받은 일족의 수장이다. 내 몸에는 황금룡의 피가 흐르고 있으며 그렇기에 자매들 중에서도 오직 나만이 당신의 힘을 쓸 수 있지."

밀리아나는 토스카를 향해 말했다.

"당신은 신에게 반기를 들었던 최초의 존재잖아. 신의 힘이 두려웠다면 애초에 시작도 하지 않았겠지. 그런 자의 피를 이어받은 나야."

그녀는 한쪽 입꼬리를 올리며 말했다.

"비록 완벽한 드래곤은 아니지만 유일한 당신의 후대를 믿어봐. 발악하면 발악했지 힘이 주는 유혹에 무너지진 않아."

토스카는 그녀의 말에 할 말이 없다는 듯 거대한 고개를 가로저었다.

[좋다. 남은 후대를 위해 한가지 조언을 하마. 만약…… 네가 진실로 신의 목숨을 빼앗으려 한다면 네가 노려야 하는 신은 단 한 명뿐이다.]

"그게 누구지?"

그러고는 마음을 굳힌 듯 그녀에게 말했다.

[열 번째 신. 재생의 재해라 불리는 신이다.]

"흐음, 어째서?"

[균형의 신들은 전투와는 거리가 먼 자들이다. 인간 세계로 따지자면 사제나 수도승 같은 존재지. 하지만 그렇다고 해서 그들이 인간보다 약하다 할 순 없다.]

"그렇겠지. 인간 세계에도 사제 중에 광인(狂人)도 있으니 말이야."

[의미는 다르지만…… 뭐 그렇지.]

토스카는 숨을 돌리듯 잠시 말을 멈추고 저 멀리 네 명의 신들을 바라봤다.

[너희가 아무리 강하다 하더라도 솔직히 말해서 신을 상대로는 새 발의 피다. 카릴이 너희의 전력을 고민할 여지가 없었던 것은 죽음을 각오한 그가 너희와 당연히 싸우지 않을 것이기 때문이다.]

"새 발의 피라……. 썩 기분 좋은 평가는 아니지만 좋아. 그건 그렇다 치고 그럼 어째서 다른 신이 아닌 열 번째 신을 노려야 하는 거지?"

[재생의 재해. 하지만 그것은 재해를 일으킬 때의 이름이고 원래 그녀는 생명의 신이다.]

"흐음…… 그래서?"

[태초의 신은 균열에서 태어났고 그곳에서 더 이상 신은 탄생할 수 없다. 그렇기에 다신(多神)들은 만일을 대비해서 자신의 세계를 이을 신을 태어나게 할 존재가 필요했다.]

"설마……."

[그래. 신을 잉태하는 신. 그것이 바로 생명과 다산(多産)을 상징하는 열 번째 신이다.]

"신을 낳다니……. 그야말로 인간과 다를 바 없지 않군요. 신은 완전무결한 존재라 여겨졌지만 어찌 보면 그들이 하나가 아닌 여럿으로 균형을 이루는 이유가 불완전하기 때문이라는 생각이 드는군요."

세르가는 토스카의 말에 턱을 쓸며 고민하듯 말했다.

"그럼 당신 말은 열 번째 신이 가장 전투력이 낮기 때문에 노릴 만하다는 것인가?"

[아니. 그 역시 신이다. 인간의 힘으로 어찌할 수 있는 것이 아니지.]

"하, 그러면 왜?"

밀리아나는 마음이 급한 듯 토스카를 재촉하듯 되물었다.

[상황이 그대들에게 기회를 주고 있기 때문이지.]

그의 말에 그녀는 고개를 갸웃거렸다.

"상황……?"

[내가 깨어나고 가장 놀랐던 일은 엑소디아가 일어났다는 것이었다. 로드의 죽음으로 신들에겐 빈자리가 하나 생기게

되었다. 그리고 생명의 신은 규율에 따라 새로운 신을 잉태하여 그 공백을 채워야 하지.]

토스카는 천천히 말을 이었다.

[새로운 신이 태어나기 전에 저들은 로드가 가졌던 신좌를 얻기 위해 엑소디아를 열었던 것이다.]

"그랬군."

[신을 잉태하는 것은 나 역시 문헌으로만 전해 들었던 것이기에 정확히 알 수 없으나……. 생명의 신은 새로운 신을 품었을 때 그를 탄생시키기 위해 자신의 힘을 모두 뱃속의 생명에게 쏟아붓는다 알려져 있다.]

"이제 알겠군. 지금 잉태하고 있는 새로운 신 때문에 열 번째 신이 쇠약해진 상태라는 거군?"

[그렇다.]

밀리아나는 천천히 고개를 끄덕였다.

"다들 이의는 없겠지. 황금룡의 말대로 우리가 신에게 검을 드리우는 것은 계란으로 바위를 치는 격이다. 하지만 단 한 명이라면…… 노려볼 만하겠지."

그녀의 말에 모두의 눈빛이 빛났다.

"으아아아아아아아--!!"

날카로운 고함이 전장에 울렸다.

"하와트!!"

밀리아나가 그의 이름을 부르자 거인족인 그는 아스칼론에게서 받은 아이기스를 두 손으로 꽉 움켜쥐며 있는 힘껏 지면을 내려쳤다.

"감히……!!"

"놈들을 모두 죽여라!!"

방패를 중심으로 지면이 흔들리며 모래폭풍처럼 흙먼지가 일자 신들은 황급히 뒤로 물러나며 소리쳤다. 그 둘 중 한 명이 쥐고 있던 지팡이를 들어 올리며 주문을 외우려 했다.

촤자자자작……!! 촤작……!!

하지만 그 순간 그의 뺨을 스치고 지나가는 날카로운 전격을 내뿜는 빛줄기에 그는 다급히 뒤를 돌아봤다.

쾅!!

에이단 하밀이 번개구름을 뚫고 지팡이를 쥐고 있던 그의 손목을 내려쳤다.

"이놈이……!!"

신의 얼굴이 일그러졌고 에이단의 발길질을 뿌리치며 그가 지팡이를 휘두르려 했다.

"어딜!!"

하지만 기다렸다는 듯 나인 다르혼의 슬레이브들이 몸을 던지며 그를 막았다.

퍼억……! 콰아아앙!! 우드드득……!!

지팡이를 휘두를 때마다 슬레이브들의 부러진 뼈와 뜯긴 살점들이 사방으로 튀며 흩어졌다.

"고작 이따위 것으로 우리를 상대하려 했느냐!! 가증스러운 것들!!"

와르르 부서지는 불사의 군단을 보며 신들은 차갑게 비웃으며 소리쳤다.

"인간이 드래곤의 마법을 쓰는 것은 놀라우나. 결국은 그들의 마법 역시 신의 힘을 베껴 만든 하급품에 불과하지."

콰아아아앙……!!

슬레이브가 몸을 바쳐 만든 장벽 뒤로 세르가의 결계 마법이 나머지 신들의 일격에 위태롭게 흔들렸다.

"쿨럭……!!"

충격에 세르가의 입가에 한 줄기의 피가 주르륵 흘러내렸다.

"흐아아아압!!"

그의 어깨 위로 세리카 로렌이 뛰어넘어 결계를 부수려는 신을 향해 창을 쏟아냈다.

차앙……! 캉!! 카가가강……!!

그녀의 창날이 춤을 출 때마다 새하얀 냉기가 흩뿌려졌고 슬레이브들을 부수는 신의 앞을 수안 하자르가 막아섰다.

"너희는 여기서 벗어날 수 없다."

"이런 건방진……!!"

수안의 말에 신의 얼굴이 일그러졌다. 신이 손을 머리 위로 들어 아래로 내리자 마치 중력 그 자체가 수안을 찍어 누르듯 짓눌렀다.

"조심하세요!!"

안챠르가 소리치며 양팔로 바닥을 짚자 지면에서 두꺼운 줄기들이 그들을 옭아맸지만 신들이 거칠게 팔을 내젓자 순식간에 말라비틀어지며 오히려 그 충격이 고스란히 그녀에게로 돌아갔다.

"쿨럭……!!"

비틀거리며 쓰러지는 그녀를 걱정하는 듯 옆에 선 알카르가 이마를 비볐다. 압도적인 차이였다.

"감히…… 인간 주제에. 우리를 우습게 봐? 네놈들이야말로 오늘 여기서 모조리 멸해주지."

"흥, 전투의 신 앞에서는 꼬리 마는 개처럼 아무 말도 못 하는 주제에…… 커헉!!"

신이 발에 힘을 주자 그 밑에 깔려 있던 세리카 로렌이 비명을 지르며 몸을 부르르 떨었다.

"여제여……!!"

하나둘 쓰러져 가는 신살의 10인들 속에서 건틀렛으로 보이지 않는 힘에 힘겹게 저항하는 수안 하자르는 결코 무릎을 꿇을 수 없다는 듯 두 다리를 꽉 붙들며 소리쳤다.

"그래. 놈들의 눈을 속이느라 고생했다."

그때였다. 맹렬한 전투의 뒤편에서 나지막한 목소리가 들렸다. 흙먼지에 가려진 붉은 비늘이 그 목소리와 함께 파르르 떨렸다.

스르릉-

날카로운 검날이 열 번째 신의 목에 닿았을 때 나머지 세 명의 신들은 창백한 얼굴로 밀리아나를 바라봤다.

"아……."

열 번째 신은 목에 검이 겨누어져 있음에도 불구하고 오히려 자신의 목숨은 안중에도 없는 듯 배를 보호하듯 두 손으로 움켜잡았다.

"그래, 다 죽여봐. 하나 우리도 그냥 죽진 않을 거다."

밀리아나는 경고하듯 세 명의 신들을 향해 말했다.

"머…… 멈춰!!"

그 순간 그 광경을 지켜보던 첫 번째 신인 남자의 눈동자가 커다랗게 변했다. 그러고는 자신도 모르게 규율을 어기고 열 번째 신의 이름을 외치고 말았다.

"락슈무……!!"

신은 이름이 없다. 아니, 정확히 말하자면 자신의 차원이 아닌 타 차원에 강림했을 때 그들은 스스로의 이름을 버린다. 그것은 본디 태초에 가지고 있던 힘을 내려놓는다는 의미였고 한편으로는 그 차원의 주인에 그 어떠한 위해를 가하지 않겠다는 약속과도 같은 것이다.

하지만 그런 약속이 있어야 할 이유는 뭘까. 반대로 생각한

다면 약속이란 규율을 만들어야 할 만큼 다신(多神) 간의 믿음
이란 것이 존재하지 않기 때문일지 모른다.

서로를 호시탐탐 노리는 적. 결국은 언제 깨져도 이상하지
않을 위태로운 약속에 불과했지만 그 대가는 엄청나 지금껏
유지될 수 있었다.

그 어떤 신도 결코 해서는 안 될 일. 태초부터 억겁의 시간
동안 이어져 왔던 이 규율이 지금 깨어지고 말았다.

"락슈무……!!"

첫 번째 신인 남자가 그녀의 이름을 불렀다. 그는 뒤늦게 아
차 싶은 창백한 얼굴로 입을 다물었지만 이미 뒤늦은 후회였다.

"그녀가 그렇게나 소중했나? 열 번째는 신의 빈자리를 채우
기 위한 태어난 존재일 뿐이고 단순히 순환되는 순서에 의해
서 너와 결합을 했던 게 다인데……. 설마 행위로 의해 인간의
감정이라도 섞인 것인가? 신이라는 존재가? 균열에서 가장 먼
저 태어난 첫 번째라는 이름이 아깝군."

"……너!!"

율라는 차갑게 남자를 향해 말했다.

"열 번째에게 로드의 빈자리에 세울 새로운 신을 잉태하게
하는 것은 네가 아니더라도 얼마든지 가능한 일이야. 피조물
에게 성별을 나눈 이유가 무엇인데. 바로 반쪽짜리들이기 때
문이다. 신인 우린 그런 구분을 지을 필요 없지."

그녀의 얼굴이 각이 진 사내의 얼굴로 변했다가 다시금 본

래의 모습으로 돌아왔다.

"그저 취향의 차이일 뿐. 그런데 너희들은 마치 뭐라도 된 것인 양 사랑이라는 걸 한 것이더냐. 정말 우습지도 않구나."

"크윽!!"

율라는 남자의 목덜미를 움켜잡았다.

"그 끝이 파멸이라는 것도 모르고 말이야."

"크아아아아아……!!"

탄탄했던 남자의 근육질 몸이 마치 소멸되는 것처럼 가늘어지기 시작했다.

"타 신의 이름을 부르는 것은 규율의 위반이다. 너는 태초의 규율에 의거하여 그 힘이 모두 소멸될 것이다."

그녀는 비릿한 웃음을 지었다.

"그러니…… 내게 먹혀라. 그것만이 첫 번째로서 네가 할 수 있는 마지막 의무다."

"다, 닥쳐!!"

남자는 부들부들 떨리는 손으로 율라의 팔을 부여잡으면서 소리쳤다.

"걱정 마라. 네가 인간과 같은 그 감정에 취해 열 번째에게 특별한 마음을 먹었더라도 결코 나는 너희를 탓하지 않는다. 오히려 너희들을 인정한다. 덕분에 너도 열 번째도 모두 나의 밑거름이 될 것이니까."

"뭐……?"

"인간의 말을 빌리자면 죽는 이의 앞에 이렇게 말하겠지. 외롭지 않게 열 번째도 네 곁으로 보내줄 테니 먼저 가서 기다리거라."

"크아아아!! 율라……!!"

남자는 그 말에 소리치며 주먹을 내질렀다. 하지만 피죽도 못 먹은 듯 뼈와 살가죽밖에 남지 않은 가녀린 팔은 그녀에게 아무런 충격도 주지 못했다.

"뭐, 차원의 탄생과 함께 태어난 우리가 소멸 이후 무엇이 있는지 누구보다 잘 알고 있으니 이런 위로가 말도 안 되는 헛소리라는 것도 알겠지만 말이야."

율라의 검이 남자의 목을 꿰뚫었다. 그의 입에서 붉은 피가 터져 나왔고 뭔가를 말하려던 남자는 역류하는 핏물에 그저 입을 뻐끔거릴 뿐이었다.

"아…… 안 돼!!"

날카로운 비명이 들렸다.

락슈무의 눈가에 주르륵 눈물이 흘러내렸고 미칠 듯이 고개를 저으며 그녀가 소리쳤다.

"큭?!"

상체가 크게 흔들렸고 그 바람에 밀리아나의 검날에 그녀의 목이 베이며 한 줄기 상처가 나며 피가 흘렀다. 갑작스러운 상황에 오히려 검을 쥐고 있던 밀리아나가 놀란 듯 뒤로 물러서고 말았다.

그 바람에 락슈무가 남자를 향해 달려갔다.

“이런……!!”

밀리아나는 도망치는 그녀를 붙잡기 위해 몸을 날리려 했지만 그 순간 케이 로스차일드와 함께 있던 자르카 호치가 그녀를 막아섰다.

[그냥 둬라.]

“어째서? 잘못하면 율라가 저 신의 힘까지 흡수할지도 모른다고!”

[그렇다 하더라도 적어도 지금은 놔둬라.]

어쩐 일인지 자르카 호치의 목소리가 평상시와 다르다는 것을 느끼자 밀리아나는 그 이유를 짐작할 수 있었다.

망령의 성의 주인이기 이전에 자르카 호치는 엘프의 성지인 엘븐하임이 있던 에리얼 우드를 수호하던 자였다. 엘븐하임의 수장인 티누비엘가(家)의 마지막 후손이자 여왕이었던 퓌렐(Furrel)을 잊지 못해 카릴을 만나기 전까지 성안에서 허상들과 함께 세월을 보냈던 그였기에 누구보다 절실하게 이별의 아픔을 공감할 수 있었다.

“인간은 누구나 죽는다. 아무리 사랑하고 영원히 함께하고파도 필멸자(必滅者) 시간 앞에 무력하지. 신이라고 해서 다른가? 영원을 살기 때문에 오히려 소멸 앞에 무력하다 말할 거라면 죽음을 알지 못하기에 우리에게 저지른 저놈들의 짓거리를 봐라!!”

재해가 거듭될수록 죽어 가던 병사들. 밀리아나는 지금 자신이 이곳에 서 있을 수 있는 이유도 그들의 피가 있었기 때문이라는 것을 강조하듯 소리쳤다.

"신이라고 특별 대우해 줄 생각 없어. 내 눈엔 그저 베어버려야 할 적이니까."

[……]

"세상 어디에도 이유 없는 자는 없다. 길거리 거지에게도 마음 한편엔 사연이 있는 법. 그렇다 한들 그 거지를 위해 너는 뭘 할 거지?"

자르카 호치는 입을 다물었다.

밀리아나는 그의 대답을 더 이상 들을 필요가 없다는 듯 고개를 돌렸다.

[네가 만약 카릴을 잃게 되었다고 생각해 봐라. 그래도 지금 같은 마음일까?]

"아니겠지."

그녀는 등을 돌린 채 대답했다.

"그전에 그 새끼를 죽여 버릴 거니까. 그리고 지금 너희들도 그러기 위해서 검을 뽑은 거 아냐? 잃게 될 만약을 생각하지 마."

파앗-!!

질주하는 밀리아나의 목소리가 흐트러지듯 들렸다.

"그런 건 없으니까. 그러니 입장을 똑바로 해. 신에게 아량을 베풀 우리가 대단한 존재가 아니니 아량보다 줄 수 있는 건 칼날뿐이다."

"그, 그만둬……!!"

달려가는 락슈무의 등 뒤로 밀리아나는 검을 들어 올렸다.

그 광경을 지켜보던 첫 번째 신은 율라의 발아래 쓰러져 있음에도 불구하고 힘겹게 소리쳤다.

푸욱-

밀리아나의 검날이 열 번째 신, 락슈무의 등에 박혀 가슴 한가운데를 뚫고 튀어 나왔다.

"컥……!! 커억……!!"

락슈무의 허리가 활처럼 꺾였다.

"쿨럭……."

잉태한 새로운 신에 의해 자신의 힘을 모두 소진한 열 번째 신은 그저 한낱 여인과 같이 아무런 힘을 가지고 있지 않았고 저항할 엄두도 내지 못한 채 밀리아나의 검에 속절없이 쓰러지고 말았다.

"으아아아아아--!!"

첫 번째 신은 그 광경을 지켜보며 미친 듯이 고함을 질렀다. 하지만 여제의 검날보다 더 자비 없는 신의 검은 그런 남자의 목을 거침 없이 지나쳤다.

툭-

검날의 속도에 튕겨 나가듯 남자의 머리가 잘려 허공에 떠올랐다.

"아……."

락슈무의 얼굴이 창백하게 변했고 자신의 가슴에 검이 꿰뚫려 있다는 것도 잊은 채 그녀는 눈조차 감지 못한 남자의 주

검을 바라봤다.

"어째서…… 어째서 이렇게 되어야 하지?"

그녀는 무너지듯 앞으로 고꾸라지며 남자의 머리를 움켜 잡았다.

"어째서라니. 엑소디아를 일으킨 것은 너희들이다. 너만이 비극의 주인공이라 생각하지 마라."

하지만 밀리아나는 울고 있는 그녀를 향해 차갑게 말했다.

"우리는 형제를 잃고 부모를 잃고 친구를 잃었다. 너희가 너희 스스로의 안위만을 생각하고 우리를 너희들의 장기 말로 쓴 덕분에 우리는 그들의 죽음에 대해 슬퍼할 겨를도 그들을 묻어줄 시간도 없었다."

비정하게 보일 수 있지만 밀리아나의 말은 틀리지 않았다. 그렇기에 누구도 그녀의 말에 반박하지 않았다.

"오히려 우리에게 감사해야지."

"……뭐?"

"누군가를 잃는 것이 얼마나 고통스러운 것인지 억겁의 시간을 지나도 알지 못했던 감정을 알게 되었으니까."

"너……!! 너어……!!"

일그러진 얼굴로 락슈무는 밀리아나를 향해 소리쳤다. 하지만 이미 검에 관통된 그녀의 육신은 쉽사리 움직이지 않았다. 그러나 그녀가 움켜쥐고 있던 남자의 머리에 빛무리가 감돌더니 그의 주검이 사라짐과 동시에 에메랄드 빛의 조각이 남았다. 첫 번째 신의 디멘션 스파이럴이었다.

"내놔."

밀리아나는 양팔로 파편을 움켜쥔 락슈무를 향해 나지막한 목소리로 말했다.

"이 모든 게…… 내가 약하기 때문이다. 승자독식(勝者獨食). 너희들의 말처럼 강한 자만이 살아남을 수 있는 세계에서 생명이란 참으로 약하디약한 힘이 아닐 수 없구나."

락슈무는 마치 체념한 듯 중얼거렸다.

"네가 비록 내 목숨과 내 힘을 빼앗아 갈 수 있을지는 모르나 이 힘만큼은 안 된다."

"……뭐?"

밀리아나가 그녀를 바라보며 눈을 흘겼다.

"인간들이여. 똑똑히 기억해라. 나의 이름을……!!"

그녀는 비명을 지르며 자신의 배를 스스로 갈랐다. 밀리아나는 그 모습에 깜짝 놀라며 자신도 모르게 몸이 굳어져 그저 바라만 볼 뿐이었다.

"나의 이름은 락슈무. 이 이름을 내 아이에게 물려주니 내 아이는 이제 이 추악한 땅이 아닌 새로운 차원에서 신의 위엄을 보이며 살아갈 것이다!!"

좌아아아아악……!!

락슈무는 쥐고 있던 디멘션 스파이럴을 배 속으로 집어넣었다.

"싸우고 또 싸워라. 그리고 무너져라. 그것이 내가 너희 인간에게 내리는 저주이며……."

파편은 흡수되듯 순식간에 녹아내리며 스며들었다.

"다신(多神)의 규율은 깨어지고 유일한 하나의 신만이 나의 세계에 존재할 것이다. 그것이 내가 신에게 내리는 저주이다."

율라는 그녀의 말에 살짝 눈썹을 찡그렸다.

"오직…… 나 락슈무의 이름을 물려받은 신만이 그 세계를 다스릴 것이다."

쏴아아아아아악--!!

그 말을 끝으로 그녀의 부푼 배 속에서 빛나는 광채가 튀어나오더니 막을 새도 없이 그대로 하늘 위로 솟구쳤다.

"내 비록 여기서 죽지만 너로 인한 나의 분노는 다른 차원의 인간들을 저주하게 만들리라."

입가에 핏물이 가득한 채로 그녀는 죽음 직전 카릴을 향해 마지막 저주를 뿌리듯 소리쳤다.

"나는 인간을 아꼈다. 아마 그 어떤 신들보다 더욱…… 하지만 이젠 아니야."

"알게 뭐야."

하지만 대답은 카릴이 아닌 그녀의 뒤에서 들려왔다.

"우리의 저항이 네가 품고 있던 신이 만들 세계의 새로운 인간들을 고통에 빠지게 만들 거라고? 고작 그게 너의 저주인가?"

밀리아나는 오히려 락슈무를 향해 코웃음을 쳤다.

"여기서 널 죽이는 존재도 인간이라는 것을 잊지 마라. 네

아이가 만들 차원을 살아갈 인간 역시 네가 뿌린 씨앗을 죽일 가능성은 무궁무진하니까."

그녀는 날카롭게 말했다.

"인간을 쉽게 보지 마라."

"퉷-!!"

락슈무는 끓어 오르는 분노를 어찌하지 못하겠다는 얼굴로 밀리아나를 향해 핏덩이를 뱉어냈다. 하지만 신이라 불리는 존재의 무게에 비한다면 그녀의 마지막 발악은 너무나도 허무하게도 밀리아나의 뺨 옆을 스쳐 지나가며 불발이 되었다.

푸욱-

밀리아나는 락슈무의 목에 검을 찔러 넣었다. 부르르 떨리는 그녀의 몸이 끝내 천천히 멈췄다. 밀리아나는 검을 뽑으며 낮은 한숨을 토해내고서 락슈무의 시체에 남겨진 디멘션 스파이럴을 움켜잡았다.

우-우-우-우-우-우-웅······.

충격적인 결말에 모두가 넋을 잃고 그녀를 바라볼 뿐이었다. 락슈무가 남긴 디멘션 스파이럴이 천천히 밀리아나의 손바닥 아래로 잠식되어 가며 흡수되기 시작했다.

"봤지?"

천천히 눈을 감았다가 뜨며 그녀는 이제 율라를 향해 말했다.

"이제 네 차례야."

율라의 얼굴이 굳어졌다.

▶Chapter 3◀

"인간이 디멘션 스파이럴을 흡수하다니……. 저놈을 보니 이제 개나 소나 다 신의 힘을 쓸 수 있을 거라 생각하나? 죽고 싶어서 작정을 했구나."

율라는 차가운 눈빛으로 밀리아나를 향해 말했다.

"길고 짧은 건 해봐야지."

밀리아나의 등 뒤로 뜨거운 마력이 느껴졌다. 범접할 수 없는 그 기운에 특히나 대마법사의 반열에 오른 자들은 자신도 모르게 손에 땀이 흥건하게 맺혔다는 것을 알 수 있었다.

"엄청나군……."

"카릴을 보는 것과는 또 다른 위압감이야. 태생적으로 용마력을 가진 디곤 일족이기 때문에 파편의 흡수도 더 빠른 건가?"

"그녀 역시 검과 마법을 동시에 쓸 수 있지만 확실히 그와는 전혀 다른 형태로군."

나인 다르혼을 비롯한 마법사들은 저릿저릿한 밀리아나의 마력에 전투조차 잊은 듯 말했다.

"신의 힘에 취했나 보군. 그런 망언을 뱉어내다니 말이야."

하지만 놀라는 그들과 달리 율라는 마치 안타깝다는 듯 고개를 가로저었다.

"한심한 꼴이야. 고작 파편 하나를 가진 것밖에 안 되는 것이 세상을 제 손으로 다 주무를 수 있을 것처럼 말하는구나."

"왜? 그 파편 하나 가지고 너희들은 신이라 칭했잖아. 세계를 창조하고 조물주로서 인간을 장기 말로 쓰지 않았던가?"

밀리아나는 율라의 말에 지지 않고 대답했다.

"고작 파편 하나 가지고 신이라 칭했던 과거가 부끄럽나 보지?"

굳어지는 율라의 얼굴.

"으……!! 으아아악……!!"

그리고 남자의 죽음을 목도하던 뱀 입술의 여인은 끝내 이성을 잃은 듯 도망치려 했다.

푸욱-!!

하지만 그 순간 지면을 밟은 그녀의 아래에서 붉은 줄기가 돋아나며 마치 족쇄처럼 두 다리를 꿰뚫으며 옭아맸다.

"사, 살려……!!"

바닥에 쓰러진 뱀 입술의 여인은 움직이지 않는 두 다리 대신 양팔로 바닥을 기며 율라의 곁을 벗어나려 안간힘을 썼다.

저벅- 저벅- 저벅-

하지만 양팔이 허우적거린 흔적만이 바닥에 남았을 뿐 그녀는 단 한 걸음도 도망치지 못한 채 다가온 율라의 차가운 시선을 맞이할 뿐이었다.

"그래. 인간 따위도 신의 파편을 가진 지금 고작 한 개밖에 가지지 않은 이 버러지들을 신이라 부를 수 없겠지."

"제…… 제발……."

뱀 입술의 여인이 양손을 싹싹 빌며 율라에게 사정했지만 싸늘한 그녀의 눈빛에 이미 돌이키기엔 너무 많이 건너오고 말았음을 느꼈다.

콰악-!!

검이 정수리에서부터 정확히 뱀 입술 여인의 머리를 관통했다.

"컥…… 커컥……."

턱밑으로 뚫고 나온 율라의 검에 뱀 입술의 여인은 입을 벌리지 못하고 비명조차 제대로 내뱉지도 못한 채 그저 몸을 부르르 떨었다. 율라가 검을 비틀자 여인의 몸 아래 붉은빛과 함께 그녀의 다리를 붙잡고 있던 줄기들이 마치 몸 안의 혈액을 빨아 당기는 것처럼 부풀어 올랐다.

부르르르르르…….

몇 번이나 들썩이던 여인의 몸이 순식간에 미라처럼 메말라졌고 빈 껍데기만 남았다.

스캉-

율라가 찔러 넣었던 검을 뽑아내자 검 끝에 여인의 디멘션 스파이럴이 있었다.

[신의 힘을 빼앗을 때마다 율라의 얼굴이 젊어지는 것 같군. 아무래도 너와 달리 그녀는 디멘션 스파이럴 그 자체를 흡수할 수 있는 모양이야.]

알른 자비우스는 율라의 모습이 변하는 것을 보며 카릴과의 차이를 발견했다. 그의 말에 카릴은 고개를 끄덕였다.

란체포라고는 하지만 그의 본질은 결국 인간이기에 빛과 어둠이라는 두 개의 속성을 가진 신의 힘을 쓰기 위해 그는 편법일지 모르지만 마력과 검이라는 상반된 방법을 통해 이뤄냈다. 즉, 율라처럼 신의 힘을 자신의 것으로 만든 것이 아니라 마력과 검이라는 매개체를 통해 발현한 것이다.

"밀리아나."

폴세티아의 힘을 기반으로 만든 아그넬을 닮은 창조의 검이 그의 마력에 푸르게 빛나기 시작했다.

카릴은 검을 쥐고서 그녀의 이름을 불렀다.

"응?"

"내가 가진 디멘션 스파이럴은 모두 4개지만 로드의 것을 제외한 나머지 3개는 마법을 매개로 융합한 것이다. 정확히는 내 힘이 아니지. 현 상태로는 3개의 디멘션 스파이럴을 모두 흡수한 율라를 상대로 솔직히 불리해."

"그래서? 내가 가진 디멘션 스파이럴을 네게 달라는 말이야? 미안하지만 그렇게는 못 해."

그녀는 퉁명스럽게 말했다.

"내가 이걸 가지고 있지 않으면 너는 네 목숨을 내놓을 거니까."

카릴은 그녀의 말에 쓴웃음을 지었다.

"토스카가 괜한 소리까지 했나 보군."

"괜한 소리라니. 그걸 숨겼다면 디곤에게 내린 축복이고 뭐고 황금룡도 가만두지 않았어."

밀리아나는 검을 움켜잡았다. 카릴이 스스로 목숨을 내놓고 신의 소멸을 계획했다는 것을 알았을 때 가슴이 철렁했던 기분을 결코 잊을 수 없을 것 같았기 때문이었다.

"너무 많은 것을 하려 하지 마. 네가 신의 힘을 가졌다고 하더라도 그 이전에 넌 인간이야."

우우우우웅…….

그녀의 검이 붉은색으로 빛나기 시작했다. 첫 번째 신의 힘이었다. 동시에 마력을 끌어올린 팔에 혈관이 타들어 갈 듯한 고통과 함께 선명하게 도드라졌다.

"흡……."

하지만 신음조차 내지 않고 그녀는 입술을 꽉 깨물며 신의 힘을 끌어 올렸다.

"그리고 나 역시 인간이다."

카릴의 앞에서 보란 듯이 신의 힘을 쓰며 그녀가 말했다.

"못 말리겠군."

"언제는 날 말릴 수 있을 거라고 생각했어?"

그녀의 대답에 카릴은 옅게 웃었다.

"부탁이 있다."

"뭔데? 조금 전 내가 말한 것이 아니라면 뭐든지."

"신을 죽여."

"……뭐?"

생각지 못한 그의 대답에 밀리아나는 살짝 놀란 듯 되물었다. 하지만 그러면서도 율라를 경계하는 시선을 떼지 않았다.

"말했다시피 내 힘은 율라를 상대하기엔 아직 조금 모자라다. 하지만 정령의 힘을 쓴다면 호각. 거기에 두 개의 마스터 키의 힘을 쓴다면 녀석을 상회할 수 있겠지만 그 힘을 모두 쓸 수 있는 건 찰나에 불과해. 기껏해야 한 번뿐이겠지."

"그래서?"

"네가 그 한 번의 기회를 만들어달라는 뜻이다. 네가 가진 신의 힘으로 저기 남아 있는 균형의 신들의 디멘션 스파이럴 을 가져와."

"설마……."

"신의 힘까지 얻었으니 너라면 할 수 있겠지?"

카릴의 말에 밀리아나는 고개를 끄덕였다.

"기다리겠다. 그리 길게 잡고 있을 순 없어. 5분. 5분 안에 저 셋을 죽여라."

남아 있는 세 명의 균형의 신들은 카릴의 말에 어처구니가 없다는 듯 소리쳤다.

"5…… 5분?! 감히 우리를……!!"

"건방지구나!!"

하지만 밀리아나는 그들의 말에도 불구하고 어깨를 풀 듯 검을 가볍게 원을 그리며 말했다.

"물론."

그러고는 천천히 몸을 돌렸다.

차앙-!!

그녀의 쌍검이 서로 교차되며 그어지자 날카로운 파공성이 들렸다.

"신살(神殺)의 대단원이다."

파아앗--!!

그녀의 말이 끝나자마자 두 사람은 마치 약속이라도 한 듯 서로 다른 방향으로 달려갔다.

"으아아아아아……!!"

카릴이 처음으로 포효를 지르듯 소리치며 검을 들어 올렸다.

차악-!!

그가 손바닥을 들어 올리자 손등에 박힌 아인 트리거가 붉게 빛나며 화염이 일었고 바람이 그 폭염을 더욱 키워 거대한 불꽃이 율라를 향해 쏟아졌다.

파캉……!!

하지만 율라의 얼굴은 굳은 채 그대로였고 카릴이 만든 불꽃을 단번에 갈라 버렸다.

"실드(Shield)."

검풍은 화염을 부수듯 지나 카릴을 덮쳤고 그가 황급히 마법을 펼쳤다.

창그랑⋯⋯!

유리가 깨지는 소리가 들리며 카릴의 실드가 일격에 부서졌다. 충격에 공중으로 몸이 붕 떠오른 카릴은 오히려 그 힘을 역이용하듯 몸을 꺾었다.

후으으으으읍⋯⋯!!

공기가 빨려 들어가는 것 같이 카릴이 둥글게 쥔 손바닥 안으로 고깔 형태의 소용돌이가 일었다.

우드득-

카릴의 손목이 뒤틀리는 것처럼 심하게 떨렸다.

퍽⋯⋯!!

몸을 반 바퀴 돌리며 손바닥을 율라를 향해 밀어 넣자 구안에서 푸른 뱀이 입을 벌리며 그녀를 노렸다.

"흥⋯⋯."

하지만 이미 그것까지 예상하고 있었다는 듯 율라는 감흥 없이 낮은 한숨을 내쉬었다.

파캉-!! 카카카캉⋯⋯! 캉!

율라는 순식간에 마엘의 얼굴을 움켜잡고서 바닥에 내팽개치며 카릴을 향해 달려왔다. 그녀의 검이 움직였고 마치 시간이 느리게 흐르는 것처럼 아주 천천히 그 검은 카릴을 향해 그어졌다.

파캉-!!

하지만 시간이 느려진 것이 아니라 시간조차 넘어선 속도라는 것을 알았을 때.

"……!!"

본능적으로 들어 올린 창조의 검 충격과 함께…….

산산조각이 났다. 푸른 크리스탈 조각들이 사방으로 흩어지듯 뿌려졌지만 카릴은 개의치 않고서 다시 한번 허공에 손을 뻗었다.

휘이이이익……!!

그러자 광풍이 몰아쳤고 흩어졌던 조각들이 합쳐지면서 다시금 검날의 형태를 만들었다.

"흡……!!"

카릴이 가까이서 더욱더 율라의 영역 안으로 파고들었다.

"디그(Dig)."

2클래스의 하급 마법이었지만 율라의 발아래가 움푹 파이면서 그녀의 몸이 일순간 흔들렸다.

"흐아아아아아--!!"

카릴은 그 틈을 노려 그녀의 목덜미를 노렸다. 하지만 한쪽 팔밖에 남지 않은 카릴의 공격의 궤도는 단순해질 수밖에 없었다.

율라는 창조의 검을 튕겨냈다.

치이이익……!!

하지만 신의 힘을 머금고 있는 칼날의 힘은 유효했기에 그녀의 검도 타격을 입은 듯 검 날에 뜨거운 열기가 솟구쳤다.

"지긋지긋한 녀석!!"

율라는 거칠게 그를 밀치며 주먹을 내질렀고 공중으로 뛰어올라 피하는 카릴의 다리에 적중했다.

우드드득……!!

카릴의 정강이 쪽에서 뼈가 부러지는 소리가 들리며 왼발이 기형적으로 꺾였다.

"크아아아!!"

하지만 그는 비명 대신 포효를 지르며 오히려 더욱 그녀에게 파고들며 마찬가지로 그녀의 허벅지에 검을 꽂아 넣었다.

"헉…… 헉……."

바닥을 몇 바퀴나 구르며 쓰러진 카릴이 힘겹게 일어서며 율라를 바라봤다.

"쿨럭!!"

카릴이 기침을 하며 피를 토해냈다. 일격 일격이 그야말로 죽지 않은 것이 다행일 정도의 위력이었다.

"여기까지다. 신의 힘을 쓸 수 있다 하더라도 육체 자체의 능력은 결국 인간일 수밖에 없는 너는 결국 시간이 지날수록 격차가 벌어지고 말 거다."

율라는 카릴을 향해 말했다.

"위대한 신의 힘 앞에 인간의 나약함을 뼈저리게 느끼거라."

[웃기고 있군. 힘에 취해 있는 것은 우리가 아니라 너 같은데.]

그때였다.

[카릴.]

알른 자비우스는 말했다.

[내가 없어도 볼썽사납게 쓰러지면 안 된다. 시간은 우리의 편이니까.]

"……무슨 말이야?"

카릴은 정신이 없는 듯 입가에 흐르는 핏물을 닦지도 못한 채 그에게 물었다.

[밀리아나가 약속을 지켰다.]

스아아아아아아악--!!

그 순간 알른의 검은 기운이 바람을 타고 흩날리며 밀리아나의 앞에 나타났다.

[애썼다.]

"……할 일을 했을 뿐이야."

밀리아나의 얼굴은 그야말로 엉망이었다. 눈두덩이는 부어 제대로 앞을 볼 수도 없었고 쇄골은 으스러졌으며 팔과 다리 어디 하나 성한 곳이 없었다.

"……"

그럼에도 불구하고 그녀는 보란 듯이 율라를 향해 가운뎃 손가락을 들어 올렸고 율라는 그녀의 뒤에 쓰러진 세 명의 신을 바라보며 굳은 얼굴이 되었다.

[더 이상은 네 몸이 그 힘을 버텨낼 수 없을 듯싶구나. 하긴…… 인간이 이 정도까지 가능한 것도 네가 아니면 할 수 없는 일일 테지.]

"아직 끝나지 않았어."

하지만 밀리아나의 목소리엔 힘이 없었다.

스으으으윽…….

용족화로 두르고 있던 비늘이 사라지자 검고 생기 있었던 그녀의 머리카락이 놀랍게도 은백색으로 변해 있었다.

가진 모든 힘을 태워 버렸기 때문일까. 그녀의 변화에 모든 사람이 깜짝 놀라지 않을 수 없었다.

"신의 목은 내가 딴다."

툴썩-

하지만 말과는 달리 밀리아나는 그 자리에서 마치 줄이 끊어진 인형처럼 주저앉았다.

"제길……."

일어서려 했으나 두 다리는 마치 남의 것인 양 움직이지 않았다.

"내가…… 틈을 만들어야 하는데……!!"

밀리아나는 자신의 두 다리를 있는 힘껏 때렸다. 하지만 아무런 느낌도 나지 않았다.

"젠장!!"

[아가야.]

그런 그녀를 바라보며 알른은 처음으로 그녀의 머리를 가볍게 쓸었다.

"낯 뜨겁게 무슨……."

자신을 부르는 그를 향해 밀리아나는 인상을 찡그렸다.

[카릴을 부탁한다.]

"……뭐?"

[어려 보이지만 너보다 아니 우리보다도 더 오랜 세월을 살아온 녀석이니…… 그만큼 고집 센 놈이라 너 같은 여자가 아니면 녀석을 다룰 수 없을 게다.]

알른은 허리를 숙여 바닥에 놓인 디멘션 스파이럴을 줍고서 그녀의 귓가에 속삭였다.

[하나 이제 성인식을 치를 나이가 되었으니 기쁘지 않으냐.]

"무…… 무슨……."

이런 상황에서 말도 안 되는 농담에 밀리아나는 당혹스러운 듯 말을 더듬었다.

[하하하하하!]

그의 호탕한 웃음소리가 전장에 울렸다.

[너희들의 미래를 보지 못하는 것이 아쉽구나. 우습지만 죽고 나서야 생에 미련이 생기다니…….]

어쩐지 그의 웃음소리엔 서글픔이 담겨 있는 것처럼 느껴졌다.

[하지만 그것이야말로 욕심이겠지.]

알른은 눈을 감고서 손에 쥔 디멘션 스파이럴을 자신의 가슴팍에 집어넣었다.

[이 앞은 너희들의 것이니.]

휘이이이이익……!!

그의 주변에 날카로운 마력이 휘몰아쳤고 검은 연기로 형체만이 있었던 그의 육체가 서서히 빛과 함께 인간의 모습으로 변했다.

찬란한 로브가 바람에 펄럭였다.

[산 자의 미래를 위한 발판은 사자(死者)의 몫이다.]

마도 시대. 7인의 원로회의 수장이자 최고의 대마법사라 불리던 생전의 모습으로 돌아온 알른 자비우스는 날카로운 목소리로 율라를 향해 말했다.

[나쁘지 않군.]

자신의 마력이 가장 왕성했던 젊은 시절의 모습으로 돌아간 알른 자비우스는 마치 감회가 새롭다는 듯 묘한 웃음을 지으며 낮은 목소리로 말했다.

[신이라 칭하는 너희들이 왜 자신의 힘에 취해 있는지 알 것 같아. 그야말로 세계를 바꿀 수 있을 것 같은 기분이로구나.]

그는 율라를 바라봤다.

"육체도 없는 사령 주제에 신의 힘을 탐하다니……. 힘에 짓눌려 그나마 있던 영혼마저 소멸될 불쌍한 녀석 같으니."

[글쎄. 그건 지켜봐야겠지. 네가 무시한 인간이 무려 신을 셋이나 죽인 걸 보고도 그런 소리가 나올까.]

알른의 말에 율라는 살짝 눈썹을 찡그리듯 그를 바라봤다.

"비, 빌어먹을……!!"

그때 밀리아나의 주위에 쓰러진 신들의 시체 중 하나가 아직 마지막 숨을 다하지 않은 듯 비틀거리며 일어섰다.

"내가 어째서……!! 신인 내가……!!"

로브의 후드가 벗겨지며 헝클어진 머리카락 사이로 보이는 도마뱀을 닮은 푸른 비늘의 얼굴을 가진 사내는 지금 이 상황을 용납할 수 없다는 듯 소리쳤다.

[아직 살아 있는 녀석이 있었나.]

알른은 밀리아나를 바라봤지만 이미 의식을 잃은 그녀를 탓할 순 없었다. 그녀는 충분히가 아니라 자신의 역량 이상으로 잘 해주었으니까.

[흐음.]

그는 도마뱀의 얼굴을 한 신을 향해 말했다.

[넌 몇 번째지?]

하지만 이내 곧 자신의 물음이 무의미하다는 것을 안다는 듯 어깨를 으쓱하며 말을 이었다.

[뭐, 몇 번째든 상관없겠지. 어차피 죽을 놈이니까.]

"오만방자한 놈들……!! 타 차원의 규율로 힘의 제약만 없었더라도 너희 같은 인간에게 이런 수치스러운 결말을 맞이하진 않았을 것을!"

[네 패배가 고작 규율 때문이라 말하는 거냐.]

알른은 신의 외침에 코웃음을 쳤다.

[네가 약해서지.]

그는 신의 멱살을 움켜잡았다.

[우리는 아무것도 없는 밑바닥에서 너희들을 끌어내렸다. 우리가 가진 불합리했던 조건들은 그럼 뭐라 설명할 거지?]

"큭……!! 크윽……!!"

[이게 애들 놀이라고 생각하나. 공평한 싸움이란 없어. 너희들도 마찬가지잖아.]

"이, 이거 놓아라!!"

[놓긴 개뿔. 적을 살려둘 만큼 아량이 넓은 사람이 아니야. 나는.]

알른이 반대쪽 손을 하늘 위로 들어 올렸다.

치지직……! 쩌적……!!

그러자 그의 펼친 손바닥 위로 은색의 지팡이가 나타났다.

[오랜만이군.]

7인의 원로회 시절 그가 썼던 지팡이였다. 하지만 그것은 단순한 지팡이가 아니었다. 오직 순수한 마력으로 만들어진 지팡이는 실제 하나 반대로 실제 하지 않는 마력체였기 때문이었다.

"어떻게…… 사령인 주제에 이토록 쉽게 창조를……?"

도마뱀의 얼굴을 하고 있는 신은 알른이 만든 지팡이를 보며 믿을 수 없다는 표정을 지었다.

[신의 힘은 빛과 어둠, 창조와 파멸. 전투와 균형. 두 가지 상반된 힘의 합일로 이루어졌다고 했지.]

알른이 쥔 지팡이에 자줏빛의 마력이 번쩍였다.

[힘의 합성. 인간 중에 나만큼 그것을 연구한 자는 이곳에 아무도 없을걸.]

그는 인간 최초의 비전술 창시자였다. 모든 인간은 태어나면서 하나의 속성만을 가지지만 그는 백금룡 나르 디 마우그로부터 마법을 전수받은 7인의 제자 중 한 명이었고 오직 그만이 비전술이라는 독보적인 합성 마법을 창시했다. 놀라운 것은 이 모든 업적을 그저 인간 시절에 이루어냈다는 점이었다.

[너희들 말대로 이런 위험한 힘을 쓰는 데에 있어서는 살아 있는 육체가 제약이 될 수도 있지. 하지만 사령체인 나는 오히려 그 힘을 온전하게 쓸 수 있지.]

확실히 검과 마법이라는 수단으로 신의 힘을 합성한 카릴과 달리 그는 디멘션 스파이럴 자체를 자신의 몸 안에 집어넣었으니까.

도마뱀 신은 자신도 모르게 어깨가 부르르 떨리는 것을 느꼈다. 신인 그조차 압도되는 위압감이었다.

"네놈이…… 과연 신의 힘을 감당할 수 있을까? 과분한 힘엔 결국 종말이 있을 뿐이다."

콰즈즈즈즉……!!

"컥……!!"

알른이 손을 위에서 아래로 휘젓자 하늘에서 붉은 낙뢰가 맹렬한 속도로 도마뱀 신의 머리 위로 떨어지며 관통했다.

"으아아아악……!!"

녀석의 전신이 시커멓게 타버렸다. 신력이 담긴 그의 비전술은 그야말로 그의 분노가 담겨 있는 것 같았다.

[그래서?]

알른은 바싹 구워진 신의 머리를 지르밟으면서 말했다.

[어차피 죽은 몸이야. 비록 내가 신의 힘에 먹혀 종말을 맞이한다 한들 뭐 어때?]

그의 지팡이가 율라를 향했다. 은으로 세공되어 있는 지팡이가 빛에 반짝였다.

[적어도 네놈들과 함께 갈 텐데.]

[잘난 척은.]

그때였다.

[하지만 꽤 마음에 드는 말이로군. 죽은 자야말로 산자의 뒤처리를 할 수 있는 자들이니까. 한발 늦었지만 당신의 일에 나도 동참하지.]

어느새 나타난 자르카 호치는 시커멓게 타버린 도마뱀 신의 시체에 남은 디멘션 스파이럴을 들어 올리며 기다렸다는 듯 말했다.

[이미 죽은 몸이기에 이 몸이 어떻게 되어도 상관없다만…….

나 역시 한 가지 아쉬운 것이 있다면 네 미래를 보지 못하는 것이겠지.]

그는 저 멀리 서 있는 케이 로스차일드를 바라보며 묘한 쓴웃음을 지었다.

"자르카……."

다시금 그녀의 앞으로 나타난 그는 케이의 어깨 위에 가볍게 손을 얹었다.

[재밌었다. 널 보고 있자니 마치 퀴렐을 모시던 그때를 떠올릴 수 있었거든.]

"나는 네 주인이야. 내 명령 없이 멋대로 행동하는 것은 용서하지 않아."

케이는 살짝 떨리는 눈빛으로 그에게 말했다. 하지만 그녀 역시 자신의 말이 억지라는 것을 누구보다 잘 알고 있었다.

[나는 과거에 얽매여 있던 자다. 여기까지 본 것만으로도 과분할 정도의 미래지. 나아가거라. 나 대신 네가 말이야.]

우우우우우웅…….

자르카의 심장에 박혀 있던 마석이 디멘션 스파이럴과 공명하듯 떨리며 두 개의 보석이 하나로 합쳐졌다.

[큭…….]

그는 인형임에도 불구하고 심장 안으로 신의 파편이 들어가자 전신에 화상을 입은 듯한 고통에 자신도 모르게 숨을 토해냈다.

[이걸 얼굴색 하나 변하지 않고 삼킨 건가? 그야말로 괴물

같은 인간이군.]

알른은 자르카의 말에 그저 웃을 뿐이었다. 하지만 어느새 그 역시 인형의 가짜 몸이 아닌 과거 엘븐하임을 지켰던 생기 넘치는 엘프의 모습으로 변모하자 스스로도 신기한 듯 자신의 몸을 훑었다.

[자…… 그래도 하나가 남는데.]

그는 마지막 남은 디멘션 스파이럴을 쥐고서 저 멀리 카릴을 바라보며 말했다.

[더 이상 시간을 끈다면 그가 율라를 막는 것도 한계일 테지. 어쩔 수 없나. 이마저 내가 쓸 수밖에.]

[잠깐.]

그 순간 알른 자비우스의 말에 자르카는 손을 들어 뒤를 가리켰다.

"……저리 꺼져!!"

두 번째 신의 파편이 자르카 호치에게로 돌아가자 율라는 이대로 흘러간다면 위험하다고 생각했다.

그녀가 집요한 카릴의 방어를 뿌리치려 했다. 하지만 그러면 그럴수록 카릴은 더욱더 집요하게 그녀를 막아섰다.

"쉽게 갈 순 없지."

카릴은 비틀거리면서도 그녀의 앞에 섰다.

"크윽!!"

율라의 구겨진 얼굴 속에서 잔악함이 엿보였다. 그녀가 손을 들어 카릴을 향해 내려치자 수백 개의 빛줄기가 그를 강타했다.

"커허헉!!"

카릴이 검을 들어 빛을 막아서려 했으나 연속적인 폭발과 함께 그의 몸이 붕 떠오르며 튕겨 나가며 바닥을 쓸며 쓰러졌다. 하지만 빛줄기는 거기서 멈추지 않고 등을 꿰뚫고 나갔고 카릴의 몸이 다시 한번 반대쪽으로 꺾였다.

붉은 피가 등줄기를 타고 옷에 번졌다.

"늦었어."

바닥에 너부러진 카릴이 비틀거리며 일어섰다. 엉망이 된 얼굴이었지만 그의 입가엔 미소가 드리워졌다.

"마지막 파편의 주인이 왔다."

그의 말과 동시에 상공에서 거대한 본 드래곤의 날갯짓 소리가 들렸다.

[사자(死者)라면 한 명 더 있지. 그것도 가장 믿을 만한 존재가 말이야.]

[그렇군.]

알른은 머리 위에 가리워진 그림자를 바라보며 고개를 끄덕였다.

[부끄럽지만 늦었구나. 후대가 이토록 분발하는데 선대가 가만히 지켜만 보고 있었으니 말이야.]

황금룡 토스카는 상공을 활강하며 지면 아래로 착지했다.

[보고만 있었다니요. 거짓말도 잘하시는군요. 애초에 처음

부터 카릴의 계획을 우리에게 일러줬던 이유가 당신이 디멘션 스파이럴을 빼앗기 위함이 아니었습니까.]

알른은 고개를 저으며 말했다.

[만약 우리가 나서지 않았더라면 아마 당신이 3개의 디멘션 스파이럴을 모두 가져갔겠지요.]

그는 토스카를 향해 파편을 건넸다. 인간의 모습으로 폴리 모프한 황금룡은 망설임 없이 그것을 잡았다.

휘이이이익……!!

다른 두 사람과 달리 토스카는 아무런 거부감 없이 그 힘을 흡수하였고 사령 특유의 반투명한 모습에서 또렷하고 생기 넘치는 모습으로 돌아오자 그는 만감이 교차하는 듯한 표정을 지었다.

[확실히 드래곤이로군.]

자르카 호치는 파편이 힘이 얼마나 강렬한 것인지를 잘 알기에 혀를 내두를 수밖에 없었다. 그 역시 엘프로서 피조물 중에서 신의 속성을 타고난 종족이었지만 억지로 집어삼킨 그와 달리 토스카는 마치 처음부터 자신의 힘이었던 것처럼 신의 힘을 완벽하게 제어했기 때문이었다.

[태양이 뜨고 짐에 있어 빛과 어둠이 있듯 나의 힘은 그 어떤 종족보다 가장 신에 가깝기 때문이다.]

알른 자비우스는 그의 말에 고개를 끄덕였다.

[결국은 우리들 중에 가장 신의 힘을 확실하게 쓸 수 있다는 말이지 않습니까.]

비록 배신을 당했다고는 하지만 드래곤에게 마법을 배웠던 알른은 그에게 스승으로서의 예우를 갖추듯 말했다.

[그럼 먼저 보여주시겠습니까. 신이 위대한 것이 아니라 그 저 위대한 힘을 가진 자가 신이었을 뿐이라는 걸.]

콰아아아아아아아아--!!

그 순간 토스카의 주위에서 쏟아지는 광명에 세상이 마치 온통 빛으로 채워진 것처럼 새하얗게 변했다.

폴세티아 고서 마법. 첫 번째 황금빛 기만(Golden Deception).

생전에 그가 창시한 마법이었지만 살아 있을 때와는 비교도 안 되는 엄청난 위력이 아닐 수 없었다.

"이놈……!!"

율라는 자신을 덮쳐 오는 광휘 속 수천 개의 빛의 칼날들을 바라보며 그를 향해 소리쳤다.

츠캉-!!

그녀가 검을 들어 올렸다. 검날이 붉게 빛나며 붉은빛이 그 녀의 전신을 휘감으며 막을 만들기 시작했다.

서걱-

하지만 그 순간 그녀의 얼굴이 딱딱하게 굳어졌다. 자신의 양팔에 섬뜩하게 베인 기분이 선명하게 전해졌기 때문이었다. 토스카의 빛 속에서 율라를 관통하는 두 개의 검은 섬광이 지 나가고 난 뒤에 그녀의 뒤에 알른과 자르카 호치가 서 있었다.

저릿저릿한 기운에 그녀의 양팔이 떨렸고 검을 쥐고 있던 팔이 아래로 쓰러지자 보호하던 실드가 사라지고 수천 개의 광휘의 칼날이 그녀에게 꽂혔다.

스악……! 사사삭!! 쾅! 콰아앙--!!

마치 고슴도치처럼 그녀의 전신에 가시처럼 꽂힌 빛의 칼날이 부르르 떨렸다.

"컥……."

단말마의 신음을 뱉어내며 율라가 비틀거렸다.

[일어서거라. 마무리를 지을 사람은 오직 너뿐이잖느냐.]

어느새 알른 자비우스는 쓰러져 있는 카릴의 어깨를 잡아 부축하며 말했다.

"알른……."

[잘 버텨주었구나. 이제 우리가 그토록 기다리던 빈틈을 우리가 만들 것이다.]

그는 카릴을 바라보며 옅은 미소를 지었다.

[네가 할 일은 쉽다. 그저 신의 뒷덜미에 검을 박아 넣는 일뿐이니까.]

[오랜만이구나.]

알른 자비우스는 자신의 지팡이를 위로 들어 올렸다. 그러자 비전력 특유의 자줏빛 마력이 지팡이 끝에 응축되기 시작했다.

[궁금했지. 나의 마법이 과연 어디까지 도달할 수 있는가에 대해서 말이야. 그 결과를 오늘에서야 볼 수 있겠군.]

쩌적……!! 쩌저저저적……!!

하늘이 요동치는 것처럼 그가 지팡이를 종으로 긋자 그를 중심으로 양옆으로 구름이 갈라지고 그 아래로 날카로운 번개가 떨어졌다.

비전술-광천(狂天)의 분노.

생전에 도달하지 못했던 비전술의 마지막 비기를 영창도 없이 발현할 수 있는 자신의 모습에 알른은 스스로 놀라면서도 한편으로는 마치 자신의 한계가 어디까지인지 도전해 보고 싶다는 열망마저 느껴졌다.

[신과 대적하는 이 순간에도 마법사의 호기심을 가지고 있다니…….]

자르카 호치는 쏟아지는 자줏빛 번개의 틈 속에서 혀를 차며 말했다.

[이보다 더 좋은 상대가 어딨겠어. 마음껏 쏟아내도 받아낼 수 있는 아주 좋은 과녁이지 않은가.]

[과녁이라…… 그래, 반항을 하지 않는다면 그렇겠지.]

토스카의 빛의 검날에 꿰뚫린 율라는 여전히 움직이지 않고 주저앉아 있었다. 그런 그녀를 향해 알른의 번개가 내리꽂혔다.

콰즈즈즈즈즈즉……!!

사방으로 전류가 흘렀고 자줏빛 번개는 마치 핏빛처럼 그녀의 주위를 붉게 물들었다. 비명도 없이 그녀의 몸이 들썩였다.

알른이 다시 한번 지팡이를 들어 올리자 자르카 호치는 굳은 얼굴로 말했다.

[뭔가 이상한걸.]

차앙-!!

그 말고 동시에 그의 손등에서 날카로운 검날이 튀어나왔다. 검날은 칠흑처럼 검었는데 보는 것만으로도 을씨년스러운 기운이 감돌았다.

[무슨 꿍꿍이인지. 내가 확인하지.]

옴짝달싹하지 않는 율라를 바라보며 그가 검날을 세우며 그녀를 향해 뛰어들었다.

[후웁……!!]

자르카 호치가 질주를 하자 마치 꼬리처럼 그의 등 뒤로 검은 오라가 뿜어져 나오며 궤도를 그렸다. 엘프 특유의 가벼운 몸놀림과 동시에 마치 인형술을 보는 것처럼 한계를 뛰어넘은 속도는 다른 두 사람과 달리 그는 생전의 모습과 사후의 모습을 동시에 가지고 있는 것처럼 느껴졌다.

파앗-!! 쾅!!

그의 등 뒤로 폭음이 터져 나왔고 발을 내디딜 때마다 그의 속도는 더욱더 상승했다. 순식간에 거리가 좁혀지고 웅크리고 있는 율라의 뒤로 돌아선 그가 손등의 달린 두 자루의 검을 그녀의 뒷덜미를 향해 찔러 넣었다.

촤아아아아악--!!

너무나도 깨끗하고 완벽한 일격이었다.

[……]

하지만 일격을 가한 자르카 호치가 오히려 딱딱하게 굳은 얼굴로 율라를 바라봤다.

"확인?"

율라가 입꼬리를 올렸다.

"뭘 확인할 거지? 자신이 죽는 꼴이라도 보려는 거냐."

"푸웃……!!"

그녀를 바라보던 자르카 호치의 입에서 분무기처럼 핏물이 뿜어져 나왔다.

쩌엉…….

쇠가 떨리는 소리와 함께 율라의 뒷덜미를 노렸던 그의 쌍검이 깨끗하게 잘려 나갔고 동시에 율라의 검이 오히려 그의 목을 관통했다.

[자르카……!!]

알른은 그 광경에 놀란 듯 외쳤다.

"너희들이 가지고 있는 신의 파편은 고작 한 개뿐인 것을. 그걸로 내게 과연 얼마나 위해를 가할 수 있을 거라 생각하느냐."

자르카의 울대를 움켜쥐고서 율라는 그를 향해 소리치듯 외쳤다.

"네놈들을 그냥 둔 이유는 디멘션 스파이럴을 내게 바치기 위해서 알아서 불나방처럼 달려들 것이기 때문이었다!!"

[퉷.]

그때였다. 자르카 호치의 입에서 걸쭉한 핏덩이가 떨어져 나와 율라의 뺨에 찰싹 달라붙었다.

주르륵-

가래가 섞인 핏물은 그대로 그녀의 뺨을 타고 바닥에 떨어졌다.

[킬…… 키킥.]

그 순간 울대가 날아간 자르카 호치는 기괴한 목소리로 웃기 시작했다.

[야, 그걸로 죽겠어?]

율라가 살짝 눈살을 찌푸리며 그를 바라봤다.

[생전의 모습으로 돌아와서 착각이라도 하는 거냐. 잘 생각해 봐. 목 위에 있는 건 무게를 맞추려고 놔둔 장식품이 아니니까. 이미 죽은 자에게 죽음이 어찌 성립될 수 있겠어.]

우드득-

자르카 호치는 오히려 자신의 머리를 스스로 꺾어버렸다. 부러진 머리가 바닥에 떨어졌고 검은 안개가 그를 감싸더니 뜯긴 머리가 새로이 생겨났다.

[우리가 가진 디멘션 스파이럴은 고작 한 개일지 모르지만 너보다 강할 수 있다.]

콰아아아아앙--!!

그와 동시에 그가 양팔을 가로로 긋자 날카로운 검은 검기가 율라를 향해 쏟아졌다.

핏-!!

율라의 뺨에 날카로운 상처가 생겼다. 하지만 그녀는 아랑곳하지 않고 다시 한번 자르카를 향해 검을 휘둘렀다.

[하아압……!!]

짧은 기합을 내지르며 자르카 역시 그녀의 영역 안으로 파고들었다.

까앙-!!

무언가가 부딪치는 소리와 함께 그가 율라의 검을 쳐내고 반대쪽 손에 쥐고 있는 검을 밀어 넣었다.

검붉은 불꽃이 일었다. 마치 사령의 생명을 태운 듯한 불꽃처럼 보였다.

채앵!!

불꽃이 여기저기 꽃을 피우듯 사방으로 번졌고 자르카는 마치 자신의 생명을 모두 쥐어짜 내는 듯 맹렬하게 율라를 몰아세웠다.

[왜냐면 우리는 죽음이 두렵지 않거든. 이미 경험해 봤으니까. 하지만 너는 다르지. 태초부터 억겁의 시간을 살아왔지. 오히려 그게 독이 될 것이다!]

율라의 검이 그의 턱밑을 노렸고 아치 형태로 허리를 뒤로 꺾으며 공격을 피하고서 양팔을 교차하며 베었다. 맹렬한 회전력이 담긴 검이 마치 가로로 눕힌 초승달처럼 흩날렸다.

[하아……! 하아!]

그는 거칠게 숨을 내뱉었다.

"소멸이라…… 확실히 신인 내게도 두려운 것이지."

율라는 차가운 눈빛으로 그를 바라봤다.

"하지만 죽은 너도 숨을 헐떡이고 있구나. 마치 살아 있는 사람인 양. 왜? 고통스럽나?"

[하…… 하하…….]

자르카 호치의 얼굴이 창백하게 변했다. 이상하게도 그의 이마에서 식은땀이 한 방울 주르륵 흘러내렸다.

지글…… 지글…….

놀랍게도 조금 전 율라에게 붙잡혔던 목 부분에서 기포가 일고 있었다.

"신독(神毒)."

그녀는 나지막한 목소리로 말했다.

"이 세계는 내가 창조했다. 아무리 너희들이 신의 힘을 가지고 있다 한들 결과적으로는 이 세계 안에 있는 한 내 규율을 따를 수밖에 없지."

"쿠륵……."

자르카는 손등으로 입술을 닦았다. 마치 독처럼 보이는 녹색 빛깔의 끈적끈적한 액체가 입술을 타고 묻어 나왔다.

"죽음을 두려워하지 않는다고? 그건 피조물일 때의 일이지. 너희들은 그 누구도 죽음을 경험해 보지 못했다. 진짜 죽음은 소멸이니까. 무지한 놈들. 영혼이 존재하는 것마저 결국은 신의 은혜인 것을…… 신의 힘을 너무 얕봤구나."

그녀는 자르카의 머리를 가볍게 쓸어 넘겼다.

"네 주인이라면 이렇게 말했겠지."

속삭임이 들린다.

"일단 한 명."

그때였다.

[……멈춰라!!]

토스카가 황급히 손을 들어 올렸다. 그러자 어둠이 갈라지며 상공에서 새하얀 낙뢰들이 사방으로 떨어졌다. 하지만 처음과 달리 율라는 자신을 향해 날아오는 빛의 칼날을 바라보며 말했다.

"토스카. 너는 백금룡과 함께 드래곤 중에 유일하게 내가 만든 피조물 중에서도 가장 신에 가까운 자다."

붉은 기운이 감돌던 그녀의 몸이 투명할 정도로 깨끗하게 변했다.

"신의 힘이 빛과 어둠이듯 네게는 빛의 힘을 백금룡에게는 어둠의 힘을 주었다. 동시에 네게는 뜨거움을 그에게는 차가움을 주었지."

율라는 마치 회상을 하듯 나지막한 목소리로 말했다.

"너희들은 서로 방법은 다르나 끝내 신에게 도전을 하는구나. 하나 반쪽짜리밖에 안 되는 네가 과연 무엇을 할 수 있을까."

그녀는 자신을 향해 떨어지는 낙뢰를 향해 손을 뻗었다.

"너는 결국 백금룡과 똑같은 결말을 맞이하게 될 것이다. 너는 착각하고 있다. 빛과 어둠은 나의 근원이나 네가 가진 태양이 내뿜는 뜨거움이 어둠을 만든다 생각하지 마라. 너는 어둠을 가지지 않았다. 그러니 백금룡의 차가움이 나를 벨 수 없듯 너 역시 나를 해할 수 없다.”

콰아앙!! 쾅! 쾅! 쾅!!

수백 개의 빛의 칼날들이 그녀에게로 떨어졌다. 하지만 그녀의 주위에 불투명한 막이 생성되더니 토스카의 빛 마법이 그대로 흡수되었다.

“흐음.”

율라는 만족스러운 듯 고개를 끄덕였다.

[설마…… 처음에도 일부러 힘을 흡수하기 위해서 고서 마법을 맞았던 건가?]

알른은 그 광경에 떨리는 목소리로 말했다. 카릴과의 일전 이후 확실히 율라의 힘은 약해져 있었다. 하지만 토스카의 고서 마법을 두 번이나 맞은 그녀는 오히려 피해를 입기는커녕 생기가 넘치는 모습이었다.

쿠웅-!!

그녀가 한 발자국 발걸음을 옮겼다. 그 순간 마치 지진이라도 일어난 것 같은 진동이 느껴졌다.

쿠르르르르……

내디딘 발끝에서부터 땅이 거미줄처럼 갈라졌다.

촤르륵! 촤가가가각……!!

그와 동시에 갈라진 틈 사이로 검은 촉수들이 쏟아져나왔다. 촉수들의 색깔은 새까맸는데 끝은 마치 뱀의 입처럼 갈라져 있었고 날카로운 이빨이 박혀 있었다.

[이런……!!]

알른은 황급히 지팡이를 들었다. 자신을 향해 휘몰아치는 촉수들을 지팡이로 쳐내면서 한쪽 손에 비전력을 끌어모았다.

쩌저적……!! 쩌적!!

자줏빛 번개가 그의 손아귀에서 응축되며 사방으로 흩어지자 검은 촉수들이 매캐한 연기를 내면서 타들어 갔다. 카릴을 보호하기 위해 황급히 실드를 펼치면서 끊임없이 쏟아지는 율라의 공격을 막는 것은 결코 쉬운 일이 아니었다.

촉수들은 마치 파도처럼 밀려 들어왔고 끝없이 쏟아지는 공격에 알른의 몸이 점차 뒤로 밀렸다.

펴억-! 콰직!!

끝내 촉수 하나가 알른의 팔을 콱 깨물며 지나갔다.

[큭?!]

그는 황급히 촉수를 잡아 떼어냈지만 촉수에 당한 상처는 쉽사리 아물지 않았다.

"신의 독이야. 율라는 자신의 속성을 바꾸어 쓸 수 있다. 빛과 어둠. 두 가지의 속성을 모두 가진 자만이 그녀를 상대할 수 있어."

[오직 인간뿐이라는 말이군.]

알른은 정신을 차린 카릴의 말에 고개를 끄덕였다.

[그렇다고 해서 그게 너뿐이라고 말할 생각이라면 그만둬라. 분명 말했지. 틈은 우리 사자(死者)가 만든다고. 나 역시 비전술을 통해 빛과 어둠 두 개의 힘을 혼용할 수 있다.]

그러고는 지팡이를 꽉 움켜쥐고서 말했다.

[기다려라. 내가 틈을 만들 테니.]

"잠깐."

그런 그를 카릴이 붙잡았다.

[……?]

"당신도 그렇고 자르카와 토스카까지…… 나서는 건 좋지만 너무 인간을 무시하는 것 같아."

[그게 무슨 말이야?]

"사자(死者)의 위용은 인정하지만 그렇다고 살아 있는 자들이 가만히 앉아서 당신들이 만들어주는 미래를 기다리기만 하진 않아."

카릴은 저 먼 곳을 응시했다.

"기다려. 죽은 자가 움직일 틈은 또 다른 살아 있는 자가 만들 것이니까."

[컥…… 커억……!!]

자르카 호치의 가슴에 꽂힌 율라의 검날은 놀랍게도 조금 전 토스카가 쏟아낸 태양의 힘을 머금고 있었다. 그의 전신을 촉수들이 휘감고 있었고 그의 등을 꿰뚫은 검의 끝에는 에메 랄드빛 조각이 박혀 있었다.

[자르카……!!]

토스카는 그의 이름을 부르며 외쳤지만 태양의 힘이 통하지 않는 촉수들에 그는 속수무책일 수밖에 없었다.

"마무리를 짓겠다."

율라는 부들부들 몸을 떠는 자르카 호치를 향해 말했다. 그 럼에도 불구하고 한쪽 뺨을 씰룩이며 자르카는 안간힘을 쓰 며 자신의 검을 그녀에게 휘둘렀다.

부웅-!!

검의 무게를 버티지 못하고 그의 몸이 앞으로 숙여지며 그 녀에게로 쓰러졌다. 율라는 자신을 덮치는 자르카에 황급히 뒤로 검을 뽑으려 했다.

"신의 힘이 빛과 어둠이라고?"

그때 자르카에 가려진 율라의 시야 뒤로 목소리가 들렸다.

"그걸 모두 가진 존재는 여기에도 하나 있지."

"너……."

콰즈즈즈즈즈즈즈즈--!!

검 끝에 꽂힌 디멘션 스파이럴을 움켜쥐는 하나의 손. 율라 의 눈썹이 씰룩였다.

"누가……."

인간이 가질 수 없는 빛의 기운에 그녀는 황급히 저 멀리 쓰러져 있는 밀리아나를 바라봤다. 유린 휴가르와 안챠르가 축복과 회복으로 간신히 의식을 잃은 그녀의 생명을 붙잡고 있을 뿐이었다. 더 이상 그녀에게선 신력이 느껴지지 않았다.

'신의 파편이 옮겨졌다?'

율라는 자신에게 쓰러진 자르카를 밀치며 앞을 바라봤다.

"쿤겐."

낯익은 이름이 들렸다.

콰즈즈즈즉……!!

쥐고 있던 두 자루의 검이 번뜩였다.

우레는 빛을 가지면서 열도 가졌고 물 안에서 더욱 자유로우며 바람을 머금고 있으면서 또한 먹구름의 어둠까지 지녔다.

정령왕이나 정령의 경계를 벗어난 일탈자. 에이단 하밀은 눈빛이 샛노랗게 변해 빛나고 있었다. 쥐고 있던 쌍검에 신력이 담긴 전격이 번뜩였다. 그에게선 이미 충만한 신력이 느껴졌다.

와드득……!!

하지만 그것도 모자라 자르카 호치의 심장 속에 박혀 있던 디멘션 스파이럴을 그가 입안으로 쑤셔 넣으며 깨물었다.

"……우레군주!!"

율라는 처음으로 적의 이름을 불렀다.

►**Chapter 4**◄

[율라……!!]

우레를 머금은 거친 목소리가 전장을 울렸다. 에이단 하밀
의 전신을 휘감는 전류가 사방으로 뻗어 나갔고 그의 등 뒤에
나타난 거대한 번개의 정령왕이 두 팔을 머리 위로 뻗자 날카
로운 번개의 창날들이 생겨났다.

촤즈즈즉……!! 콰각……!!

쏟아붓는 것처럼 쿤겐의 창날이 율라를 향해 떨어졌다. 창
하나하나에 담겨 있는 힘은 단순한 정령력이 아닌 신력을 버
금은 번개였다.

"크윽?!"

율라는 처음으로 공격을 받아내기가 힘겨운 듯 검을 들어
번개의 창날을 베어냈다.

[좋구나! 지금이라며 가능할 것 같군!! 율라, 어디 이것도 막아 보시지!!]

정령왕들 중에서 가장 거친 성격을 가진 쿤겐은 그 성격만큼이나 지금까지 참아왔던 울분을 토해내기라도 하려는 듯 더욱 매섭게 공격했다.

"흡……!!"

에이단이 두 팔을 들어 올리자 뇌격과 뇌전의 주위로 수십 개의 번개 다발이 만들어졌다.

"나야말로."

피아스타에서 폴 헨드를 구할 때 그는 처음으로 우레군주의 정령력을 제대로 썼었다. 하지만 쿤겐은 자신의 한계까지 그 힘을 쓴 것이 아니라고 했다.

번개의 정령왕의 힘은 맹렬하지만 4대 정령왕과 2대 광야와 달리 각각의 속성을 모두 가지고 있기에 자칫 계약자가 그 힘을 버티지 못하고 오히려 힘에 잡아먹힐 수 있기 때문이었다.

그러나 지금은 달랐다. 디멘션 스파이럴의 신력은 모든 속성을 아우르는 신의 힘이었으니까. 비록 그것이 불타는 촛불의 심지처럼 끝이 분명한 시안부적인 힘일지라도 적어도 지금만큼은 쿤겐과 에이단의 생각은 일치했다.

지금이 자신의 모든 역량 그 이상을 끌어낼 수 있는 유일한 순간이라는 것을.

"이 버러지 같은 놈들이……!!"

하지만 맹렬하게 휘몰아치는 번개의 힘을 보면서도 율라는 오히려 같잖다는 얼굴로 말했다.

철컥-

율라는 자르카 호치의 가슴팍에 꽂아 넣었던 검을 뽑아내며 그를 밀치고서 에이단을 향해 일갈을 내뱉었다.

"파편을 내놔!!"

스아아아앙--!!

그녀의 검이 허공을 베자 마치 공간 자체가 일그러지는 것처럼 붕괴되었다. 칼날은 맹수처럼 으르렁거렸고 마치 충격파가 일어나는 듯이 에이단의 등 뒤에서부터 소용돌이처럼 공간이 일그러지며 그녀의 앞으로 당겨지듯 좁혀졌다.

"⋯⋯!!"

공간과 함께 만물이 압착되듯 찌그러지며 구겨졌고 악귀 같은 공간의 틈새가 마치 야수의 입처럼 에이단을 덮쳤다.

쿠그그그그그⋯⋯!!

땅바닥이 갈리면서 거대한 용트림이 울렸고 그 안에서 또다시 검은 촉수들이 튀어나왔다. 앞뒤로 그를 노리는 율라의 힘이 에이단을 순식간에 에워쌌다.

"안챠르⋯⋯!!"

그 순간, 에이단 하밀은 한 사람의 이름을 외쳤다.

"안챠르, 당신은 우리 중 유일하게 타락의 힘을 쓸 수 있다고 했죠?"

자르카 호치와 율라의 전투를 지켜보던 에이단이 안챠르에게 물었다.

"파렐이 나타나고 선령의 기운이 이따금 폭주를 했었어요. 그때는 선령들이 날뛰는 것이라고 생각했지만 알카르 덕분에 이성을 잃지 않게 된 이후 알게 되었어요. 그게 선령의 힘이 아니라 타락이라는 것을."

그의 물음에 그녀는 천천히 고개를 끄덕이면서 대답했다.

"아마도 순수한 영혼인 선령들이 타락의 기운에 물들어서 그런 것 같아요. 알카르의 빛의 힘 덕분에 제 안에 머무는 타락을 몰아낼 수는 있었죠."

에이단은 그녀의 말에 살짝 눈썹을 찡그리며 말했다.

"타락을 제어할 수는 없습니까?"

안챠르를 고개를 저었다.

"어려워요. 파렐 주위에 있기 때문에 간신히 타락의 기운을 막고 있는 것만으로도 벅차거든요. 반대로 말하자면 타락의 힘을 방출하는 것은 평상시보다 더 강력하게 할 수 있지만, 그만큼 폭주도 더 쉽게 될 수 있어요."

"만약에 방출한 타락을 대신 담을 그릇이 있다면요?"

"저보고 타락의 힘을 옮기는 연결선이 되라는 말인가요?"

"그겁니다."

안챠르는 생각에 잠긴 듯 고개를 갸웃거렸다.

"가능할 거예요. 제가 인위적으로 제어하는 것까지는 어렵 겠지만 알카르의 빛을 이용해서 타락이 흘러가는 길을 만들 수는 있을 거예요."

"좋네요."

에이단은 더 이상 기다릴 수 없다는 듯 그녀의 어깨를 잡고 서 말했다.

"설마……."

"제가 타락의 그릇이 될 겁니다. 안챠르 님께서는 그 힘을 제게 보내주세요."

"안 돼요! 타락은 인간이 감당할 수 있는 것이 아니에요. 대 마법사인 나인 다르혼 님마저도 직접 다루는 것이 어려워 슬 레이브라는 불사의 군단을 만든 것이잖아요!!"

"저는 다릅니다."

치직……! 치지지직……!!

그의 검이 빛을 발하기 시작했다.

"우레의 힘이 있으니까. 증폭된 힘에도 잠시나마 버틸 수 있 을 겁니다. 쿤겐은 빛과 어둠을 모두 가지고 있는 유일한 정령 왕이지만 그의 힘만으로는 부족합니다. 이 세계에서 쓸 수 있 는 모든 빛과 어둠을 한순간에 방출해야 합니다."

에이단은 쓰러져 있는 밀리아나를 바라보며 말했다.

"그게 제가 할 일이고요."

안챠르는 할 말을 잃은 듯 그를 바라봤다.

"죽을 거예요. 정령의 힘도 모자라 지금 밀리아나 님의 신력까지 쓰려는 생각을 하시는 거죠?"

"그렇지 않으면 신에게 타격을 줄 수 없으니까요. 같은 맥락으로 쿤겐의 힘이라면 그 역시 잠시 쓸 수 있을 테니까요."

[미친놈.]

지금까지 잠자코 있던 쿤겐은 에이단의 말에 끝내 입을 열고 말았다.

[내가 지금까지 수많은 인간을 봐왔지만 너처럼 목숨을 내놓고 사는 놈은 없었다.]

"암연의 살수는 어둠 속에 살아가는 자들이다."

[……?]

"이름 없이 존재 없이. 그저 그림자 속에 숨어 명령을 따를 뿐이지."

에이단 하밀의 입술이 파르르 떨렸다.

"어둠이 빛을 봤으니 사라지는 건 당연한 일이지. 하지만 이왕 사라질 거라면 누구보다 화려하게 빛을 발하고 싶다."

아이러니하게도 죽음을 각오하며 살아왔던 살수였던 그에게 있어서 고통스러운 전장임에도 불구하고 지금의 삶이 소중했기 때문이었다.

그는 쓴웃음을 지었다.

"평생 살수로서 살아가면서 이름 따위 단 한 번도 중요하게 여겨보지 않았던 내가…… 주군을 만나고 나서야 처음으로 생각했다."

그러고는 떨리는 입술을 참아 내려는 듯 꽉-! 깨물었다.

"이름을 남기고 싶다."

깊이 팬 입술에 피가 맺혔다.

"에이단 하밀. 나의 최후만큼은 내 이름을 걸고 싸우겠다고. 그리하여 내 이름을 역사에 새기겠다."

하지만 맺힌 핏물만큼 그의 얼굴에서 공포감이 사라졌다.

"어둠이 아닌 빛이 있을 미래에."

"얀-! 카문- 지- 탄트라--!!"

에이단의 외침과 동시에 드루이드의 주술이 안챠르의 입에서 쏟아졌다. 그녀의 주위로 선령의 기운이 휘몰아쳤고 동시에 파렐에서 흘러나오는 타락의 힘이 선령 안으로 스며들었다.

[카아아아아!!]

[크르르르……!]

[캬악!!]

선령들의 영혼이 순식간에 시커멓게 물들었고 폭주를 하는 것처럼 날뛰기 시작했다.

"뮤……!!"

그 광경을 본 알카르가 안챠르의 곁에서 작은 혀로 그녀의 손바닥을 핥자 어린 사슴의 털이 새하얗게 빛나기 시작했다.

"죽지 마세요. 살아서 이름을 불리는 것이 더 후대에 길이 남을 일이니까."

안챠르는 밀려오는 선령들의 광기에도 불구하고 정신을 잃지 않으려 안간힘을 쓰며 타락의 힘을 에이단에게 흘려보냈다. 평생 선령을 받드는 자신의 태생을 원망했던 그녀였지만 목숨을 내놓는 그의 앞에서 이 정도 일마저 해내지 못한다면 후회할 것 같았기 때문이었다.

"크아아아아!!"

뇌전을 발하던 에이단 하밀의 전신에 검은 기류가 휘몰아쳤다. 그러자 마치 성난 해일처럼 검은 번개가 그의 몸에서 뿜어져 나왔다.

콰즈즈즈즉……! 콰가각!! 콰그그극--!!

그를 덮치던 율라의 촉수들이 순식간에 에이단의 검은 전격에 타들어 가며 부서졌다. 먹이를 먹으려 달려들던 압축된 공간은 뇌전이 뿜어내는 기운에 오히려 풍선처럼 터지며 뒤로 밀려났다.

투둑. 투두둑……!

그가 지면을 밟는 순간 마치 자력이 물체를 끌어당기는 것처럼 흙덩이들이 떠올랐고 바위와 나무들이 들썩였다.

꾸욱-

에이단은 오른발에 힘을 주며 발바닥을 지그시 비틀었다. 동시에 그가 뇌격과 뇌전을 검집 안에 집어넣고서 발도의 자세를 취했다.

스으읍……

그가 허리를 숙였다.

철컥-

허리에 찬 검집이 흔들리는 소리가 마치 신호탄이 된 듯이 에이단이 손에 힘을 주었다.

콰아아아아아앙!!

하지만 놀랍게도 튀어나가는 것은 그의 검이 아니라 그 자신이었다. 감각으로도 쫓을 수 없는 광속은 마치 그를 제외하고 모든 것이 멈춘 것처럼 보였다.

"느려터졌구나."

하지만 광속의 에이단을 바라보며 율라는 마치 그 정도일 것임을 예상했다는 듯 차갑게 말했다.

"빛이 있으면 어둠이 있는 법. 하지만 빛 속에 숨어든 어둠이 신을 죽일 수 있을 거라 생각하느냐."

그녀는 에이단이 튀어나간 방향과 반대 방향으로 검을 들어 올렸다. 그가 나타날 장소를 알고 있기라도 한 것처럼 쏟아지는 번개 속에 비스듬하게 검을 들어 자신의 뒤를 긋는 율라의 앞에 놀랍게도 정확히 에이단이 모습을 드러냈다.

"아, 안 돼!!"

에이단과 타락의 힘으로 연결되어 있는 안챠르는 순간 느껴지는 섬뜩한 공포에 자신도 모르게 소리쳤다.

"신은 너보다 빠르고 강하며 위대하다."

율라는 마치 선언하는 것처럼 에이단을 향해 말했고 그녀의 검이 확실하게 그의 가슴을 향해 나아갔다.

"뭐 하고 있어? 언제까지 그러고 있을 거지?"

아무도 들리지 않을 작은 중얼거림. 그리고 그 말을 내뱉은 지금도 그 중얼거림을 들은 사람은 없었다.

"갖은 폼은 다 잡고서 꼴사납게 엎어져 있는 모습을 내게 보여주고 있을 거야?"

케이 로스차일드였다.

쫘악-!!

그녀의 열 손가락에 모두 꽂혀 있는 링에 연결되어 있는 투명한 줄들이 팽팽하게 당겨졌다.

"움직이지 못하겠으면 내가 움직이게 해줄게. 이빨이 없으면 잇몸으로라도…… 적의 목덜미를 물어뜯는 것이 나 케이 로스차일드의 인형이 할 일이다."

"……!!"

그때였다. 율라의 검이 에이단을 베기 바로 직전에 그 사이로 자르카의 몸이 검을 감싸듯 튀어 올랐다.

촤아아아악……!!

검이 어깨에서부터 사선으로 자르카의 몸에 박혔다. 양팔로 검을 꽈악 움켜쥔 그의 힘에 검은 몸을 끝까지 관통하지 못하고 허리쯤에 박힌 채 멈추고 말았다.

[크…… 크큭.]

어깨에서 가슴 그리고 허리의 절반가량에 검이 관통했지만 자르카 호치는 고통 따윈 느껴지지 않는다는 듯 오히려 더욱 율라의 검을 놓지 않고 끌어안듯 감쌌다.

[역시 내 주군답구나.]

율라의 얼굴이 일그러졌다.

[틈을 만들었다.]

스캉-

쇠의 경쾌한 마찰음이 들렸다. 에이단의 허리에 있던 쌍검이 검집에서 뽑히는 소리였다.

우드득……!! 콰직-!!

율라가 검을 쥔 손에 힘을 주자 자르카 호치의 허리에 박혀 있던 검이 끝내 그의 몸을 뚫어버렸다.

[케이!!]

반토막이 나버린 상태에서도 자르카는 그녀의 이름을 불렀고 케이는 있는 힘껏 인형을 조종했다. 그러자 잘려 나간 몸뚱이에도 불구하고 자르카는 율라를 와락 끌어안았다.

"이……! 빌어먹을 놈이!!"

자르카의 사지가 율라의 힘에 부서지며 가루가 되어버렸다.

그녀는 그것으로는 모자란다는 듯 남은 자르카의 잔해들을 불태워 버렸다.

[지금······.]

부서지는 영혼 속에서도 자르카의 마지막 목소리가 들렸다.

화아아아악······!!

그 순간 인형의 시체가 타오르는 열기 속에서 날카로운 폭풍이 일었다.

에이단 하밀의 검이 율라를 향했다.

[크아아아아아아아--!!]

그와 동시에 자르카 호치의 마지막 말이 신호탄이 된 듯 토스카가 거대한 드래곤의 형상으로 변하였다.

놀랍게도 그는 살아 있는 모습이 아니 본드래곤의 모습이었다.

"미친놈······!! 신의 힘을 가진 상태에서 사령체가 된다는 것이 무슨 의미인지 알 텐데!!"

토스카는 경악하는 그녀의 외침을 비웃듯이 말했다.

[소멸이지. 빛 속에 어둠을 담는 것과 마찬가지인 상황이니 언제 폭발해도 이상할 일 없는 폭탄을 안고 있는 것과 똑같은 일이야. 하지만 이로써 나 역시 빛과 어둠의 힘을 동시에 혼용하게 되었다.]

그는 율라의 육신을 붙들었다.

[그런데 그게 뭐? 이미 엘프의 영웅이 말했잖은가. 우리는 죽음이 두렵지 않다고.]

"네놈……!!"

[하지만 넌 두렵겠지. 저승길에서 만나자는 인사는 안 하겠다. 너와 난 완전히 사라질 테니까.]

토스카는 자신의 날개로 율라를 감싸며 에이단을 향해 소리쳤다.

[베어라!!]

콰가가가가각……! 콰강!!

에이단의 검날이 율라의 양쪽 쇄골에 직격했다. 동시에 토스카의 몸이 마치 폭탄처럼 새하얀 빛과 함께 폭발했다.

"으아아아아아아아아!!"

고막을 찢을 듯한 율라의 비명이 들렸다. 지금까지와는 다른 진짜 고통 소리였다. 비명을 지르며 그녀가 고개를 쳐들자 벌어진 입에서 검은 안개와 같은 것이 솟구쳤다.

쏴아아악……! 쏴악!! 캬아아아아아--!!

검은 안개의 끝은 마치 악귀의 형상처럼 일그러져 있었고 수십 갈래로 갈라진 연기는 마치 살아 있는 것처럼 사방으로 입을 벌리며 흩어졌다.

"후웁……!!"

하와트는 아이기스를 들어 올려 쓰러진 밀리아나의 앞을 막아섰다.

"모두 제게로!!"

"여제를 부탁해."

"네?"

하와트의 뒤에 서 있던 남은 신살의 인원들은 어쩐 일인지 안개가 닥치는데도 불구하고 방패 안으로 숨지 않았다.

"이봐, 사제. 마음에 들지 않지만 절대로 그녀를 죽이면 안 돼. 만약 잘못된다면 내가 가만히 있지 않겠어."

세리카 로렌은 부러진 한쪽 다리를 차갑게 식히고서는 창을 들어 올리며 말했다.

"명심하죠."

유린 휴가르는 쓴웃음을 지었다.

"그럼……."

하와트가 떨리는 목소리로 말했다.

"싸워야지."

그녀의 대답에 남은 사람들은 말없이 고개를 끄덕였다.

콰아아아아아아아앙--!!

[드래곤들이여!! 각 방향으로 산개하여 결계 마법을 펼쳐라!! 인간을 지키기 위한 방어에 전력을 다하라!!]

동시에 에누마 엘라시가 상공으로 날아오르면서 외쳤다. 그의 명령에 남은 두 마리의 드래곤들도 제각기 사방으로 흩어졌다.

[온다……!!]

쿠아아아아아아--!!

바닥에서부터 밀려오는 시커먼 흙먼지 속에 강렬한 신력을 느끼며 골드 드래곤은 있는 힘껏 마력을 끌어 올리며 그 앞을 막아섰다.

쩌적……! 쩌거거걱……!!

지면이 마치 과자가 부서지는 것처럼 가루가 되며 산산조각으로 흩날렸고 검은 안개 괴물들이 당장에라도 주위의 생명들을 잡아먹으려는 듯 날뛰었다.

[무, 무슨……!]

[이토록 지독할 정도로 답답한 마기라니!]

[이게 정말로 신이 만든 것이란 말인가.]

세 마리의 드래곤들은 검은 안개가 시커먼 연기와 함께 마치 거품처럼 증식되면서 자신들의 결계를 넘어서려 하는 것을 보며 경악을 금치 못했다.

[무슨 일이 있어도 막아야 하네!!]

에누마 엘라시는 숨을 쉴 수 없을 정도로 독한 안개 속에서도 목소리를 높였다.

부우우우우--!!

고개를 들어 올리며 에누마 엘라시가 마치 나팔처럼 비늘을 곤두세우며 포효를 질렀다. 골드 드래곤 특유의 황금빛이 마법진과 함께 하늘 위로 길게 솟구치며 검은 연기를 집어삼키자 연기는 마치 용암처럼 끈적한 액체처럼 변하였다.

꾸득…… 꾸드득…….

그리고 액체는 순식간에 굳어버렸고 단단한 쇠처럼 굳었다.

"사, 살았나?"

드래곤들을 지켜보던 병사들은 신의 공격을 막았다는 사실에 안도의 한숨을 내쉬었다.

쩌저적-!!

하지만 그것도 잠시 단단하게 굳은 금속에 금이 가며 쏴아아아아!! 하는 김이 빠져나가는 소리와 함께 엄청난 열기가 느껴졌다.

"피, 피해라!!"

"도망쳐!!"

병사들은 공포에 소리쳤다. 검은 안개에 잡아먹힌 생명들이 작은 빛의 구체가 되어 율라에게로 흡수되기 시작했다. 드래곤조차 막을 수 없는 안개 괴물에 병사들은 어찌할 바를 몰랐다.

"골렘 부대 정렬!!"

그때였다. 금속을 뚫고 나오는 검은 연기들에 윈겔은 다급히 외치며 레버를 당겼다.

[준비되었네.]

기다렸다는 듯 칼립손의 외침이 아스칼론의 조종석에서 들려오자 윈겔은 고개를 끄덕이며 있는 힘껏 레버를 당겼다.

[트랜스(Trance) 조정률 78%.]

[변환수치 조정 완료.]

[좌표 수정.]

아스칼론의 전신에 마치 위치를 알리는 듯한 붉은 점들이 생성되었다.

우-우-우-우-웅……!!

동시에 그의 머리 위로 수십 개의 게이트가 나타났다.

"……다중 소환?"

베르치 블라노는 대규모의 소환 마법진이 아스칼론의 머리 위로 나타나자 놀란 목소리로 소리쳤다.

"저건 소환술이 아냐. 그저 통로에 불과하지. 마도공학은 그저 마력이 부족한 녀석들의 잡기라고 생각했는데…… 얕볼 수 없겠는걸."

나인 다르혼은 수십 개의 터널을 보며 자신도 모르게 피식 웃고 말았다.

"생명체를 옮기는 이동마법진은 생명체를 구축하는 과정이 필요해서 사용되는 많은 마력에 비해 이동 가능한 수가 적지. 하지만 저건 그저 초대 마법 중 하나인 우월한 눈을 통해 아스칼론의 좌표에 에너지만을 옮기는 통로를 만들었어."

"에너지라면……."

"아마고 해협 건너 마도 포격대에 저장되어 있는 마력을 끌어온 것이겠지."

베르치 블라노는 상아탑에 있던 천문의 방을 떠올리며 말했다.

"마력 자체의 이동이라……. 공학자들이 괴짜라는 것은 알았지만 이런 식으로 우리가 했던 짓을 따라 할 줄은 몰랐군."

헤크트 전(戰)에서 베르치 블라노는 상아탑의 마경을 토해

대륙 전역에 있는 재해의 위치를 포착했고 마물들에게 토스카의 힘을 작렬한 적이 있었다.

"마경으로 바라보는 것과 소환 게이트를 만드는 것은 비슷해 보이지만 완전히 다른 일이지. 게다가 저들은 오로지 자신의 힘만으로 이루어냈으니까."

지금껏 마법만을 숭배하던 두 마법회의 수장들은 이제 인류 스스로가 찾아낸 힘이라 할 수 있는 마도공학을 처음으로 인정하지 않을 수 없었다.

"마도포격 에너지 변환!!

우-우-우-웅……!!

쾅! 쾅! 쾅! 쾅!!

윈겔의 외침과 동시에 응축된 에너지들이 커다란 직사각형의 형태로 변하더니 마치 방벽처럼 하늘에서 떨어지며 막아섰다.

"인간의 발전을 얕보지 마라……!!"

마도 포격대에 저장되어 있던 마력으로 만든 방패를 잡고서 골렘들이 나란히 방어진을 펼쳤다.

콰아앙……!!

1차적으로 폭음이 터졌고 이후 골렘의 방벽 역시 집어삼키려는 듯 검은 안개였지만 드래곤의 결계 때문인지 힘이 부친 듯 이번에는 그저 부글부글 끓어 오르지만 했다.

"좋았어!!"

골렘의 조종수들은 방벽 아래로 서서히 사그라지기 시작하는 안개를 보며 소리쳤다.

[캬악!! 캭!!]

[캬가가가가각……!!]

하지만 그들의 환호를 비웃기라도 하는 듯 검은 안개 속에서 괴상한 울음소리가 들렸다. 동시에 방벽을 세운 골렘들의 갑주 위로 쿵! 쿵! 거리는 소리가 들렸다.

"마, 마물?!"

"어떻게…… 저 안에서……."

골렘의 조종사들은 자신의 골렘에 달라붙은 회색의 고블린들을 보며 소리쳤다. 녀석들은 평범한 고블린들과 달리 마치 눈이 보이지 않는 것처럼 눈동자가 새하얀데 꼭 어둠 속에서만 살아온 듯 보였다.

"떨어져!!"

"으아악-!!"

숫자를 셀 수 없을 정도로 많은 고블린들이 방벽을 넘어 골렘들을 덮쳤다. 골렘들은 고블린들의 무게를 이기지 못하고 하나둘 쓰러지기 시작했다.

"신이시여……."

아이기스의 뒤에 숨어 있던 유린 휴가르는 끔찍한 광경을 보며 자신도 모르게 중얼거렸다. 하지만 이내 곧 자신이 내뱉은 말에 스스로도 어이가 없다는 듯 고개를 저었다.

"제가 헛소리를 했네요. 저 끔찍한 일이 모두 신이 저지른

짓인 것을……."

하지만 그의 말에 누구도 뭐라 하지 않았다. 아이기스의 뒤에 서 있던 사람들은 정말 제대로 된 신이 있다면 빌고 싶은 심정이었으니까.

인간계 최강자로 선별된 10인 중 한 명인 자신들이 고작 방패 뒤에 숨어 있는 것은 꼴사납기 그지없는 일이었기 때문이었다.

콰아아아아아앙--!!

하지만 침울한 그들과 달리 전장의 전투는 끝나지 않았다. 마치 상처를 치유하기 위해 생명을 빨아들이려는 듯이 고블린들이 날뛰었고 검은 안개는 무너진 방벽 너머로 다시금 병사들을 향해 날아갔다.

"포격 개시!!"

"모든 비룡들은 후방의 고블린을 향해 결계탄을 떨어뜨려라!!"

가네스가 이끄는 비룡 부대가 활공을 하며 수십 개의 폭탄을 지상으로 투하했다.

쾅! 쾅! 콰아앙--!!

탄환이 터지면서 지상 위로 반구 형태의 빛무리들이 여기저기 만들어졌다.

[케엑! 켁!!]

[케게겍……!]

고블린들은 빛에 닿자 고통스러운 듯 비명을 질렀다.

"포격 개시!!"

"고블린을 향해 진격하라!!"

그레이스 판피넬과 톰슨의 외침이 들렸고 질주하는 기사단 뒤로 울카스 길드를 선봉으로 한 마법병대가 일제히 마법을 쏟아냈다.

전술-질풍(疾風).

그야말로 죽음도 불사하는 진격이었다. 검은 안개 가득한 곳에 있는 고블린들을 향해 판피넬 기사단이 지금껏 없었던 가장 빠르고 강렬한 일격을 날렸다.

"으아아악!!"

"아악!!"

검은 안개 속으로 들어간 기사들의 비명이 전장에 울렸다.

빠득-

끔찍한 그들의 목소리를 들으면서도 비올라는 눈을 질끈 감으며 입술을 깨물 뿐이었다.

"진형을 유지하라!! 우리들은 북부의 병력과 함께 골렘 부대를 지원한다!! 절대로 대열을 이탈하지 마라!!"

누구보다 그레이스와 그의 기사들을 아끼는 그녀임을 잘 알기에 라니온 연합의 병사들은 오히려 슬픔 대신 전의를 뜨겁게 불태웠다.

"아벤."

말을 모는 비올라를 보며 마르제는 낮은 목소리로 말했다.

"늙은이들이 할 일이 생겼군."

"비루한 몸뚱이나마 가치 있게 써야지. 우리의 주군께서 슬퍼하시게 할 수 없지."

"자네도 그리 생각하나?"

과거 트윈 아머를 지켰던 노장들은 서로 말을 하지 않아도 눈빛만으로도 통했는지 고개를 끄덕였다.

"트윈 아머에서만 수십 년이었는데…… 자네와는 정말 지겨운 인연이로군."

"크크클……."

마르제와 아벤은 고삐를 움켜잡고서 본대와는 다른 방향으로 말을 움직였다.

"저승에서 만나지."

검은 안개를 향해 달려가는 마르제는 나지막한 목소리로 말했다.

"……도대체 우린 여기서 뭘 하고 있는 거지?"

"저, 정신이 드십니까?"

각지에서 전투가 벌어지는 모습을 바라보며 밀리아나는 주먹을 꽉 쥐었다. 하지만 그마저 힘이 달리는지 이내 곧 쥐었던 주먹을 풀고 말았다.

"신살의 10인이라 뽑히고서 우쭐했던 자신이 바보 같군……."

"진정하십시오. 여제께서는 충분히 하셨습니다."

유린 휴가르는 광인이란 별명답지 않게 조곤조곤한 목소리로 대답했다.

당연한 일이었다. 그녀의 전투를 보고 난 사람이라면 그 누구도 그녀의 앞에서 목소리를 높일 수 없을 것이었다.

"더 이상 저 안에 들어갈 순 없겠지……."

그녀의 말에 유린은 고개를 숙였다. 솔직히 말해서 숨이 끊어지지 않은 것만으로도 대단한 일이었기 때문이었다.

"신의 영역의 전투라 인간이 개입할 수 없다지만…… 최소한 나를 믿고 전장에 온 자들을 위해 싸울 수만 있다면……."

밀리아나는 일어나려 했다. 하지만 조금만 힘을 주어도 사지의 뼈들이 모두 으스러지는 것 같은 고통에 옴짝달싹하지 못했다.

"크윽!!"

그녀의 신음에 유린은 황급히 그녀를 부축했다.

"제길……."

밀리아나의 눈가에 눈물이 맺혔다. 하지만 고통 때문이 아니라 마음대로 움직이지 않는 자신의 육체에 대한 원망 때문이었다.

"방법이라면 있습니다."

그때였다. 아이기스의 안쪽에서 들려오는 목소리에 사람들은 황급히 고개를 돌렸다.

"넌……."

밀리아나가 살짝 눈살을 찌푸리며 말했다.

다름 아닌 마왕(魔王), 하가네였다.

"이것이 언제 끊어질지 모를 당신의 숨에 힘을 불어넣어 줄 것입니다."

그는 간신히 숨을 내쉬고 있는 밀리아나의 앞에 서서는 품 안에서 뭔가를 꺼내었다. 극격의 갑주였다.

"그게 무슨……."

그뿐만이 아니었다. 신탁이 내려졌던 날, 가루가 되었던 묵시의 목걸이와 통탄의 부정까지 모두 온전하게 그의 품 안에 남아 있었다.

"너…… 카릴을 속인 건가?"

"하하…… 인간계에 유명한 이야기가 있지 않습니까. 마족을 믿어서는 안 된다고."

밀리아나는 사라졌다고 생각되었던 마계의 유물들을 그가 몰래 복원했다는 것을 깨달았다.

"그러나 이번엔 믿어보시죠. 물론, 믿고 말고는 물론 당신의 선택이지만 말입니다."

하가네는 묘한 웃음을 지으면서 어깨를 으쓱했다.

"하지만 저들을 구하고 싶으시다면 마계의 문을 여십시오. 그리하면 마족은 당신에게 힘을 보태줄 것입니다."

그의 눈빛이 번뜩였다.

"마(魔)는 마(魔)로써 멸하소서."

그가 묵시의 목걸이를 그녀에게 건네며 한쪽 무릎을 꿇었다.

"마족군을 지휘하십시오. 여제시여."

"마계의 문을 열어? 이게 어디서 또 꿍꿍이를 부리려고……!!"

유린 휴가르는 갑자기 나타난 하가네를 향해 으르렁거리듯 말했다. 밀리아나의 앞에서나 순한 양처럼 있었지 바닥에 내려놓았던 지옥추를 들어 올리자 그야말로 광인다운 모습이었다.

"기다려."

하지만 그런 그를 밀리아나가 막았다.

"못 믿으시겠다면 그 갑옷만 쓰셔도 좋습니다. 아시다시피 마족은 신의 영역 밖에 있는 족속들입니다. 그 말은 신력에도 어느 정도 면역을 가진 자들이라는 뜻이지요. 과도한 신력의 사용으로 인한 것이라면 적어도 사제의 축복보단 마족의 힘이 도움이 될 테니까요."

하가네는 옅은 미소를 지으며 어깨를 으쓱했다.

"뭐…… 그마저도 믿기 어려우시다면 어쩔 수 없겠지만요. 갑옷의 효능만큼은 진짜입니다. 적어도 당신을 죽게 놔두면 주군께서 절 가만히 두시지 않을 테니까요."

그가 말을 이어갔다.

"아마 마계를 쑥대밭으로 만들지도 모르지요."

"넌 카릴이 이길 거라고 보는가? 여기서 살아남아야 마계를 부수든지 살리든지 할 텐데."

"마족의 거래는 등가교환입니다. 절대로 손해 보는 장사는 하지 않지요. 그렇기 때문에 카이에 에시르가 디멘션 스파이럴을 마계에 보관한 이유기도 할 겁니다."

밀리아나의 물음에 하가네는 한쪽 송곳니를 살짝 내비치며 대답했다.

"그리고 제가 그 파편을 주군께 드렸다는 것은 승산이 있기 때문이라는 뜻이겠지요."

그의 대답에 밀리아나는 물끄러미 그를 바라봤다.

"좋다."

"밀리아나 님!"

유린 휴가르는 깜짝 놀라며 소리쳤다.

"마계의 문을 열겠다. 어째서 마왕인 네가 직접 하지 않는지 잘 모르겠지만…… 꿍꿍이가 있다 한들 상관없어. 언제나처럼 나는 내 뒤통수를 치는 놈이 있다면 배로 돌려줄 뿐이니까."

"하하, 신을 셋이나 죽인 신살인(神殺人)다운 모습입니다."

"셋이 아니라 둘이야. 마지막은 알른이 끝냈으니까."

하가네는 그게 뭐가 중요하냐는 듯 살짝 고개를 갸웃거렸다.

"너. 신보다 강한가?"

밀리아나는 그가 들고 있던 나머지 두 개의 유물을 낚아채듯 잡으며 말했다.

"그렇지 않으면 잘 생각하는 게 좋을 거다. 그 알른이 아직 카릴의 곁에 있으니까."

하가네는 무슨 뜻인지 이해한 듯 쓴웃음을 지었다.

차르륵—

그러고는 밀리아나는 망설임 없이 묵시의 목걸이를 목에 걸었다.

화르르르륵……!!

유린 휴가르와 하와트는 그 순간 놀란 눈으로 그녀를 바라봤다. 마치 피부처럼 생기가 돋는 붉은 비늘이 그녀의 몸을 한번 감싸더니 극격의 갑주를 뒤덮었다. 그러자 붉은 비늘은 갑주와 하나가 되었고 허물을 벗는 것처럼 남은 비늘들이 우수수 떨어졌다.

마치 새로이 태어난 듯이 붉게 변한 갑주 위로 그녀가 천천히 감았던 눈을 떴다.

"으아아아아아--!!"

율라의 외침과 동시에 일대를 날뛰던 검은 안개들이 다시금 그녀의 몸 안으로 들어갔다.

콰득……! 콰그그극……!!

에이단은 그녀의 목덜미에 박아 넣은 검을 빼려고 잡아당겼지만 율라의 몸 안으로 흡수되던 검은 안개들이 마치 그의 검을 붙잡듯 꽉 조여왔다.

[검을 버려라. 율라가 깨어난다.]

"하지만……!!"

[어서!!]

쿤겐의 외침에 에이단은 어쩔 수 없이 쌍검을 쥔 손을 풀었다.

콰아아아아아아앙--!!

그와 동시에 율라의 몸에서 뜨거운 기류가 뿜어져 나오며 맹렬한 폭음이 터져 나왔다.

"크윽!!"

에이단을 휩쓰는 맹렬한 검은 화염이 덮치려는 순간 자르카에 연결되어 있었던 인형줄이 그의 몸을 감싸며 그를 뒤로 잡아당겼다.

"이쪽으로!"

부우우우웅--!!

율라의 날카로운 검이 아슬아슬하게 에이단의 앞을 스치고 지나갔다.

타앙-!!

하지만 팽팽하게 당겨진 인형 줄을 검은 안개가 물어뜯어 버렸고 에이단의 몸은 마치 실이 끊어진 연처럼 공중에서 맥없이 떨어졌다.

"쿨럭……!!"

바닥에 떨어지며 그의 몸이 들썩였고 검붉은 핏덩이가 입에서 흘러나왔다.

　치이이이익……!!

　핏덩이는 바닥에 닿자마자 연기를 뿜어냈는데 그의 전신에
혈관들이 모두 시커멓게 변해 있었다.

　[신력의 중독이 이렇게나 빨리…… 역시 디멘션 스파이럴을
두 개나 쓰는 것은 인간이 해서는 안 될 일이었어.]

　우레 군주는 에이단의 변화를 보며 빠득- 이를 갈았다.

　[이 녀석아. 정신 차려라. 그건 파편에서 생성 된 타락의 기
운에 중독이 되면 나타나는 흑혈(黑血)증세다. 정신 바짝 차리
지 않는다면 신의 힘에 잡아먹히고 말 것이다!]

　"폽……!! 커컥……!!"

　하지만 그의 말에도 불구하고 에이단의 입에서는 마치 물을
뿜어 내듯 피를 토해냈다.

　[……진짜 웃긴 놈들이로군. 너나 황금룡이나 엘프 녀석이
나 모두 틈을 만들려는 게 아니고 정말 너희들끼리 율라를 죽
이려고 했던 것이었잖아?]

　우레 군주는 그제야 이들의 속내를 알겠다는 듯 기가 막힌
다는 얼굴로 말했다.

　[제 주군마저 속이다니……. 그만큼 그를 살리고 싶었던 것
이더냐.]

　쿤겐의 말에 에이단은 쓴웃음을 지었다.

　[죽을 만큼 아프겠지만 일어서라. 율라가 온다.]

"제길……."

디멘션 스파이럴을 가지고 있기에 에이단 역시 율라의 기운을 느낄 수 있었다.

"단 한 번으로 이 모양이라니…… 면목이 없다."

부들거리는 팔로 간신히 상체를 들어 올린 그는 나지막한 목소리로 말했다.

"수안."

콰아아아아아아앙--!!

율라의 검이 검은 안개를 뚫고 에이단을 베기 바로 직전 그의 앞을 막아선 푸른 빛을 띠는 건틀렛이 바닥을 내려쳤다.

쾅! 쾅! 쾅! 쾅……!!

건틀렛을 중심으로 지면에서 솟아난 돌기둥이 율라의 검을 막아섰다.

"어림 없다……!!"

하지만 율라가 검에 힘을 주자 거암군주의 힘을 담은 방벽은 순식간에 와해되었다.

[흠!!]

그 순간 거대한 거암 군주의 모습이 나타났고 에이단을 보호하듯 쿤겐이 날카로운 번개를 흩뿌렸다.

"에이단."

막튼의 뒤에서 들려오는 수안 하자르의 목소리에는 원망이 담겨 있었다.

"이렇게 혼자 멋대로 나서기냐. 적어도 한마디 상의 정도는 해줄 수 있었잖아."

수안 하자르가 에이단을 향해 말했다.

"그럼 네가 먼저 나섰을걸."

"당연한 소리."

망설임 없는 그의 대답에 에이단은 쓴웃음을 지었다.

"내놔."

"……뭐?"

"너라면 그 순간 놓치지 않았겠지."

"토스카의 파편."

수안은 손을 내밀었다.

"아서라. 디멘션 스파이럴을 가지게 되면 죽음을 피할 수 없다. 너라도 주군의 곁에 있어야지."

"그걸 알면서 파편을 두 개나 처먹은 녀석에게 들을 말은 아닌 것 같은데."

그는 당장에라도 한 대 칠 기세로 말했다.

"주군께서 기다리신다."

"미친놈……."

에이단은 그렇게 말하면서도 손가락 사이에 쥐고 있던 파편을 꺼내었다. 그것을 보고서 수안은 역시나 하는 얼굴로 고개를 끄덕였다.

"내 일격 덕분에 율라의 힘이 조금은 약해졌다. 하지만 그걸로는 부족하지. 주군의 검이 닿기 위해선 일단 주의를 이쪽으로 돌릴 필요가 있어."

에이단이 수안에게 파편을 건네며 말했다.

우우우우웅…….

수안은 그것을 움켜잡았다. 파편이 그에게 스며드는 순간 그는 에이단의 손목을 낚아채듯 잡아당겼다.

쇄아아악……!!

에이단의 디멘션 스파이럴이 마치 죽어가는 육체를 버리고 생기 있는 육체를 찾아가려는 것처럼 순식간에 빠져나가 수안의 몸으로 흡수되었다.

"야……!!"

갑작스럽게 사라진 신력에 에이단이 수안을 향해 소리쳤다.

"멍청한 나도 안다. 그대로 신의 파편을 계속 가지고 있다면 당장에라도 네가 죽으리라는 걸. 최소한 작별 인사 정도는 할 시간을 만들어주는 게 내가 할 수 있는 유일한 일이니까."

"이 새끼……."

수안 하자르는 에이단의 등을 떠밀다시피 밀치며 말했다.

"번개의 정령왕이시여. 당신에게 부탁이 있습니다. 그를 주군의 곁으로 꼭 돌려보내 주십시오."

세 개의 디멘션 스파이럴을 흡수 한 수안에게서 폭발적인 마력이 느껴졌다.

콰앙-!!

건틀렛을 서로 마주치자 날카로운 충격파와 함께 그의 전신에 둥근 보호막이 생겨났다. 고든 파비안의 절대 방어술인 오토마타였다.

하지만 지금까지의 방어막과는 달리 막툰의 힘과 수안의 마력뿐만 아니라 신력까지 더해지자 그 위용은 지금까지와는 전혀 달랐다.

우—우—우웅……!!

조금 전 부서졌던 돌기둥들이 마치 방패처럼 떠오르며 그의 주위를 감쌌다.

"수안……!!"

에이단이 그의 이름을 불렀다. 하지만 쿤겐이 그를 감싸며 전선을 이탈하자 순식간에 그의 눈에는 수안의 뒷모습만이 보였다.

카릴은 천천히 눈을 떴다. 신력을 가진 그 역시 디멘션 스파이럴의 움직임을 포착할 수 있었기에 지금 이들의 움직임을 모두 알고 있었다.

"알른."

그럼에도 불구하고 그는 움직이지 않았다.

"역시 욕심이었을까."

씁쓸한 얼굴로 그가 말했다.

[사람이 사람답게 살고자 하는 것이 어찌 욕심이더냐. 그것을 우리 죽은 자들만으로 이루려 했건만…… 힘이 부족하여 너희들을 고통스럽게 만든 것이 그저 죄스러울 뿐이다.]

알른이 대답했다.

[너는 지금까지 많은 사람을 살리기 위해 편한 싸움도 어렵게 해왔다. 제국의 두 황제를 죽일 때도 그렇고 공국을 흡수하고 삼국을 통일할 때도 마찬가지였지.]

그는 마치 회상하듯 읊조렸다.

[가끔은 그런 네가 답답할 때도 있었다. 왜냐면 너 혼자서 전전긍긍하며 모든 이들을 구하기 위해 부단히 노력한 것이 때로는 오해를 사고 원망을 샀으니까. 하지만 이제는 다르다. 곁에서 지켜봤기에 다 안다고 생각했는데…… 이 길이 얼마나 힘든지 직접 해보니 알겠구나.]

알른이 카릴의 어깨 위에 손을 얹었다.

[정말 할 짓이 못 되는구나. 쉬운 길을 돌아서 가야 하는 것 말이다.]

"그래. 쉬운 길을 내 욕심 때문에 저들을 힘들게 했어."

[하지만 쉽다 하여 그것이 바른길은 아니다.]

알른은 대답했다.

[저들이 어째서 너를 싸움에 들이지 않고 스스로 파편을 먹어 가면서까지 싸웠는가. 그것은 결국 너를 인간으로서 남아 있게 하기 위함이지 않으냐. 처음 네 계획대로 네가 신이 되어

율라를 죽이는 것이 더 쉬운 일일지 모르지.]

그는 고개를 저었다.

[하지만 그것이 무슨 의미가 있느냐. 너라는 사람을 잃게 되는 것을. 네가 저들을 지키려는 마음이 틀린 것이 아니듯 저들이 너를 자신들의 곁에 두고자 싸우는 것 역시 네 욕심이 아니다.]

"하지만…… 나는…….”

[내가 돌아서 간다고 말한 것은 다른 의미다. 너를 인간으로 남게 하는 길이 어렵다는 것이 아니라 또다시 네게 모든 것을 짊어지게 하지 않게 하려는 것이 참으로 어려운 것이다라는 뜻이었다.]

알른이 낮은 한숨을 내쉬었다.

[그동안 참으로 힘들었겠구나. 나의 제자야.]

카릴은 아무런 말을 하지 않았다. 자신을 지키고자 싸우는 저들의 마음이 고마우면서도 한편으로는 저들의 죽음 위에 자신이 살아 있다 한들 무슨 의미가 있겠는가 하는 생각도 들었다.

쩌적……! 쩌저저적……!!

번개가 그의 앞에 휘몰아쳤고 여기저기 검은 안개에 찢긴 쿤겐이 사력을 다한 듯 카릴의 앞에 쓰러졌다.

"에이단……!!”

폭풍 속에서 카릴이 그의 이름을 외쳤다.

"죄송합니다. 주군. 율라를…… 죽이지 못했습니다.”

카릴이 쓰러진 그를 끌어안자 자신의 상처는 신경 쓰지도 않은 채 에이단이 원통하다는 듯 눈물이 그렁한 얼굴로 말했다.

"저 앞에 수안이 있습니다."

"너희들······."

"죄송합니다. 저도 수안도 주군께 배운 것이라고는 고집을 피우는 것이었나 봅니다."

울먹이는 그의 얼굴을 보며 카릴은 알 수 있었다. 에이단에게서 빠져나간 디멘션 스파이럴이 수안에게 가 있고 신력을 쓴 대가로 그의 생명이 맹렬하게 빠져나가고 있음을 말이다.

"수안에게 감사해야겠습니다. 그 덕분에 주군을 볼 수 있었으니 말이죠."

[웃긴 녀석일세. 널 데려온 것은 나다.]

쿤겐은 그의 말에 퉁명스럽게 말했지만 그것이 죽음을 잊기 위해 일부러 내비친 말이라는 것쯤은 알 수 있었다.

"이번만큼은······ 주군 대신 이루고 싶었는데······ 이렇게 또 주군께 맡기게 되네요."

"그만 말해."

"그래도 처음이지 않습니까? 주군께서 만든 길을 따라가는 것이 아니라 저희가 만든 길을 주군께서 걸으시는 것은 말입니다."

에이단은 마치 뿌듯하다는 듯 말했다.

"죽음은 두렵지 않으나 이별은 참으로 슬프네요."

그의 목소리가 점차 작아지고 있었다.

"신이 되지 마십시오."

카릴의 손을 잡고 있던 에이단의 팔이 축 늘어지며 바닥에 떨어졌다.

"부디 인간으로 남아주십시오."

에이단의 마지막 인사였다.

"안 돼…… 안 돼……!!"

카릴이 그의 어깨를 꽉 붙들었다.

"슬퍼할 시간 없어."

그때였다. 어느새 붉은 갑옷을 입은 밀리아나가 그의 곁에 나타났다. 그녀의 눈빛에 서글픔과 고마움이 공존했다.

"에이단. 네가 내 디멘션 스파이럴을 가져간 덕분에 나는 살 수 있었다."

목이 메이는 듯 그녀는 잠시 숨을 토해내고서 마지막 말을 내뱉었다.

"……고맙게 생각한다."

카릴의 품에 있던 에이단의 눈을 그녀가 감겨주었다.

"디곤 일족은 영원히 네 이름을 기억할 것이다."

"밀리아나……."

"그의 유언, 절대로 잊지 마. 네가 신좌에 오르는 것을 막기 위해 우리가 싸우는 거니까. 우리의 죽음을 슬퍼할지언정 우리의 죽음을 막기 위해 네가 인간을 버리는 것만큼은 용납할 수 없어."

그녀는 단호하게 말했다.

'비록 내가 인간을 버린다 하더라도 너만은 내가……'

우우우우우우웅……!! 우우웅……!!

그 순간 상공에서 거대한 문이 열리며 마족 4기사들이 기다렸다는 듯 나타났다.

"마족군."

밀리아나는 천천히 숨을 토해내며 결심을 한 듯 천천히 손을 들어 올렸다.

"쓸어버려."

그녀가 가리키는 방향을 따라 수천 마리의 마족과 마물들이 쏟아졌다.

"뚫어라."

콰아아아아아--!! 콰아앙--!!

밀리아나의 명령이 떨어지자마자 하늘에서 쏟아진 마족들이 일제히 검은 안개를 향해 달려들었다.

"인간의 명령을 따라야 한다니……."

"마왕께서는 도대체 무슨 생각이신지 모르겠지만."

"피 맛을 느낄 수 있겠군."

마족 4기사들이 지상에 착지함과 동시에 저마다의 무구를 휘둘렀다. 마족의 마기가 검은 안개를 갈랐고 그 안에 숨어 있던 타락의 괴물들이 비명을 질렀다.

"전방 상공에 가고일!!"

"프로켈, 아그마(Agma)를 이끌고 놈들을 막아라."

아가레스가 검은 안개 속에서 튀어나온 회색의 마물들을 바라보며 말했다. 프로켈이 창을 들어 올리자 그의 뒤에 얼굴 없는 기사들이 그를 따랐다.

"후읍……!!"

홍각이 주먹을 서로 맞물리며 숨을 들이마시자 그의 전신이 붉게 변했다.

"카학!!"

들이마신 숨을 토해내자 그의 입에서 뜨거운 불길이 뿜어져 나왔고 검은 안개가 매캐한 연기를 뿜어내며 그의 화염에 타들어 가기 시작했다.

화아아아악……!!

타들어 간 자리에 일순간 깨끗한 바람이 밀려 들어가자 양쪽으로 검은 안개들이 밀려났다. 일순간 길이 뚫린 것처럼 안개 뒤로 수안의 뒷모습이 보였다.

"저기로군."

아가레스가 자신의 검을 바닥에 찔러 넣었다. 마계의 식물을 관장하는 그의 힘이 대지에 흡수되자 지진이 난 것처럼 바닥이 흔들렸다.

[캬아아아아아--!!]

[크르륵--!!]

갈라진 바닥에서 거대한 줄기들이 순식간에 자라나더니 날카로운 이빨을 가진 식인 꽃들이 튀어나왔다.

[캭! 캬악!!]

[캬가가가……!!]

안개 틈 사이로 회색 피부의 고블린들이 튀어나왔다.

녀석들은 조금 전 홍각의 불꽃에 상처를 입은 듯 피부 여기 저기가 녹아 있었지만 죽음을 두려워하지 않고 식인 꽃들을 향해 달려들었다.

쩌적-! 쩍-!! 콰가가강--!!

식인꽃들과 고블린들이 뒤엉켜 싸우기 시작했고 여기저기 마물들의 살점이 뜯겨져 나가는 소리가 들렸다.

"밀리아나."

카릴의 부름에 비룡의 위에 올라탄 그녀의 어깨가 가볍게 떨렸다.

"하가네 녀석과 계약을 한 거지?"

조금 전까지만 하더라도 파편의 힘을 사용한 대가로 죽음의 문턱에 있던 그녀가 지금은 생기가 넘치는 얼굴이 되어 돌아왔다. 그리고 마치 그녀의 생명으로 만들어진 것 같은 붉은 갑옷을 보며 카릴은 단번에 그 이유를 알 수 있었다.

"마계의 유물들이라…… 녀석이 꿍꿍이가 있을 것이라고는 생각했지만 이런 걸 다시 만들 줄은 몰랐군."

"거짓말."

그녀는 카릴의 말에 날카롭게 그를 노려봤다.

"정말로 몰랐어?"

"……뭐?"

"마족과의 계약. 내 생각엔 내가 아니었다면 아마 네가 했을 것이라고 보는데."

예상치 못한 그녀의 말에 카릴은 대답을 하지 못한 채 입을 다물었다.

"너는 신을 죽이고자 했어. 하지만 신을 죽일 수 있는 것은 신뿐. 완벽한 신살을 위해서 너 스스로 신좌에 오르게 되었을 때 너를 죽일 사람이 필요했겠지."

밀리아나가 비룡의 고삐를 콱 움켜쥐었다. 그녀에게서 느껴지는 기운에 붉은 비늘이 고통스러운 듯 끼익…… 거리며 낮게 울었다.

"하지만 우리가 과연 네 생각대로 움직일 리 없잖아. 널 우리 손으로 죽이라니…… 네가 생각해도 바보 같은 계획 아냐?"

그녀의 말에 카릴은 쓴웃음을 지었다.

"뭐가 신살이야? 그런 생각으로 우리를 뽑다니 마음 같아서는 죽지 않을 만큼 패주고 싶지만…… 네가 신좌에 오르는 것부터 우리가 그냥 넋 놓고 보고 있을 리가 없잖아."

"최선이었어."

"그래. 너 혼자 짊어지려고 하는 슬픈 방법이지. 게다가 지금처럼 우리가 신살의 계획에 동참하지 않을 것을 예상하고 하가네란 변수를 놔둔 것일 테고."

"……."

"아무리 마왕이 뒤가 구린 놈이라 해도 신의 힘을 가진 너를 두고 꿍꿍이를 벌일 순 없어. 너는 마왕의 계보마저 이으려는 생각도 했던 거지? 마계의 문을 열고 마족이 세계를 침공하게 되면 결국 인간은 그들을 맞서 싸워야 할 테니까. 결국 너는 어떻게 해서든 너를 우리가 죽이게 만들 생각이었어."

"밀리아나……."

"어찌 이리도 너를 따르는 자들의 마음을 모르지?"

그녀의 얼굴에 눈물이 글썽였다. 신의 앞에서도 한없이 당당했던 그녀에게서 상상도 하지 못할 일이었다.

"죽고 싶은 자는 없어. 목숨의 무게 역시 모두 똑같이 무겁다."

밀리아나가 카릴의 멱살을 잡았다.

"알겠어? 에이단의 목숨이 네 목숨보다 가볍다는 말이 아니야. 죽을 걸 알면서 안개 속으로 뛰어든 기사단의 목숨이 너보다 중요하지 않다는 것이 아니야! 쏟아지는 마물을 막기 위해 스스로 벽이 된 골렘 부대의 병사들이 하찮다는 것이 아니란 말이야!!"

그녀의 손이 파르르 떨렸다.

"그 소중한 목숨을 바치면서까지 너를 인간으로 남기기 위한 희생은……."

와락-

밀리아나가 카릴을 껴안았다.

"네가 우리에게 인간의 미래를 보여주었기 때문이다. 그런 너를 어찌 우리가 인간이길 포기하게 만들겠냔 말이야."

뺨에서 흘러내린 한 방울의 눈물이 카릴의 어깨 위로 떨어졌다. 아이러니하게도 눈물이 떨어진 자리는 마치 불에 덴 것처럼 뜨거웠다. 카릴은 자신도 모르게 탄식과도 같은 한숨을 내쉬었다.

"미안……."

밀리아나는 그의 말에 피식 웃으며 붉어진 뺨에 흐른 눈물을 닦았다.

"네 입에서 사과의 말이 나오는 날도 다 있네. 두고두고 놀려 먹을 수 있겠는걸."

카릴은 그녀의 말에 쓴웃음을 지었다.

"저 역시 그런 날이 오면 좋겠군요."

두 사람의 대화가 끝나기를 기다리기라도 한 것처럼 하가네가 나타났다.

"율라가 세계를 지배하게 되면 아마도 가장 먼저 할 일은 인간계를 멸하는 것과 마계를 소멸시키는 것일 테니까요."

그는 밀리아나를 향해 묘한 웃음을 지었다.

"결국은 네가 살기 위해서 내게 이 유물을 준 것이란 말이로군."

"주군께서 마왕의 힘을 손에 넣어봤자 사실 그것은 율라의 소멸 이후의 문제니까요. 저는 좀 더 확실하게 신살을 이룰 수 있는 분께 힘을 보탠 것입니다."

"내게 이 힘을 준 것을 후회하게 해줄게. 앞으로 인간계에 헛짓거리를 못 하게 만들 거니까."

"그건 그것대로 나쁘진 않겠군요. 적어도 소멸보다는 나은 미래지 않습니까."

"그래. 본디 왕이라면 그래야지. 자신의 목숨을 아낄 줄 알아야 해. 어디 누구보다 낫네."

하가네는 그녀의 말에 옅은 미소를 지었다.

"저기 수안 하자르가 있습니다. 그가 율라의 힘을 억제한 덕분에 길을 열 수 있었습니다."

그는 말을 이어갔다.

"다만 거암 군주의 힘도 이제 다한 듯싶군요. 신의 파편을 3개나 먹었습니다. 막툰이 없었다면 이미 무(無)로 돌아가도 이상하지 않을 일이겠지요."

카릴은 그의 말에 잠시 눈을 감았다.

에이단 하밀과 수안 하자르. 그 둘은 자신의 현생에서 가장 많은 시간을 함께한 자들이었다. 그들을 잃는다는 것은 그 무엇보다도 슬픈 일이 아닐 수 없었다.

"자책하지 마. 고개를 숙일 시간이 있으면 신을 죽일 방법부터 생각해. 그것이 죽은 자들에 대한 이끄는 자로서 네가 해야할 도리니까."

카릴은 그녀의 말에 고개를 끄덕였다. 자신을 희생하며 바꾸려고 했던 미래였다. 하지만 너무나도 충성스러운 부하들은 미래보다 그를 부여잡은 채 놓아주지 않고 있었다.

설령 자신의 목숨을 버린다 하더라도 말이다.

"방법은 하나야. 결국 신의 힘이 아니고선 율라를 죽일 수 없다. 지금 내가 가진 파편으로는 율라를 압도하기에 부족해. 수안이 가진 세 개의 디멘션 스파이럴 내가 흡수하는 것뿐이겠지."

그의 말에 밀리아나는 고개를 끄덕였다.

콰아아아아앙--! 콰가가강--!!

여기저기에서 쏟아지는 포격과 폭격. 골렘과 비룡 그리고 마족의 마물들이 검은 안개 속 율라의 괴물들과 싸우고 있었다.

밀리아나는 비룡의 고삐를 잡아당기며 빠르게 그 안으로 날아올랐다.

"율라의 공격을 막을 수 있는 사람은 나와 하가네 그리고 알른 정도뿐이겠지. 그것도 기껏해야 한 번뿐이겠지만……."

"기회는 최소 세 번은 있단 것이군요."

하가네는 아무렇지 않은 듯 말했지만 그 모든 기회가 결국 그들의 목숨을 대신해서 만들어진 기회라는 것은 곧 실패의 대가가 죽음이라는 의미이기도 했다.

[그렇다면 처음은 역시 내가 해야겠군.]

알른 자비우스는 가볍게 고개를 꺾으면서 말했다.

"아닙니다. 제가……."

[마족이야 인간계에 위해를 가하는 존재기에 사라져야 마땅하지만 그 역시 차원적으로 본다면 구성 요소 중 하나. 하지만 사자인 나는 그렇지 않다.]

하가네의 말에 알른은 콧방귀를 뀌며 말했다.

[설령 허튼 생각을 부려 카릴에게 소거 당할 존재라 할지라도 말이지.]

그야말로 도도하기 그지없는 대마법사의 모습 그대로였다. 오히려 지금까지 사령들 중 자신이 남아 있어야 했던 것에 자존심이 상한 모습이었다.

[그러니 모두 물러서라. 적어도 저 덩치가 만든 길을 헛되이 보낼 수 없지.]

우우우우웅……!!

[카릴.]

그의 부름에 카릴이 뒤를 돌아봤다.

[이로써 확실해졌다. 나는 죽을 수 없다. 아니, 소멸할 수 없다는 것이 더 맞겠지. 그런 의미로 내가 가진 디멘션 스파이럴을 네게 줄 순 없을 것 같구나.]

카릴은 그의 말이 어떤 의미인지 알고 있다는 듯 고개를 끄덕였다.

"끝까지 당신께 도움을 받는군……."

[클클클…… 스승이란 원래 그런 것이다.]

알른은 가볍게 어깨를 으쓱했다. 그러고는 자신의 지팡이를 쥐며 말했다.

[위에서 널 내려다보겠다. 부디 인간의 삶을 살 거라.]

알른이 비룡에서 몸을 날리며 마력을 전개했다. 그러자 그의 주위로 비전의 구체들이 수없이 날아다녔다.

콰앙-! 쾅-!! 콰가가가강--!!

비전구들이 빠른 속도로 휘몰아치며 다시금 사라질 듯 덮이려는 검은 안개의 벽을 밀어내며 길을 만들기 시작했다.

카가가가가가가가……!!

요란한 폭음과 함께 자줏빛 불꽃 사이를 뚫고서 카릴이 탄 비룡이 검은 안개의 벽을 통과했다.

"가거라……!!"

머릿속으로만 울리던 그의 목소리가 신기하게도 그 순간 육성으로 들리는 듯했다.

꽈악-

카릴은 뒤를 돌아보지 않았다.

대신 그들이 말했던 것처럼 오직 앞을 향해 나아갔다.

"비켜……! 비키란 말이다!! 이 쓰레기 같은 놈이 감히……!!"

쾅! 쾅!! 콰가가강--! 타당-! 카강-!!

날카로운 외침과 함께 율라의 검이 바위처럼 단단한 실드를 두들겼다. 하지만 지금까지 무엇이든 거리낌 없이 베었던 그녀의 검이 놀랍게도 튕겨 나갔다.

실드는 지면에 단단히 박혀 있었는데 단순히 그녀를 가로막고 있는 것이 아니라 마치 뿌리처럼 실드에서 돌아 난 암벽들이 그녀를 포박하듯 두 다리를 붙잡고 주위를 감싸고 있었다. 마치 무슨 일이 있어도 그녀를 놓치지 않겠다는 의지를 보여주는 것처럼 처절할 정도로 그녀의 두 다리를 부여잡고 있었다.

"으아아아아아아--!!"

그녀는 미친 듯이 소리치며 검을 휘둘렀다.

[율라, 너의 이른 모습을 볼 수 있는 날이 오다니. 과연……
지금까지 기다린 시간이 헛된 것은 아니구나.]

"닥쳐!! 이 쓸모없는 것……!! 고작 인간의 기생하는 것 말고
는 아무것도 하지 못하는 주제에 잘난 척하지 마라!!"

막툰의 목소리가 들리자 율라는 더욱더 미친 듯 소리쳤다.
자신을 둘러싸고 있는 이 암벽들이 모두 거암군주의 결계라
는 것을 알고 있기 때문이었다.

[그래. 인간이 없었다면 나는 너를 이렇게 몰아붙이지 못했
겠지. 하지만 그것이 뭐 어떤가? 인간은 하찮지 아니하며 도구
가 아닌 함께 싸우는 동료이자 계약자인 것을.]

"닥치고 이것이나 풀어라……! 영원히 소생도 죽음도 하지
못하는 꼴이 되기 싫다면!"

[싫다면?]

"나는 내게 기회를 주는 것이다. 네가 나를 막아설 수 있는
것은 신의 힘 때문. 하지만 디멘션 스파이럴을 3개나 흡수한
인간이 과연 얼마나 더 버틸 수 있을까?"

카아앙--!!

그때였다. 지금까지 단단하게 그녀를 붙들고 있던 암벽이
처음으로 깨지는 소리와 함께 금이 갔다.

"오장육부가 타들어 가는 고통을 참아 내고 있는 것은 용하다만 그래 봐야 결국 인간의 목숨 한 개뿐. 과연 그게 신을 받아들일 그릇이 되겠는가!"

카앙-!! 깡-!!

율라는 금이 간 암벽을 향해 다시 한번 검을 내려치고 또 한 번 더 내려쳤다. 그러자 갈라진 틈은 순식간에 커지며 암벽 전체가 흔들렸다.

콰아아아아앙--!!

굉음과 함께 암벽이 산산조각이 나며 부서지자 율라는 자신의 앞을 막아선 거대한 바위를 향해 검을 겨누며 말했다.

"이제 그 기회마저 너는 잃었다."

바위 속에 양팔을 가슴에 모으고 온 정신을 집중해서 오토마타를 펼치고 있는 수안은 마치 알 속에 잠들어 있는 것 같은 모습이었다. 그는 율라가 다가오는 것도 알지 못하는 듯 보였다.

"……이미 죽었군."

그녀는 바위 속 그를 바라보며 차갑게 말했다.

"내 발목을 잡고 늘어진 것은 칭찬해 주마. 엘프도 드래곤도 하지 못했던 일을 인간이 해냈으니 말이야."

차자자장……! 캉!!

검 끝을 바위 속으로 밀어 넣자 알의 껍데기가 깨지는 것처럼 오토마타가 산산조각이 나며 부서졌다.

"신력과 인간의 기술 그리고 정령의 힘이 합쳐진 보호막이라…… 실로 내 예상을 깬 힘이었다만 결국 인간의 수명이 아쉽구나."

우우웅……!!

그 순간 수안의 뒤에 나타난 거암 군주가 마치 그를 보호하듯 두 팔로 감쌌다.

[과연 그럴까? 우리는 너를 붙잡고 있는 것만으로도 족하다.]

"이제 와서 자신들의 패배를 합리화시키려 하는가. 어차피 네놈은 죽게 되어 있어. 입 다물고 기다려."

율라가 으르렁거리듯 말했다.

[지금까지 너를 막아선 자들이 과연 너를 죽일 수 있다고 확신했기 때문이라 생각하는가? 아니다.]

하지만 막툰은 오히려 그녀의 위압을 비웃듯 나지막한 목소리로 말했다.

[우리는 기다리고 있었다. 네가 그에게 가지 못하도록 그리고 그가 네게 진심이 되어 오도록 말이야.]

"진심……?"

[너를 죽일 자는 이미 정해져 있다. 하지만 우리가 바라는 것은 너의 죽음이지 그의 죽음이 아니니까. 그의 고집을 꺾기까지 꽤 힘들었지만…… 이들의 희생이 결코 헛된 것은 아니다.]

"네놈……."

[모자람이 없다. 나는 그저 좋은 계약자를 만나서·감사할 따름이니까.]

막툰은 수안 하자르의 앞에 섰다.

"죽고 싶어 재촉하는구나."

하지만 그런 그의 결의조차 율라에게는 그저 헛된 발악으로 보일 뿐이었다.

스아아아아아앙--!!

그녀의 검날에 붉은 기류가 뿜어져 나왔다. 그녀가 흡수한 디멘션 스파이럴은 이제 완벽하게 그녀의 것이 된 듯 거리낌이 없었다. 맹렬한 신의 기류는 그 자체만으로도 엄청난 위압감을 주었고 정령왕인 막툰마저 떨게 만들었다.

"네놈들은 예전부터 그랬지. 그래서 똑같이 균열에서 태어났으나 신이 되지 못한 반푼이들."

철컥-

검을 쥔 손을 꺾자 검날의 쇳소리가 날카롭게 들렸다. 막툰은 자신의 마지막을 직감한 듯 눈을 감았다.

"……!!"

그때였다. 율라의 머리 위로 그림자가 드리워졌고 그 찰나의 순간 날카롭게 부는 한 줄기의 바람이 율라의 옆을 스치듯 지나갔다.

핏-!!

율라의 쇄골에서 붉은 피가 몇 방울 튀기듯 흘러내렸다. 그녀의 얼굴이 딱딱하게 굳어졌다.

"……한없이 가벼운 녀석인 줄 알았는데 남자였군."

밀리아나는 부러진 단검의 검날을 쥐고서 나지막한 목소리로 말했다.

"이들은 죽음 이후에도 마지막까지 싸웠군요."

그리고 율라를 스쳤던 또 하나의 바람인 하가네는 수안 하자르의 시체를 바닥에 내려놓았다.

"그래."

마왕의 품 안에 있는 수안을 바라보며 마치 살아 있는 자에게 말하는 것처럼 카릴은 나지막한 목소리로 읊조렸다.

"……수고했다."

그는 천천히 수안의 얼굴을 쓸어 넘겼다. 두 눈이 감기자 그제야 카릴은 참았던 한숨을 토해냈다.

"기어코 왔구나."

어느새 에이단의 검날이 꽂혀 있었던 율라의 쇄골에 상처는 씻은 듯 나아 있었다. 하지만 옅은 상처는 오히려 그녀의 분노를 돋운 듯 악귀처럼 변해 버린 모습에 숨을 조여오는 느낌이었다.

"실로 신이로군……."

하가네는 그 위압감에 입술을 씰룩이며 말했다. 율라는 고개를 꺾으며 천천히 앞을 바라봤다. 그녀의 시선이 닿을 때마다 오금이 저리는 기분이었다.

"율라."

하지만 잠든 듯 눈을 감고 있는 수안에게서 시선을 옮기며 그녀를 바라보는 카릴의 모습은 어쩐지 그 어떤 위압감도 느껴지지 않았다.

신을 앞에 두고도 오히려 초연한 모습이었다.

"참으로 우습지. 그렇게 홀로 싸웠던 나였는데…… 그래서 너무 당연하게 생각했던 모양이야. 혼자서 끝내는 것이 유일한 방법이라고 말이지. 그런데 아무래도 녀석들은 내게 영웅이 될 기회를 주지 않으려나 보군……."

"무슨 헛소리인지 모르겠군."

율라는 카릴을 향해 씰룩이며 날카롭게 말했다.

"그래. 신인 너는 영원히 모를 거야. 하나 이제 확실해졌다."

그런 그녀를 향해 카릴은 옅은 미소를 지었다.

"나는 인간으로 살 것이다."

오싹-

아이러니하게도 그 어떤 공격에도 두려움을 느끼지 않았던 율라는 처음으로 고작 미소에 자신도 모르게 공포를 느꼈다.

▶Chapter 5◀

"인간이라……."

율라는 카릴의 단호한 결의에 대해 냉소로 회답했다. 그녀는 마치 조금 전 느꼈던 공포에 대하여 스스로 용납할 수 없는 모습이었다.

"과연 인간으로 머물러서 나를 이길 수 있으리라 생각하느냐."

그녀의 한쪽 입꼬리가 올라가며 그를 바라보는 눈빛은 마치 가소롭다는 듯 느껴졌다.

"지금껏 나에게 도전을 한 자들이 왜 실패를 했는지 누구보다 네가 잘 알 텐데. 바로 자신의 존재성을 지키고자 했기 때문이다."

저벅- 저벅- 저벅-

율라는 천천히 걸음을 떼며 카릴을 향했다.

"인간으로서, 드래곤으로서, 정령으로서…… 순리를 바로 잡고 존재의 존엄성을 지키기 위해 신과 싸우겠다."

그녀는 고개를 저었다.

"신살(神殺)? 그래, 그것이 너희 인간의 번영을 위한 것이라면 어쩌면 신의 존재가 잘못된 것일지도 모르지. 하지만 네놈들이 하는 말은 결국 번지르르하기만 할 뿐 결국은 변혁을 위한 자신의 희생을 두려워하고 안주하려는 핑계에 불과할 뿐이야."

스캉-

붉은 검이 카릴을 향했다.

"그리고 결국 너도 선대자들과 마찬가지인 전철을 밟을 뿐이다. 아주 잠깐이나마 네게 두려움을 느꼈으나 끝내 너도 인간의 굴레에서 벗어나지 못하는구나."

카릴은 그런 그녀의 도발에도 불구하고 여전히 담담한 표정이었다.

"두려움을 느꼈나? 내게?"

그러고는 천천히 미소를 지었다.

빠득-!!

그의 반응에 율라의 얼굴이 일그러지며 이를 갈았다.

"넌 결국 인간임을 버리게 될 것이다."

철컥-!! 쿵!!

그녀의 갑옷이 흔들리는 소리와 함께 그녀의 몸이 카릴을 향해 튀어 나갔다.

후우우우우우웅……!!

율라가 발을 내디딜 때마다 지진이 난 것처럼 땅이 흔들렸고 그녀에게서 느껴지는 신력에 카릴은 숨을 쉬기 어려울 정도였다.

'예상은 했지만 그녀는 완벽하게 디멘션 스파이럴을 흡수한 모양이야. 지금의 내 힘으로는 그녀를 대항하기 어렵겠지.'

그렇기에 생각했던 것이 신화(神化)였으나 이제 그 방법은 논외의 것이 되었다.

"수안. 네 덕분에 그래도 방법을 찾을 수 있었다. 너희들에게 고맙게 생각한다."

카릴은 수안 하자르의 몸에 새겨져 있는 세 개의 디멘션 스파이럴을 뽑아내었다.

우우우웅…….

에메랄드빛의 파편들이 수안의 몸에서 나오자 시체는 순식간에 재가 되듯 가루가 되며 사라졌다. 무려 세 개의 신력을 소모한 인간의 육체는 형체조차 남길 여력조차 더 이상 남아 있지 않았던 것이다.

쿵-

수안 하자르가 사라지고 남은 건틀렛만이 덩그러니 바닥에 놓여 있었고 거암 군주는 그것을 쥐었다.

[우리의 힘도 받아주게.]

[계약자의 죽음을 헛되이 할 수 없지.]

대지의 정령왕과 번개의 정령왕의 힘이 카릴의 몸 안에 스며들었다.

화르르르륵……!!

카릴의 전신을 감싸는 충만한 정령력은 카릴을 압도할 듯 보였던 디멘션 스파이럴의 난동을 가라앉혔다.

"……."

이제 그는 인간의 정점이라 불리는 영역을 훨씬 뛰어넘은 존재가 되었지만 그래도 여전히 율라와의 싸움은 여전히 불리했다.

'너는 결국 인간임을 포기하게 될 것이다.'

율라의 말이 마치 저주처럼 그의 귀에 맴돌았지만 이내 곧 상념을 떨쳐내려는 듯 고개를 흔들었다.

"간다."

밀리아나의 결의가 담긴 목소리가 들리자 카릴 역시 검을 들어 올렸다.

정령의 힘이 아그넬에 응축되자 불꽃과 얼음, 번개와 바람, 대지와 빛 그리고 어둠이 서로 융합되듯 시시각각 색을 뿜어냈고 각각의 정령력은 신력을 머금으며 마치 소용돌이처럼 춤을 췄다.

"후웁……."

[카릴, 명심해라. 율라와 달리 너는 인간의 육체이기에 신력을 사용하기 위해서는 매개체가 필요하다. 그리고 그것은 당연히 우리가 될 것이다.]

[인간이 신력을 사용함에 있어 필요한 것은 생명력. 그 때문에 신력을 사용하게 되면 그 대가로 인간은 소멸하게 된다. 우리는 그 소멸을 막을 것이다. 그러니 네가 할 수 있는 모든 공격을 토해내라.]

[신수가 태어나듯 정령은 자연이 존재한다면 언젠가 다시 나타날 것이다.]

[우리의 소멸이 정령계의 소멸은 아니니……. 우리 역시 후대를 위한 밑거름이 될 수 있겠지.]

정령왕들은 이미 마음을 굳힌 듯 기다렸다는 듯 카릴에게 말했다.

콰아아아아아아앙--!!

율라의 검과 카릴의 검이 서로 맞물렸다. 두 검이 부딪히는 순간 그들을 감싸고 있던 검은 안개가 폭풍에 밀려나듯 사방으로 흩어졌고 차원이 붕괴될 것 같이 대지가 흔들리고 공기가 깨졌다.

실로 신의 싸움. 지금까지 디멘션 스파이럴을 썼던 이들과의 전투와는 완전히 다른 모습이었다.

"흐아아!!"

날카로운 기합 소리.

탁-

조금 전 엄청난 굉음 뒤로 들리는 아주 작은 발걸음 소리. 귀를 기울여야 간신히 들릴 것 같은 미세한 소리였지만 어느새 카릴과 율라는 그 찰나의 순간에 수십, 수백 합의 검을 서로 주고받았다.

"……."

말 그대로 전광석화라고 해도 과언이 아니었다. 율라는 자신의 힘을 따라붙는 카릴을 보며 살짝 굳은 얼굴이 되었다.

똑같이 디멘션 스파이럴을 가지고 있다 하더라도 몸 안에 흡수한 그녀와 검의 도움을 받는 그와는 천지 차이였다. 그런 그가 율라를 상대로 호각을 이룰 수 있는 이유는 단 하나뿐이었다.

"정령의 목숨이 다하는 소리가 들리는구나."

말을 나누는 와중에도 서로의 급소를 노리는 경합은 끝나지 않았다. 복부를 향해 날아드는 율라의 검날. 그것을 쳐내면서 목을 베려는 카릴의 검을 다시 날개로 막아내며 그의 다리에 때려 넣는 신력, 그것을 피하면서도 그녀의 옆구리를 노리는 마엘의 날카로운 이빨이 마치 톱니바퀴처럼 서로 맞물리고 있었다.

휘히이이익……!!

자신을 향해 날아오는 마엘을 율라가 팔로 쳐냈다. 하지만 그 순간 푸른 뱀은 빠르게 회전하며 그녀의 팔을 순식간에 감았다. 묵직한 느낌이 들었고 그녀의 팔이 아주 잠깐이지만 경직되었다. 백만 분의 일 초, 아니, 천만 분의 일 초의 멈춤일지도 모르는 찰나라 부르기도 힘든 그 빈틈을 카릴은 놓치지 않았다.

섬격(殲擊).

카릴이 아그넬을 허공에 그었다. 두 개의 힘이 교차 되면서 일어나는 충격으로 만들어지는 파동의 검날 대신 이번에는 아그넬이 그어진 자리에 마치 공간이 빨려 들어가는 것 같은 공허가 만들어졌다.

콰드득……! 콰각……!!

종이를 구기는 것처럼 일그러진 공간 속에서 에메랄드빛이 폭발했다. 아그넬에서 뿜어져 나왔던 카릴의 신력과 더불어 정령왕들이 머금고 있는 파편의 힘이 공중에서 충돌하여 섬격을 만든 것이었다.

휘이이이익……!!

일그러진 공간은 무시무시한 속도로 회전했고 보이지 않는 칼날이 율라를 덮쳤다.

콰아앙!! 카가가가가가……!!

날카로운 검격의 소리가 들렸지만 율라의 비명은 없었다.

"신의 힘을 담는다 한들 인간의 영역에서의 검술은 결국 신보다 아래일 수밖에."

"……!!"

어느새 그의 등 뒤로 나타난 율라.

촤아아악--!!

그녀는 자신의 팔을 감쌌던 마엘은 거칠게 뜯어내고서 뱀의 아가리를 단번에 찢어버렸다. 검붉게 불타는 율라의 검은 망설임 없이 카릴을 향해 내질러졌고 마치 그 순간.

퍼억-!

둔탁한 소리와 함께 그녀의 검에 핏물이 번졌다.

"컥……."

하지만 그것은 카릴의 피가 아니었다. 두 사람 사이를 파고든 하가네는 자신의 몸통을 관통한 검을 두 팔로 안듯이 꽉 붙들었다.

"지금……!!"

동시에 하가네는 기다렸다는 듯 주문을 외웠다. 그러자 그가 밟고 서 있던 피 웅덩이에서 수십 개의 붉은 줄기가 솟아나며 그녀를 덮쳤다.

"흠."

하지만 율라는 목숨을 대가로 한 그의 공격에 어떠한 감흥도 없는 듯 하가네의 머리를 잡고서 그대로 검을 뽑아냈다.

쾅! 쾅!! 콰가가가가가강……!!

그녀를 옭아매려던 핏물들은 어느새 율라가 만든 광선들에 의해 모두다 소멸되고 말았다.

촤아악……!!

율라의 검은 순식간에 하가네를 소멸시키며 카릴을 노렸고 그녀의 공격을 튕겨내는 순간 쨍-! 하는 소리와 함께 아그넬에서 금이 가며 디멘션 스파이럴 하나가 뽑히듯 떨어졌다.

쏴아아악……!!

금이 간 틈으로 연기가 빠져나가듯 정령의 기운이 약해졌다. 하가네가 만든 틈은 허무할 정도로 실패하였고 마왕의 주 검만이 검은 연기로 사라졌다.

"너희들의 부질 없는 욕망으로 쌓아 올린 탑은 그저 모래 위에 올린 것과 다름없지. 신이 왜 신인 줄 이제 알겠느냐. 남에게 기댈 필요 없이 오직 스스로 고귀하고 압도할 수 있기 때문이다."

그녀는 떨어진 디멘션 스파이럴을 주워 카릴에게 보이며 말했다.

"피조물이 신의 힘을 탐했을 때부터 승부는 정해져 있었던 거야. 나를 상대하고자 한다면 신좌에 오르는 것뿐."

율라는 그를 향해 웃었다.

"그렇지 않으면 이 세계는 파멸한다. 나에게 도전한 대가로 너의 소중한 모든 것을 가져가겠다. 클클클…… 설령 네가 이긴다 한들 네게 남은 미래는 지독한 고독뿐이겠지."

"그래?"

화아아아아아악--!!

"그렇다면 너를 밑바닥으로 끌어내리면 되겠지. 고귀한 신이 아니라 우리가 밟고 있는 이 땅바닥으로……!!"

율라의 허리가 꺾였다. 등 쪽에서 가슴 앞으로 뭔가가 튀어나왔다. 그녀의 사각을 노린 밀리아나의 일격이었다.

하지만 신력을 가진 카릴의 검도 피해를 입히지 못했는데 고작 마력이 담긴 그녀의 일격은 율라에게 그저 우스울 따름이었다.

"부질없……."

하지만 그 순간 율라의 얼굴이 창백하게 굳어졌다. 자신의 가슴을 뚫고 나온 뭔가를 중심으로 마치 신력을 과도하게 사용했을 때의 인간들처럼 검은 혈맥이 도드라졌다.

"쿨럭……? 쿨럭!"

그녀는 이해가 가지 않는다는 듯 비틀거렸다.

"토스카의 뼈……?"

놀랍게도 자신의 가슴에 박혀 있는 새하얀 물건은 검이 아닌 황금룡의 가시였다. 예상치 못한 반격에 율라는 당혹감을 감추지 못했다. 그제야 자신의 가슴에 박혀 있는 날카로운 뭔가의 정체를 확인하고서 그녀는 밀리아나를 향해 잡아먹을 듯 소리쳤다.

"컥……!! 네, 네년이 감히……!!"

푸웃--!!

분노에 찬 얼굴로 힘겹게 토스카의 뼈를 뽑아내자 그녀의 입에서 검붉은 피가 분수처럼 뿜어져 나왔다.

"무색의 속성이라 불리는 용마력은 인간에게 있어서 신력을 쓰기 위한 가장 훌륭한 힘이지만 그 역시 신력을 감당할 수는 없지."

"쿨럭……!"

"그런 의미에서 신인 너에겐 오히려 독이 될 수밖에. 어때? 너도 느껴봐. 우리가 어떤 고통을 감내하며 싸워왔는지."

"미친……! 너희들이 깜냥도 되지 않는 주제에 힘을 탐했기 때문이지 않더냐!! 어디서 말도 안 되는 소리를 지껄이느냐!!"

율라의 가슴에서 검은 혈맥들이 마치 가뭄에 갈라진 땅처럼 순식간에 퍼지기 시작했다.

"크아아아아아!!"

비명이 들렸다. 너무나도 당연하게 생각했던 신의 힘을 쓸 때마다 밀려오는 고통에 그녀는 저주했다.

"이런다고 이 전쟁의 결과가 바뀔 것 같으냐!!"

화아아아악……!!

율라가 두 팔을 벌리자 검은 안개가 그들의 주위를 감쌌다. 순식간에 맹렬한 광풍과 함께 카릴과 밀리아나의 주위로 암흑이 찾아왔다.

'세리카……!! 정신 차려……! 일어나!!'

'쿨럭, 젠장…….'

'비올라 님, 어서 후퇴를!! 전선이 무너집니다!!'

'으아아아아아--!!'

'북부의 용사들이여! 죽음을 두려워하지 마라!! 돌격하라!!'

'여제께서 저 안에 있다! 남부인들은 모두 무기를 들어라! 야만의 용기를 보여라!!'

'사, 살려줘……!!'

'쿨럭……! 제, 제발……!!'

'자유국의 기사들이여…… 진격하라!!'

'골렘부대! 생존자 보고!!'

'마법 전개!! 모든 마법회의 마법사들은 전력을 다하라!!'

싸워--!!

여기저기에서 들려오는 절규와 같은 외침들. 검은 안개 속에서 끝없이 들려오는 그들의 비명은 카릴에게 이 전투의 끝을 알리는 경종 소리 같이 들렸다.

신이 만든 마물들에 의해 처절하게 죽어 가는 병사들의 목소리를 듣노라면 이 전투의 결말이 이미 정해졌다는 것을 알 수 있었다.

패배. 고작 이 한 단어로 지금까지의 사투를 정의 내리기는 어렵겠지만 적어도 그 결과는 틀리지 않을 것이다.

짜악--!!

그때였다. 먹먹한 얼굴의 카릴은 아찔한 충격에 황급히 앞을 바라봤다.

"정신 차려!!"

밀리아나였다.

"안개 뒤에 무슨 일이 일어나고 있는 것인지는 아무도 알지 못해! 율라의 농간일지 아니면 정말로 그들의 처절한 죽음일지 확인할 수 없지만 분명한 것은 하나야. 여전히 저들은 싸우고 있을 것이고 너 역시 싸워야만 한다는 것이야."

슬펐다. 동료를 잃었던 전생의 그 날도 어쩌면 그들을 잃은 슬픔보다 분노가 카릴을 지배했을지 모른다. 하지만 이제 그는 처음으로 슬픔이란 감정에 솔직해질 수 있었다.

주르륵-

날카롭게 선 칼날 같았던 그의 뺨에 눈물이 흘러내렸다. 밀리아나는 그런 그를 꼭 안았다.

"고개를 들어."

카릴은 그녀를 바라봤다.

"저들의 절규를 잊지 마. 저것은 의지니까. 고통에 차 있다한들 우리는 꺾이지 않을 거야."

아이러니하게도 이 슬픔이 그를 더 강인하게 만들어줄 무기가 될 것이었다. 그리고 그 슬픔의 마지막이 밀리아나가 될 것임을 카릴은 직감했다.

"멈춰……."

카릴을 안아주었던 그녀가 옅게 웃었다.

"신의 힘이 없다면 틈을 만들 수 없어. 하가네의 희생 덕분에 일격을 가할 수 있었지만…… 그걸론 역시 부족했어. 하지만 다행이지. 이걸 빼앗기지 않았으니까."

어느새 그녀는 토스카의 뼈로 상처를 입고 사라진 율라가 떨어뜨린 신의 파편을 그녀가 쥐고 있었다.

"역시 나 이외에 할 수 있는 사람은 없어."

밀리아나는 말했다. 그녀는 마지막 파편을 꼭 움켜잡으면서 말했다. 용마력을 지닌 그녀만이 디멘션 스파이럴을 온전하게 사용할 수 있었다. 하지만 신과 똑같은 힘을 쓸 수 있다는 것은 그만큼 더 강한 대가를 치러야 한다는 것을 의미했다.

"겨우 일격에 불과하지만 파편의 힘을 쓰게 되면 단 한 번의 기회를 만들 수 있어."

"……그만!! 간신히 마계의 힘으로 살아남은 네가 또다시 디멘션 스파이럴을 쓰게 된다면 어찌 될지는 누구보다 네가 가장 잘 알잖아!!"

그녀의 육체는 이미 누더기를 하나하나 기워서 간신히 이어 붙인 것과 다름없었다. 신력의 사용으로 너덜너덜해진 육체를 마계의 유물과 마왕의 힘으로 간신히 붙여 놓았으니 그야말로 언제 부서져도 이상하지 않을 상태였다.

게다가 그녀의 육체를 유지하고 있는 마계의 힘인 극상의 마력은 신력과는 정반대의 힘이었기에 또다시 디멘션 스파이럴을 사용하게 된다면 일말의 여지도 없이 그녀는 죽게 될 것이었다.

"널 잃는 것보다 나아."

하지만 밀리아나는 카릴의 손을 가볍게 뿌리치며 말했다.

"부디 신에게 굴하지 말기를…… 나의 왕이시여."

"밀리아나……!!"

그의 외침 뒤로 그녀는 안개 속으로 뛰어들었다.

짙은 어둠. 의식조차 유지하기 어려운 어둠 속에서 밀리아나는 손에 쥔 신의 파편을 꽉 붙들었다.

'결국 이렇게 되는 건가.'

그녀는 쓴웃음을 지으며 자신의 가슴 안쪽에 파편을 가져갔다.

"네가 만들 미래를 보고 싶었는데……."

하지만 홀가분하다는 얼굴로 그녀는

"믿는다. 카릴, 북부와 남부가 핍박받던 오랜 시간 속에 네 존재는 그야말로 빛이었다. 네가 우리를 이끌었던 첫날의 모습을 아직도 잊을 수가 없어. 그러니 앞으로 만든 미래 역시 분명 밝을 테지."

우-우-우-우-웅……!!

디멘션 스파이럴이 빛이 났다. 그녀는 자신의 최후를 맞이하기 위해 있는 힘껏 눈을 감았다.

[분명 네게 카릴을 맡긴다 하였거늘 그 목숨을 너무도 쉬이 놓아버리는 것이 아니냐.]

그때였다.

"알른?!"

안개가 일순간 뚫리면서 입구가 생겼고 그 안에서 나타난 존재의 등장에 밀리아나는 놀란 듯 바라봤다.

"남부의 여제여. 그것을 내게 다오."

"당신은……."

그 순간, 그녀는 알른의 뒤에서 들려오는 또 다른 목소리의 주인에게 눈을 떼지 못했다.

"밀리아나……!!"

카릴은 그녀의 이름을 부르며 미친 듯이 검을 휘둘렀다. 아그넬의 검날이 안개를 벨 때마다 날카로운 검풍이 일었지만 안개가 사라지는 것은 그저 일순간일 뿐 이내 곧 다시 빈자리를 채웠다.

[진정해라. 카릴.]

폭염왕의 목소리가 들렸다. 카릴은 어느새 자신에게서 많은 정령왕들이 사라졌다는 것을 깨달았다.

"너 혼자 남은 건가."

[신력은 사용함에 있어서 생명을 갉아먹으니까. 가능하면 우리들의 목숨만으로 결착을 짓고 싶었는데…… 미안하게 되었군.]

라미느는 쓴웃음을 지었다.

"네가 사과할 일이 아냐. 내가 부족하기 때문이니까."

검을 쥔 손에 힘을 주며 카릴은 말했다.

[잘 봐라. 지금까지 중 가장 짙은 안개지만 의외로 신력의 밀도는 낮다. 아마도 율라가 토스카의 뼈에 의해 힘이 약해졌다는 증거겠지.]

그의 말에 카릴은 고개를 끄덕였다.

[네게는 잔인한 얘기겠지만 밀라아나가 만들어줄 이 기회가 마지막 기회가 될 것이다.]

"알고 있어."

[문제는 이 안개 속에서 율라를 어떻게 찾느냐는 것인데…….]

"그럴 필요 없어."

라미느의 말에 카릴은 씁쓸한 얼굴로 말했다.

"조금 전부터 용마력이 느껴진다."

그는 한 곳을 가리켰다.

"아마도 저곳에 그녀가 있겠지. 꼴사납지만 내가 할 일은 그녀가 있는 곳에 정확히 검을 찔러 넣는 것일 뿐이야."

[그렇군.]

화르르르륵……!!

폭염왕의 힘이 아그넬에 깃들자 부러진 검날이 붉은 화염을 머금으면서 마치 새것처럼 날카로운 위용을 발휘했다. 카릴은 안개 속에서 빛을 비추듯 맹렬하게 타오르기 시작했다. 카릴은 그것이 폭염왕의 마지막 생명이라는 것을 잘 알았다.

"모든 것을 혼자 할 수 있을 것처럼 하더니 결국은 너희들에게 도움만을 받는군……."

[그러기 위해서 우리가 존재하는 것이니까. 네가 없었다면 우리는 이미 존재하지 않는 자들이 되었을 테지. 감사하게 생각한다.]

라미느의 말에 카릴은 쓴웃음을 지었다.

스릉-

카릴은 검을 들어 올렸다. 그러고는 천천히 눈을 감았다. 어둠은 시야를 가렸고 안개는 그의 감각을 가두려 했지만 율라조차 막을 수 없는 용의 마력은 그를 온전히 인도하고 있었다.

[용서치 않으리라……!!]

검은 안개가 형상을 만들며 카릴을 향해 소리쳤다. 형상은 그를 잡아먹을 듯 덮쳤지만, 그는 미동도 하지 않았다.

[죽여 버리겠다……!!]

[감히 네가……! 네놈들이……!!]

[인정할 수 없다……!!]

환청은 카릴의 머릿속을 터져 버릴 듯 쏟아졌지만, 그는 여전히 표정 하나 변하지 않고 오로지 느껴지는 하나의 기운에만 집중했다.

후아아악……!!

안개들이 그의 몸을 통과할 때마다 카릴은 오장육부가 뒤틀리는 기분이 들었다. 영혼과 육체가 분리되는 것 같은 느낌은 마치 파렐 속에서 그가 시간을 거슬러 오던 그때를 떠오르게 만들었다.

[너는 괴물일 뿐이다……!]

[정말로 네가 이 세계에서 인정받으리라 생각하느냐!]

[저들은 결국 너를 두려워하게 될 것이다.]

비틀-

끊임없이 쏟아지는 안개에 카릴의 다리가 휘청거리며 중심을 잃고 비틀거렸다.

[결국 또다시 홀로 남겠지……!!]

[영원히 고독 속에서 고통받을 것이다!!]

검은 안개의 형상들은 카릴을 조롱하듯 그의 주변에 연신 모여들었지만 이내 곧 그는 여전히 눈을 감은 채 자리에서 일어났다.

"후……."

뱉어내는 숨소리가 가늘게 이어졌다.

"조잘조잘 말이 많군. 허상으로 시간을 벌어야 할 만큼 급박한 상황인가?"

카릴이 눈을 떴다. 그의 한쪽 입꼬리가 올라가며 자신을 둘러싼 안개의 형상을 차갑게 비웃으며 말했다.

[네놈……!!]

[영원히 저주 받을 놈……!!]

[인간이 신의 영역에 발을 들여 놓다니 그러고도 무사 할 줄 알았느냐!]

[네 미래는 결국 나와 같을 것이다!]

형상들은 온갖 저주를 그에게 뱉어 내기 시작했다.

"율라. 너는 모른다."

하지만 그들의 외침을 들을수록 오히려 카릴은 더욱더 승리를 확신하는 듯 말했다.

"내가 너희 신의 영령들이 뱉어내는 오물 같은 환청은 이미 파렐 속에서 지겹도록 들어왔다는걸."

그는 마치 회상을 하듯 자신을 바라보는 형상들을 향해 말했다.

"한 걸음 한 걸음을 내디딜 때마다 너희들은 내게 실패를 확신하고 죽음을 비웃으며 고통을 즐기며 나를 괴롭혔지. 셀 수 없을 만큼 오랜 시간이었다. 억겁과도 같은 그 외길을 나는 혼자서 걸었다."

카릴을 바라보는 놈들의 눈빛에 불신으로 물든다.

"그때에 비한다면 지금은 아무것도 아니지."

본능적으로 그들은 느꼈다. 더 이상의 속임수는 무의미했고 자신의 세계가 이미 그에게 침범당했다는 것을 말이다.

화아아아악……!! 화아악……!!

카릴의 시선이 닿자 형상들이 하나둘 순식간에 연기로 돌아가기 시작했다.

후우- 하아--

그는 깊이 숨을 들이마시고 천천히 내뱉었다.

"혼자가 아니거든."

마치 자신의 몸 안에 불꽃을 더욱 맹렬하게 태우기 위함 같았다.

"밀리아나."

카릴은 한 곳을 응시했다.

스르릉-

그는 검을 잡은 손에 힘을 주었고 한 치의 망설임 없이 그곳에 있는 힘껏 검을 베었다.

"네가 이 안에 있음을 알고 있으니까."

쩌엉--!!

아그넬에 담긴 신력을 머금은 폭염의 힘이 안개를 순식간에 태우기 시작했고 마치 단단한 껍데기가 깨어지는 것처럼 어둠이 깨어졌다.

아니, 세계가 깨어졌다.

검이 베인 자리에는 공허만이 남았고 그 무(無) 속으로 깨어진 풍경의 파편들이 빨려 들어가듯 사라졌다. 그의 시야는 마치 거울 조각들을 깔아 놓은 것처럼 수십 개로 뒤엉켜 보였다.

후우-

카릴은 아그넬에 사라진 불꽃을 바라보며 숨을 토해냈다.

후우우-

검은 안개들이 날카로운 바람과 함께 그의 전신을 훑으며 달라붙기 시작했다. 하지만 그는 걸음을 멈추지 않았다.

안개 저 너머에 진짜 적이 있기 때문이다.

후우우우-

다시 한번 마지막 숨을 토해낼 때 그를 부여잡는 진득한 안개에 미동조차 하기 어려워졌다. 마지막 힘을 쥐어 짜냈지만 검을 쥔 그의 팔을 들어 올리는 것조차 불가능했다.

"으아아아아아아아아아--!!"

카릴은 있는 힘껏 날카로운 포효를 내질렀다. 그 순간, 안개

속을 뚫고 나타난 하나의 손이 그를 잡았다.

"……!!"

움직일 수 없었던 카릴의 팔이 안개를 뜯고 올라섰고 그의 팔을 잡은 손은 마치 그를 끌어안듯 자신 쪽으로 카릴의 팔을 잡아당겼다.

화르륵……!!

팔을 잡은 손에서 흘러나오는 백금의 기운이 안개에 닿자 형상들은 고통에 발버둥 쳤고 순식간에 녹아내리듯 사라졌다. 카릴은 믿을 수 없다는 듯 동그랗게 뜬 눈으로 그 손을 바라봤다.

검이 움직였다. 그리고 검은 뭔가를 베었다.

푸욱―

섬뜩하게 살점을 파고 들어가는 관통하는 검날의 느낌이 선명하게 느껴졌다. 안개 속에서 그를 보호하듯 감싸는 마력은 확실히 그 마력은 용의 것이다.

찬란한 백금의 마력은 분명 익숙하면서도 낯설었다. 오랜 세월 그와 함께했으나 지금은 존재할 수 없는 것이었기 때문이었다.

"나르 디 마우그……?"

카릴은 빛 속에서 하나의 그림자를 향해 말했다.

"카릴."

그러나 자신을 부르는 육성에 빛 속에 존재를 그는 알 수 있었다.

"⋯⋯!!"

카릴은 그제야 알 수 있었다. 자신과 밀리아나 이외에 용마
력을 지닌 또 한 명의 존재가 있었다는 것을.

백금룡이 남겨 뒀던 최후의 안배. 전생에는 존재할 수 없었
던 변화의 결과이기에 카릴은 그를 잊고 있었다.

"⋯⋯아버지?"

자신의 미래가 바뀌었던 것처럼 크웰의 삶 역시 변하긴 마
찬가지였다. 그중에서도 가장 큰 변화였다면 전생과 달리 나르 디
마우그와의 만남이 그의 성장에 영향을 주었다는 점일 것이다. 하
지만 그 성장이 단순히 검술의 진보를 의미하는 것이 아니었다.

헤임에서 그와 격돌했던 당시 카릴은 그가 전생에는 쓰지
못했던 한 가지 힘을 얻게 되었다는 것을 알았으니까.

신력에 가장 가까운 무색의 힘. 용마력이었다.

"크⋯⋯ 크아아아아!!"

율라의 비명이 들렸다. 토스카의 뼈에 뚫린 상처 안으로 카
릴에 검날을 타고 흐르는 크웰의 피가 그녀에게 닿자 율라는
몸을 부르르 떨며 고통을 참지 못했다.

검게 변한 혈맥 위로 백금룡의 피가 흐르자 남아 있던 신력
과 반발을 일으키며 그녀의 육체를 갉아먹기 시작했다.

"카릴⋯⋯ 크웰 경이⋯⋯."

밀리아나는 울먹이는 얼굴로 그를 향해 말했다.

"경께서 나 대신에……."

울먹이는 목소리로 말했다. 그녀가 하고자 하는 말이 무엇인지는 이미 카릴도 알고 있었다. 크웰이 밀리아나가 가지고 있던 디멘션 스파이럴을 사용하여 신력으로 율라를 붙잡고 있었던 것. 그리고 용 마력을 가진 그의 피가 율라에게 결정적인 타격을 입혔다는 것.

그리고…….

카릴은 쓴웃음을 지었다.

"밀리아나. 너……."

느껴지는 마력은 단 하나뿐이었다. 그렇기 때문에 카릴은 안개 속에서 그 마력이 그녀의 것이라고 생각했다. 하지만 그것이 크웰의 것이라는 것을 알게 된 지금 뒤늦게 깨달았다.

"이미 용마력이 없었구나."

마계의 유물로 눈속임을 했을 뿐 그녀는 첫 번째 디멘션 스파이럴을 사용할 때 이미 자신의 용마력을 모두 소진해 버린 지 오래였다. 그럼에도 불구하고 그녀는 파편을 쥐고 율라에게 뛰어들었다. 필시 자신의 목숨을 버릴 각오였음이 분명했다.

"크아아아아!! 다 죽여주마! 없애주겠어! 너희 인간도! 지긋지긋한 이 세계도……!! 이따위 것…… 파괴해 주마! 신을 따르지 않는 피조물들은 아무런 쓸모 없다!!"

크웰의 몸을 관통해 찔러 들어간 검이 심장에 박힌 율라는 미친 듯이 외쳤다. 하지만 그러면 그럴수록 그녀의 혈맥은 더욱더 빠르게 오염될 뿐이었다.

"으아아아악--!!"

율라의 비명을 들으며 크웰은 오히려 자신의 몸을 꿰뚫은 검을 비틀었다.

율라와는 반대로 신의 힘에 잠식되어 가는 그 역시 고통스럽기는 마찬가지였지만 크웰의 얼굴은 평온하기 그지없었다.

"다행이구나. 지금까지 항상 늦어왔는데 적어도 마지막만큼은 늦지 않아서 말이야."

"……아버지."

카릴은 아무런 말을 하지 않았다. 둘은 서로를 바라보는 눈빛만으로도 충분히 감정을 이해했기 때문이었다.

원망도 화해도 지금에 와서는 불필요한 것이었다.

"네게 거짓말을 하려는 것은 아니었다. 나는 나대로 우리는 우리대로…… 그리고 너는 너대로. 이 세계를 위해 애썼던 것이니."

크웰은 카릴을 향해 옅은 미소를 지었다.

"신살(神殺)이라…… 배덕한 자에게 어울리지 않는 황송한 죽음이구나."

그의 입가에서 피가 주르륵 흘러내렸다. 핏물은 점차 차올라 그의 입을 가득 채웠고 끝내 숨을 내쉴 때마다 끈적거리는 핏덩이가 쏟아졌다. 신력의 증거로 그의 혈맥은 순식간에 검게 변했고 핏덩이마저 더 이상 흐르지 않게 되었을 때 그는 움켜쥐고 있던 율라의 몸과 자신의 몸을 더욱더 아그넬의 검날

안으로 밀어 넣었다.

"으아아아아아아아아--!!"

서걱-

살이 베이는 날카로운 소리와 함께 율라는 비명을 지르며 검은 안개 속으로 흩어지듯 사라졌다.

"고개를 들어라."

크웰은 혼신의 힘을 다해 마지막 말을 내뱉었다.

"암운의 시대는 끝났다. 저기 너를 믿고 싸우던 자들이 있다. 이제…… 그들을 보거라. 카릴."

스아아아아아악……!

강한 바람이 카릴의 얼굴을 때렸고 검은 안개가 사라지자 그의 주위에는 수많은 병사들이 있었다.

"주군……!"

"카릴 님……!!"

자신을 부르는 그들의 모습은 성한 곳이 없었다. 누군가는 팔이 잘려 나갔고 누군가는 다리를 잃었으며 한쪽 눈이 보이지 않는 자도 있었다. 동료의 시체를 밟고 싸워야 했고 그들이 죽어가는 것을 목도해야만 했지만 그러나 그들의 얼굴에 절망은 없었다.

"결코 혼자가 아니다."

크웰은 피곤한 듯 나른한 목소리로 카릴의 어깨에 기대며 속삭이듯 말했다.

"……."

카릴의 팔이 머뭇거렸다. 그런 그를 바라보며 밀리아나가 그의 팔을 품 안에 쓰러진 크웰의 어깨 위로 올렸다. 온기는 아직도 느껴졌지만 더 이상 그의 심장은 뛰지 않았다.

눈을 감았다. 처음이자 마지막으로 크웰의 등을 카릴은 자신의 손으로 쓸었다. 마치 자신이 해야 할 일을 끝낸 듯 크웰의 얼굴은 평온했다.

"카릴."

밀리아나가 그를 불렀다.

"아직 해야 할 일이 남아 있어."

그녀의 말에 카릴은 천천히 고개를 끄덕였다.

"인간의 승리다."

카릴의 목소리가 전장에 울려 퍼졌다. 수많은 마경들이 대륙 전역에 생겨나며 그의 승리를 알렸다.

와아아아아아아아아아--!!

와아아아아아--!!

병사들의 함성이 기다렸다는 듯 그의 외침에 마치 전장이 떠나갈 듯 들렸다. 그들을 바라보고 있노라니 온몸이 저릿저릿한 전율이 느껴졌다.

카릴은 그제야 실감할 수 있었다.

미래는 바뀌었다.

▶에필로그◀

　[카릴.]

　승리의 함성 속에서 알른 자비우스의 목소리가 들렸다. 카릴은 고개를 들어 그를 바라봤다.

　[신은 죽었다. 그러나 네가 가지고 있는 디멘션 스파이럴은 신의 힘을 간직하고 있는 파편. 그것을 네가 품고 있다면 그것들은 너를 붕괴할 것이다.]

　검은 안개가 재처럼 바람에 흩날리며 사라지자 알른은 홀가분한 표정으로 말했다.

　[그렇기에 내가 남아 있었던 것이다.]

　"알른……."

　카릴은 그를 바라봤다.

　[시작은 번지르르하게 했지만 결국 다른 사령들이 소멸할

때까지 나는 홀로 남아 있었다. 부끄러운 일이지만 그들이 사라지는 것을 지켜볼 수밖에 없었던 이유는 내게는 또 다른 소명이 있었기 때문이지.]

알른은 카릴에게 손을 뻗었다.

[신좌의 빈자리를 채우기 위함이다.]

"그게 무슨 말이야?"

[미래는 미래에 맡기거라. 현재를 살아라. 그게 네가 해야 할 일이다.]

"알른!!"

그에게 내민 손이 허공을 갈랐다. 연기처럼 그의 형상이 사라지며 카릴의 몸속에 있던 디멘션 스파이럴들이 빠져나왔다.

[즐거웠다. 나는 언제나 너를 지켜보고 있을 게다.]

"안 돼, 알른……!!"

까마득하게 멀어져 가는 그의 모습 속에서 카릴은 그를 붙잡기 위해 팔을 뻗었다.

쿠그그그그그그……

하지만 디멘션 스파이럴과 함께 그의 존재는 완벽하게 사라졌고 마물을 쏟아 파렐은 마치 모래성처럼 무너지기 시작했다. 새하얀 먼지가 카릴의 시야를 가렸고 깊은 심연 속에서 마치 허우적거리는 것처럼 그는 그의 이름을 불렀다.

"······알른!!"

숨을 억누르던 어둠은 사라지고 창밖으로 보이는 별들만이 선명하게 빛을 내며 자신의 존재감을 말하고 있었다.

"······."

카릴은 낮은 한숨을 내쉬었다. 꿈이었다. 파렐이 무너진 지 수개월이 지난 지금도 이따금 그는 알른 자비우스와의 작별을 되풀이했다.

어째서 그 꿈을 계속 꾸는 걸까. 그와의 이별이 아쉬운 것은 알지만 카릴은 그 이별을 부정하고 놓아주지 않는 어린아이는 아니었다.

'영혼 계약의 잔향이 아직 남아 있는 건가······.'

카릴은 쓴웃음을 지으며 침대에서 일어섰다. 그가 사라지기 전 마지막으로 했던 그 말이 여전히 귓가에 맴도는 기분이었다. 마치 언젠가 다시 그와의 재회를 기약하는 것 같이 들렸기 때문이었다.

"후우······."

그가 파렐을 올라 시간을 회귀하고 이들과 재회한 것처럼 정말로 알른 자비우스가 다시금 이 세계로 돌아올 수도 있다. 마도 시대의 대마법사는 결코 종잡을 수 없는 존재였으니까.

하지만 꿈은 꿈일 뿐이다. 그가 정말로 돌아온다면 그때가 되어 진심으로 그를 맞이하면 된다.

탈칵-

카릴이 창문을 열었다. 시원한 미풍이 그의 얼굴을 가볍게 쓸었다.

동이 트고 있었다. 이별은 여전히 힘들었지만 언제나 그렇듯 어둠이 뒤엔 해가 뜨는 것처럼 세상은 그에게 새로운 날의 시작을 알리고 있었다.

꿈은 잠시 뒤로하고 현실을 맞이하라는 것처럼.

"왜 벌써 일어났어?"

밀리아나가 인기척에 깨어나며 카릴에게 말했다.

"기쁜 날이잖아. 천하의 카릴 맥거번도 떨려서 잠을 설칠 때가 있는 건가?"

그녀의 말에 카릴은 피식 웃었다. 카릴은 따뜻한 차를 따라 건넸다. 한 모금의 따스함이 식도를 타고 온몸에 퍼지자 밀리아나는 기분 좋은 듯 미소를 지으며 그에게 다가갔다.

쪽-

가벼운 입맞춤에 그녀는 상기된 얼굴로 그를 바라봤다.

"아, 이제 맥거번이 아닌가?"

그러고는 즐거운 듯 나지막한 목소리로 말했다.

오늘 연호(年號)가 바뀐다. 황제가 있어야 제국이 존재하고 제국이 있기에 제국력이 성립될 수 있었다. 하지만 카릴은 제국이란 이름을 자신의 세계에서 완전히 없애 버렸다.

당연하게도 지금까지 사용되었던 제국력은 이제 사라질 것이다. 오늘은 그 선언의 날이었다.

자유국의 신역사가 시작되는 날이자 전쟁의 종결과 대륙의 변혁을 알리는 날이기도 했다. 모래성은 금방 만들어지지만 그만큼 손쉽게 무너지듯 나라는 하루아침에 쌓아 올리는 것이 아니라 오랜 세월 천천히 다져나가야 한다.

무엇보다 첫 시작이 중요하다는 것에 누구도 반대하지 않을 것이다.

"준비됐어."

카릴은 천천히 눈을 떴다. 거울 속에 예복을 입고 있는 모습이 낯설게 느껴져 어쩐지 어색했지만 썩 나쁘진 않았다.

"어때?"

"디곤의 전통 옷이 아니라 좀 아쉽지만 이 정도로 만족해야지."

밀리아나는 그의 옷깃에 동물의 이빨을 세공하여 만든 작은 고리를 걸어주며 말했다. 새롭게 만든 각왕(角王)의 증표였다. 카릴의 옷에는 디곤의 상징뿐만 아니라 곳곳에 달린 장식들은 북부와 과거 공국과 연합을 상징하는 것들도 있었다.

그뿐만 아니라 소매에 새겨진 문양 안에는 용병단부터 마법회를 뜻하는 것들이었으니 그가 입은 제복에는 대륙 전역의 세력들이 모두 한자리에 모여 있는 것과 같았다.

쿠우웅--

커다란 홀의 문이 열리고 카릴은 카펫이 깔린 홀 안에서 그를 기다리는 많은 사람들을 바라봤다.

"경례!!"

기사의 호령에 색색의 갑옷을 입은 기사들이 일제히 그를 향해 검을 올렸고 양쪽으로 도열되어 있는 전사들이 일제히 환호를 외쳤다.

베이칸, 키누 무카리, 화린, 미하일, 세리카, 케이 로스차일드, 톰슨, 릴리아나, 하시르, 파쿤, 카일라 창, 하와트, 안챠르, 세르가, 데릴 하리안, 이스라필, 나인 다르혼, 카딘 루에르, 앤섬 하워드……

익숙한 얼굴들이 보였고 그들이 자신의 곁에 아직 살아 있음에 카릴은 감사할 따름이었다.

저벅- 저벅- 저벅-

"대전사의 입장이시다!! 모두 함성을 질러라!!"

화린이 홀 안으로 걸어 들어오는 카릴을 바라보며 소리쳤다.

와아아아아아--! 와아아아--!!

그러자 북부의 전사들이 자신들의 가슴을 주먹으로 쿵! 쿵! 두들기며 소리쳤다. 과거 제국의 기사들은 예식이 거행되는 지금 그들의 소란이 살짝 못마땅한 모습이었지만 이내 곧 낮게 웃으며 고개를 저을 뿐이었다.

아직은 서로 이해가 필요한 시기였지만 적어도 분명한 것은 이제 이들은 함께 싸웠던 동료라는 새로운 관계가 형성되었다는 점이었다.

이해는 요구되나 적의는 없었다. 그것만으로도 충분히 대륙의 역사상 큰 변화라고 할 수 있었다.

"멋지십니다."

지그라는 밝은 햇빛 아래 모습을 드러내는 것이 어색한 듯 말했다.

"족장님께서 분명 기뻐하실 겁니다."

카릴은 그의 말에 고개를 끄덕였다.

"검은 눈 일족이 만든 검집입니다."

그러고는 그는 들고 있던 기다란 검집을 카릴에게 건넸다. 그의 아그넬은 단검의 형태였기에 카릴은 어떤 의미인지 고개를 갸웃거리며 그를 바라봤다.

"이걸……."

그 순간 그의 뒤에 서 있던 또 한 사람이 카릴에게 뭔가를 건넸다.

은빛의 날카로운 검 한 자루. 카릴은 낯익은 그 검을 본 순간 어떤 의미인지 알겠다는 듯 낮은 한숨과 미소를 지었다.

"주군의 검으로 쓰시라는 것은 아닙니다. 다만 북부와 제국의 화합을 상징하는 의미로 준비했습니다."

란돌 맥거번이 그에게 내민 검은 크웰의 애검인 율스턴이었다.

"북부와 가장 경계에 선 맥거번가의 검 위로 북부인의 검집이 합쳐진다는 것은 더 이상 성벽이 무의미하다는 것과 같겠지요. 저희들의 의지입니다."

"티렌의 생각이지?"

카릴의 물음에 란돌은 묘한 웃음과 함께 살짝 어깨를 으쓱했다.

"이런 짓을 할 사람은 그뿐일 테니까."

카릴은 율스턴을 잡고서 일족의 검집에 검을 꽂아 넣었다.

"겉치레일 뿐이겠지만…… 때로는 보이는 것이 그 이상의 가치를 가지기도 하니까. 나쁘지 않겠군."

철컥-

검과 검집이 꼭 맞게 맞물리는 소리가 기분 좋게 들렸다. 묵직한 그 느낌은 자신의 두 아버지를 떠오르게 만들었다.

"고든은?"

"그게…… 참석하지 않으셨습니다. 어제 저녁에 비공정에 술을 가득 싣고 떠나셨습니다."

카릴은 앤섬의 말에 쓴웃음을 지었다. 자신의 두 아버지와 친우였던 유일한 그는 아마 그들의 무덤 앞에서 술을 기울이고 있을지 모른다.

"그답군."

어딘가에 있을 그를 떠올리며 카릴을 걸음을 옮겼다.

"전쟁이 끝난 지 수개월이 지났지만 여전히 우리는 전쟁의 피해 속에서 살아가고 있다. 하지만 이제 우리의 앞엔 평온이 함께할 것을 믿어 의심치 않는다."

단상 위에 올라선 카릴의 말에 모두의 이목이 쏠렸다.

"나는 인간으로 존재할 것이다. 아니, 우리는 인간으로서 살아가야 한다."

그의 말에 모두가 고개를 끄덕였다.

인간으로서 살아간다는 것. 누구의 도구가 아닌 자율의지를 가지고 자신의 존재성을 지켜나간다는 것. 그것을 위한 싸움이었다.

"우리는 이제 평화의 시대를 맞이해야 한다. 하나 평화를 유지하기 위해서는 누구 하나 돌보여서도 안 되며 서로 경계하며 서로를 인정할 줄 알아야 할 것이다. 신의는 필요한 것이지만 그와 함께 강함 역시 요구된다."

우-우-우-우-웅…….

카릴은 자신의 품 안에서 디멘션 스파이럴을 하나 꺼내었다. 알른이 떠나면서 카릴의 몸속에 있던 디멘션 스파이럴은 모두 사라졌지만 크웰이 삼켰던 마지막 파편 하나만은 남아 있었다.

그것이 알른의 마지막 안배인지는 모르지만 카릴은 크웰의 몸에서 그것을 찾았을 때 이를 어떻게 써야 할지 결심을 굳히는 데엔 어려움이 없었다.

"칼립손."

자신의 이름이 호명되자 늙은 노움의 손짓에 기사들이 거대한 상자를 옮겼다.

"아이기스를 녹여 새로이 만든 것입니다."

카릴은 고개를 끄덕였다. 상자 안에는 과거 신의 힘이 담겨 있던 유일한 유물인 아이기스를 녹여 만든 커다란 해머가 있었다.

부웅-

카릴은 그것을 들어 있는 힘껏 디멘션 스파이럴을 향해 내려쳤다.

콰아아아아아앙--!!

해머의 머리 부분에서 새하얀 빛이 뿜어져 나왔고 사람들은 저마다 탄성을 자아냈다.

파스스스…….

빛이 사라지고 아이기스로 만든 해머는 품고 있던 신력이 다한 듯 가루가 되어 부서졌다.

하지만 상관없었다. 카릴은 바닥에 놓인 디멘션 스파이럴을 바라보며 고개를 끄덕였다. 아이기스가 가진 신력의 충돌로 인해 파편은 일곱 조각으로 나뉘었다.

"이 힘은 인간이 가져서는 안 될 힘이나 그렇다고 빼앗겨서도 안 되는 힘이다. 그렇기에 나는 이 힘을 맹약의 증표로 삼을 것이다. 비올라."

파편의 조각 중 하나를 들어 카릴이 그녀의 이름을 부르자 그녀는 짐짓 긴장된 얼굴로 걸어와 그의 앞에 한쪽 무릎을 꿇었다.

"네게 이것을 맡긴다. 라니온 연합은 이제 하나의 가문으로서 명맥을 이어가게 되리라."

"황공하옵니다."

그녀는 머리 위로 두 손을 들어 파편의 한 조각을 받았다.

"가네스 아벨란트."

비올라의 뒤로 그가 기사의 예를 갖추었다.

"그대는 창왕과 함께 과거 공국의 충신이자 가장 오래된 상징 같은 존재이다. 그대는 지금처럼 나와의 우호를 다지며 백성을 살피거라. 공국은 과거의 이름을 벗고 미래를 향해라. 그대들에게 그란벨이라는 이름을 하사하노라."

"명심하겠습니다."

"안챠르."

"네. 주군."

"너는 타락의 힘을 다룰 수 있는 자다. 너는 야만의 힘을 계속 지키며 우리가 쟁취한 이 평화가 계속 될 수 있도록 경계하라. 더 이상 야만족은 숨어 살 필요 없으니 너희들에게 자유를 뜻하는 프로이라는 이름을 내리겠다."

안챠르는 건네받은 파편을 소중하게 품 안에 안고서 고개를 끄덕였다.

"하와트."

"네…… 말씀하십시오."

"거인족은 이제 찾기 어려우나 그렇다고 멸족을 했다고 볼순 없다. 거인족이 가진 태양의 힘 역시 선택받은 특별한 힘. 필시 힘의 균형에 있어 중요한 역할을 할 것이다. 그러므로 네게 여행이라는 의미인 노부카라는 이름을 내리겠다. 이제부터 너는 한 국가와 가문의 수장으로서 남아 있는 일족을 찾도록 하라."

하와트 타슌은 그의 말에 긴장 가득한 얼굴로 파편을 받아들었다.

우우우우웅…….

지금까지의 다른 사람들과 달리 그에게 간 파편에 남아 있는 신력이 반응하는 듯 옅은 빛을 뿜어냈다.

"주크. 너희 동방국은 이제 섬에서 벗어나 새로운 터전을 찾아야 할 것이다."

그녀는 에이단의 유품인 두 자루의 쌍검을 허리에 차고서 카릴을 향해 무릎을 꿇었다.

"암연을 이끌었던 에이단의 유지를 담아 너희 동방국의 사람들에게 번개를 뜻하는 아이리아의 이름을 하사하니 북부의 새로운 터전에서 삶을 개척하길 바란다."

"알겠습니다."

"너희들은 어둠 속에서 결코 이 힘이 악용되지 않도록 경계하라. 그림자가 아닌 빛이 너희를 이끌 것이다."

카릴은 마지막으로 자신의 옆에 서 있는 칼립손을 바라봤다.

"노움국은 지금까지 비밀 속에 존재했다. 그대들은 세상 밖으로 나오기보다 탐구하고 연구하는 것을 즐겨 하니 내가 만들 마지막 그림의 조각이자 이 힘을 경계하기에 가장 적임자일 것이다."

"대지 속에 잘 숨겨두겠습니다. 하나 노움은 언제나 세상이 필요할 때 힘을 보태겠습니다."

칼립손은 파편을 받고서 말했다.

"이제부터 나는 국가의 경계를 없애고 가문이란 이름으로 평등하고 동등한 위치에서 세상을 바라볼 것이다. 100년, 200년…… 혹은 더 많은 시간이 흘러 혹여 그것이 어긋나고 지워질지언정 지금 이 순간 이 시간을 살아가는 우리의 맹세만큼은 진실될 것이다."

사람들은 그의 말에 벅차오름을 느꼈다. 대륙의 모든 이들이 따르는 그가 스스로 자신의 옥좌를 내려 놓고 같은 눈높이에서 바라보고자 하는 것이 과연 얼마나 어려운 일인가를 모두 잘 알기 때문이었다.

"북부와 남부의 전사들이여. 나와 가문의 맹약을 지켜보며 그대들은 우리들의 감시자가 되어 언제나 맹약을 어기는 자에게 단죄를 내리거라. 또한 마법회와 모든 용병단들 역시 마찬가지다."

척-! 척척-!!

카릴의 말에 홀 안에 있는 모든 이들이 일제히 무릎을 꿇었다.

"이 검을 보아라. 나는 북부인의 피와 제국인의 형제를 두었다. 검은 눈 일족과 맥거번가는 건재하고 앞으로도 그 명맥을 이어갈 것이다. 그러니 이제 그들은 그들의 길을 가야 할 터."

사람들은 눈빛을 반짝이며 카릴의 말을 경청했다.

"나는 그대들을 만나 새로운 삶을 맞이했으니 오늘 세상이 다시 시작되듯 나 역시 그대들 앞에 새로운 나의 이름을 고하노라."

아마 이 순간을 모두가 고대했기 때문이었다.

"신의 파편은 우리의 시대를 절망으로 몰아 넣으려 했었다. 하지만 이제 그 파편은 새로운 불씨가 되어 우리에게 시대를 열어주었다."

카릴은 일곱 조각으로 깨졌던 디멘션 스파이럴의 마지막 한 조각을 들어 올렸다.

"나는 나를 따르는 자들에게 고한다. 우리는 언제나 신의 힘을 경계하면서도 지켜내야 함을 명심해야 한다. 후대에 후대를 거쳐 오랜 세월 그 사명을 잊지 않도록 그 의지를 나의 이름에 새긴다."

디멘션 스파이럴을 나누어 가진 일곱 가문은 가문이자 왕국이 되어 서로를 경계하며 새로운 평화를 향해 함께 나아갈 것이었다.

모두가 평등한 세상. 하지만 그 안에서도 분명 강자와 약자는 존재할 것이다. 그렇기에 그런 이상적인 세계가 영원히 지속될 수 없음을 안다.

미래는 미래를 살 사람들의 몫이다. 그저 카릴은 그 미래의 포문을 열 수 있었음에 만족한다. 그는 이제 미래를 바꾸려는 것이 아닌 현재를 살아가는 인간으로서 남을 테니까.

"나는…….."

카릴의 말이 시작됨에 나인 다르혼이 살짝 눈을 깜빡이자 이스라필은 기다렸다는 듯 주문을 외웠다.

쿠웅-! 쿵-!!

홀의 창문이 활짝 열렸다.

와아아아아아아아아--!!

와아아아아아--!

광장 가득 모여 있는 수많은 사람들이 열렬히 환호하였고 하늘 위에 만들어진 마경들이 카릴의 얼굴을 비추었다.

[크르르르르르……!!]

상공에는 세 마리의 드래곤이 이 날을 축하하듯 날아올랐고 그들의 뒤를 비룡들이 함께 맴돌았다.

"나는 카릴……."

그는 눈을 감았다. 그리고 수많은 사람들의 환호와 갈채를 향해 또렷한 목소리로 말했다.

"카릴 번슈타인(BurnStein)이다."

완(完)

▶외전◀

1.

"이상입니다."

앤섬 하워드는 허공에 만든 마경을 지우면서 말했다. 그의 보고는 끝났지만, 책상에 쌓여 있는 수많은 양피지들은 여전히 정신없이 나뒹굴고 있었다.

"수고했어."

쌓인 서류들 사이로 카릴의 목소리가 들렸다. 그는 보고를 마친 앤섬을 보지도 않고 그저 한쪽 손을 젓는 것으로 확인을 마쳤다. 그의 반대쪽 손엔 이제 검 대신 펜이 쥐어져 있었고 보고를 받는 순간에도 여전히 서류에 사인을 하고 있었다.

앤섬은 그런 카릴을 바라보며 쓴웃음을 지었다.

"주군."

보다 못한 그가 카릴에게 다가와 그가 쥐고 있던 펜을 낚아 채듯 빼앗았다. 책사인 그가 카릴의 힘을 당해 낼 수 있을 리 만무했지만 예상외로 펜은 쉽게 카릴의 손에서 떨어져 나왔다.

"문관인 저는 전투에서 직접 싸우진 못했지만 적어도 이런 일은 도와드릴 수 있습니다. 아니, 이 일들이야말로 저의 일이 지요. 적어도 책상 위에서만큼은 혼자서 모든 것을 다 하려 하지 마십시오."

앤섬은 바닥에 떨어진 서류들을 대신 정리했고 카릴은 그제 야 멋쩍은 웃음을 토해냈다.

"대륙을 7왕국으로 나눈 것을 조금은 후회 중이시죠? 주군 의 이름하에 있었다면 각지에서 올라오는 보고가 단출해졌을 텐데 말이죠."

양피지에는 서로 다른 인장들이 찍혀 있었고 앤섬은 짓궂 게 그를 놀리듯 말했다.

카릴은 그의 말에 쓴웃음을 짓고는 집무실 벽면, 투명한 유리관 속에 보관되어 있는 작은 파편을 바라봤다. 유리관은 언 뜻 보기엔 평범한 유리로 된 장식품 같았지만 그 유리는 오리 하르콘보다 단단한 노움의 장인들이 세공한 작품이었고 그 안 에는 종족을 아우르는 몇 겹의 결계 마법이 각인되어 있었다.

"정말 그렇게 생각하는 건 아니지?"

카릴이 유리관을 향해 눈짓하자 앤섬은 못 당하겠다는 듯 고개를 끄덕였다.

"대전쟁이 끝난 지 이제 5년이 흘렀습니다. 크고 작은 분쟁은 있지만 신과의 싸움에 비한다면 우스운 수준에 불과합니다. 그야말로 평화의 시대라고 할 수 있겠죠."

"고작 5년밖에 지나지 않았어. 전쟁의 여파는 여전히 남아 있고 겨우 이 시간이 흘렀을 뿐인데 벌써 크고 작은 분쟁이 생겼지."

"하지만 주군께서도 예상하신 일이지 않으십니까? 인간은 결국 부딪힘 없이는 성장할 수 없다는 것을 말이죠. 대륙이 주군의 통치하에 있었다면 평화는 있을 수 있지만 발전은 더뎠을 겁니다."

앤섬은 주운 양피지 중에 하나를 펼쳤다. 녹색의 인장이 찍혀 있는 이것은 구 공국이었던 그란벨 가문에서 보내온 보고서였다.

"윈겔 하르트가 신형 골렘을 완성하였다고 하네요. 전투 골렘이 아닌 농경에 필요한 자동기계랍니다."

양피지엔 후미에 갈퀴 같은 것이 수십 개가 달린 마도 전차를 닮은 기계가 그려져 있었다.

"이미 동쪽 평원에서 시험 사용을 하고 있다고 하네요. 이 골렘이 대량 생산이 된다면 그란벨 영토 내의 농업이 크게 발전할 겁니다."

그는 또 다른 양피지를 꺼냈다. 푸른색 인장이 찍혀 있는 그것은 비올라의 라니온 연합에서 온 보고서였다.

"올 한 해 라니온 연합의 해협에서 수확된 어획량이 증가함에 따라 남부 일대에 공급이 가능하게 되었습니다. 디곤 일족과 연합의 거래가 앞으로 활성화될 것으로 기대됩니다. 이는 우호 관계에 있어서도 이바지할 겁니다."

카릴은 그의 말에 옅은 미소를 지었다.

앤섬이 하고자 하는 말이 무엇인지 그는 알았다. 그가 이루어낸 업적들이 인류의 미래에 있어 올바른 선택지였음을 앤섬은 말하고 싶었던 것이다.

"낯 뜨거운 얘긴 그만해."

"전 그저 각지에서 올라온 보고를 주군께 알려 드린 것뿐입니다."

앤섬은 카릴의 말에 어깨를 으쓱했다.

"그보다 안색이 좋지 않으십니다. 다시 한번 말씀드리지만 앞으로 국정을 보는 일은 저와 티렌 경이 보좌하겠습니다."

"듣던 중 반가운 소리로군. 확실히 재상의 자리에 있는 그대들이 카릴을 돕지 않는다면 그거야말로 직무 유기겠지."

방 안에 들려오는 카랑카랑한 목소리.

"오셨습니까."

문이 열리자 앤섬은 웃으며 허리를 숙였다.

"잘 좀 하란 말이야."

"하하…… 명심하겠습니다. 그럼, 말씀 나누시지요."

밀리아나의 핀잔에 그는 들고 있던 양피지를 한쪽에 두고서 카릴을 향해 인사했다.

"오늘도 잠을 제대로 자지 못한 모양이지? 아랫사람들이 보필을 잘해야 위가 편한 법인데 말이야."

"그는 충분히 잘하고 있어. 그리고 내가 잠을 자지 못하는 이유는 너도 알잖아."

"그래. 아직도 알른이 꿈에 나오는 거지? 벌써 1년이나 되었는데 말이야. 영혼 계약의 영향인 걸까? 그가 널 붙잡고 있는 건지 아니면 네가 그를 놓아주지 못하는 건지……."

밀리아나는 카릴에게 다가와 그의 머리를 가볍게 뒤로 쓸어 넘겼다.

"성년식을 치른 지도 한참이 지났는데 아직도 어른이 되지 못한 거야? 언제나 우리를 가장 앞에서 이끌던 당신이 아직도 그에게서 벗어나지 못하니 말이야."

의자에 앉아 있던 카릴은 천천히 그녀를 올려다보았다.

"앗……!"

그러고는 허리를 감싸 그녀를 잡아당겼다.

"어른인지 아닌지는 이미 알 텐데."

밀리아나의 옆구리에 얼굴을 기대고서 카릴은 능청스럽게 말했다. 그녀는 그의 말에 살짝 얼굴을 붉혔지만 이내 곧 여제의 모습으로 대답했다.

"하여간 그 노인네는 죽어서도 사람을 신경 쓰이게 하는군. 아니…… 원래 죽었었나?"

그녀의 농담 아닌 농담에 끈적했던 분위기는 조금 사라지고 카릴은 피식 웃었다.

"죄책감을 가질 필요 없어. 창밖을 봐. 당신이 해낸 모든 과업의 결과가 언제나 곁에 있으니까. 우리는 평화를 찾았고 이제 그 시대가 도래했다고 선언하여도 될 만큼 사람들의 표정은 밝아."

밀리아나는 말했다.

"이게 모두 당신이 해낸 일이야."

"평화라……"

하지만 카릴은 그녀의 말에도 살짝 굳어진 얼굴로 창밖을 바라봤다. 수도의 저 멀리 외곽에 보이는 하나의 낡은 건물이 그의 눈에 들어왔다.

"그러기엔 아직 해야 할 일이 남아 있어."

"할 일……?"

그녀가 그를 바라봤다.

"밀리아나. 신화 시대 이후 마도 시대를 넘어…… 만약 이 시대에 명칭을 붙인다면 지금 이 시대가 평화의 시대라 불릴 수 있을까?"

갑작스러운 그의 물음에 밀리아나는 의아한 얼굴로 그를 바라봤다.

"아니."

그러고는 망설임 없이 대답했다.

"왜? 조금 전에 분명 평화가 도래했다고 했잖아."

"맞아."

카릴은 살짝 인상을 구겼다. 오락가락하는 그녀의 대답이 이해가 가지 않는다는 기색이었다. 그런 그를 보며 밀리아나는 다시 한번 미소를 지었다.

"시대를 구분 짓는 것은 마치 지금 시대가 끝나게 될 것이라고 말하는 것 같잖아. 그건 꼭 미래에 또다시 평화가 깨어질 것 같은 기분이 드니까. 시대의 정의를 내리고 싶다면……."

그녀는 카릴의 눈을 바라봤다.

"자유의 시대라고 불려야겠지."

카릴은 밀리아나의 대답에 만족스러운 듯 한쪽 입꼬리를 올렸다.

"그렇군. 평화가 아닌 자유라…… 네게서 그 단어가 나왔다면 이제 조금은 녀석이 보고 싶은 광경에 다가간 걸까."

그는 일어섰다.

"잠시 다녀올게. 이스라필에게 말해서 내가 말하기 전까지 누구도 연락을 금하라고 주의시켜 줘."

"웅? 어디를 가는데?"

카릴은 밀리아나의 뺨에 가볍게 입을 맞추고서 말했다.

"만나야 할 사람이 있어."

시대가 변하고 새로운 세상이 시작된 지금, 이제는 유물이 되어버린 황가의 무덤 앞에서 카릴은 천천히 문을 열었다.

쿠그그그그그그…….

커다란 석문이 열리고 차가운 냉기가 느껴졌다.

자유국이 성립되고 난 이후 수도 보수 과정에서 가장 먼저 황가의 무덤을 없애자고 했던 밀리아나는 카릴이 이곳을 남겨둔 것에 대해서 못마땅해했었다. 역대 황제들이 잠들어 있는 이곳이야말로 자유국에 가장 반(反)하는 잔재였기 때문이었다.

그럼에도 불구하고 카릴은 이곳을 남겨두었다. 절대적인 그의 결정에 다른 이들은 이렇다 할 반발을 하지 않았지만, 대부분은 밀리아나의 생각과 비슷할 것이었다.

다만 케이 로스차일드만은 그의 결정에 동의했으나 말수가 적은 그녀였기에 사람들은 카릴의 의중을 알 수 없었다.

휘이이이익--!!

문 안쪽으로 발을 들여놓자 차가운 냉기가 카릴의 전신을 감싸듯 스쳐 지나갔다. 보존 마법이 걸려 있지 않은 이곳의 냉기는 단순한 바람이 아니라 영령의 기운이라는 것을 카릴은 잘 알고 있었다.

[카아아아아아--!!]

[크르르……!!]

제국을 멸망케 한 자신을 증오하는 망령들의 분노야 이해가 가지만 거기까지였다.

파앗……!!

손을 젓자 엉겨 붙은 영혼의 잔재들이 산화되듯 사라졌다. 마법과 검술의 극의라 할 수 있는 그랜드 마스터의 영역에 오른 그에게 그들은 아무런 반항도 할 수 없었다.

"오랜만이다."

사라진 영령의 잔해들은 가루가 되었고 무덤 안에는 고요만이 남았다. 카릴은 안개 속 옥좌 위에 앉아 있는 한 소년을 바라봤다. 시간이 흘러 성년이 된 자신과 달리 그는 여전히 그 시절의 모습을 하고 있었다.

"올리번."

[정말로 왔구나.]

"케이의 사령술로 시체를 부활시킨 것도 아닌데…… 영령의 형태를 이렇게까지 제대로 유지하고 있다니 놀랍군."

[네가 나를 찾아 왔다는 것은 정말로 신과의 전쟁에서 살아남았다는 말인데…… 그거야말로 놀랄 일인걸.]

"그 정도로 놀라서야 되겠어. 살아남은 수준이 아니라 승리를 했는걸."

카릴의 말에 올리번의 눈썹이 씰룩였다.

"인간은 신에게서 자유를 되찾았다."

올리번은 어쩐지 시원섭섭한 표정이었지만 제국의 멸망 때만큼이나 의외로 담담하게 인류의 승리를 받아들이는 눈치였다. 마치, 카릴이라면 성공할 것이라고 예상하기라도 했던 것처럼 말이다.

"일전에 네가 내게 말했었지. 자유국의 번영을 이루게 되었을 때 네 마음속에 남겨둔 이야기를 내게 하겠다고 말이야."

[망령이 남긴 말을 담아두고 있다니 의외인걸.]

옥좌에서 일어선 올리번은 천천히 그에게 다가갔다.

[하하, 설마 진짜 믿은 거야? 네가 어떤 말을 해도 그게 내게 무슨 의미가 있겠어. 결국은 이제 모든 것이 너의 것이고 나는 그저 무덤 속 망령에 불과한 것을.]

"의미는 있다."

카릴은 빈정거리는 그에게 담담한 얼굴로 대답했다.

[무슨 의미?]

"그전에 할 일이 있다."

[……뭐?]

카릴은 올리번을 바라봤다.

"네가 보고 싶었던 것. 네 얘기를 듣는 것은 그 이후에 해도 늦지 않아."

[무, 무슨…….]

그때였다.

"밖으로."

그 한 마디에 올리번은 아무런 말을 하지 못한 채 어안이 벙벙한 표정으로 그를 바라봤다. 카릴이 그의 팔을 붙잡았다. 영령의 상태임에도 불구하고 마치 살아 있는 사람처럼 카릴은 올리번의 팔을 꽉 붙들었다.

"네게 세상을 보여주마."

[나를 어디로 데려갈 생각이지?]

무덤 밖으로 나온 올리번은 여전히 카릴에게 팔을 붙잡힌 채였다.

"그보단 주위를 둘러보는 게 어때. 나 같으면 내게 말을 걸 겨를도 없을 것 같은데. 네 눈에는 저 풍경들이 들어오지 않는 가 보지?"

[크르르르르······.]

마치 그의 말에 동의하는 듯한 비룡의 낮은 으르렁거림이 들 렸다. 혹은 올리번을 혼내는 것 같은 목소리로 들리기도 했다.

[그렇게 얘기해 봤자 내게 무의미한 것은 마찬······.]

올리번은 아래를 내려다보았다. 그의 투덜거림이 끝까지 이 어지지 않은 것을 보며 카릴은 그럴 줄 알았다는 듯 옅은 미소 를 지었다.

"어때."

대단한 것을 요하는 듯한 카릴의 물음이었지만 사실 수도의 풍경은 그의 생전과 그다지 다르지 않았다.

소란스러운 시장의 풍경. 광장의 분수에서 쏟아지는 물에 손을 담그며 장난을 치는 아이들. 평범해 보이는 모습이었지 만 그들의 외형은 조금 달랐다.

[회색····· 눈?]

눈썰미가 좋은 올리번은 광장에 섞여 있는 몇몇 아이들의 눈동자가 다르다는 것을 단번에 알아차렸다. 그리고 그것이 가지는 의미가 무엇인지 역시 충분히 깨달았다.

[……혼혈인가.]

"맞아. 신은 사라졌지만 그가 남긴 잔재는 여전히 존재하니까. 종족을 구분 짓던 마력의 유무는 인간의 힘으로 어찌할 수 없지."

이민족과 제국인. 절대 하나 될 수 없으리라 여겼던 그들이 이제는 가족이라는 울타리 안에 하나가 되어 있었다. 올리번은 카릴을 향해 나지막한 목소리로 물었다.

[얼마나 흘렀지?]

"5년."

[5년이라…… 고작 그 시간만으로도 저들은 저렇게 웃을 수 있는가.]

"흐른 시간은 중요한 게 아냐. 처음부터 종족을 구분 지으려 했던 것은 위에 군림한 자들이었으니까. 통치의 이유로 적이 필요했겠지만 저들은 누구를 다스리려 하지도 할 필요도 없으니 적대감을 가질 이유도 없지."

[……]

올리번은 카릴의 말에 아무런 대답을 하지 않았다.

[그래, 모든 것은 통치하는 자의 죄이지. 그들이 잘못한 것은 없지. 그들은 그저 살아가는 것뿐이니까.]

"그렇게 생각해?"

[……뭐?]

"정말로 네가 저 모습을 보고 그렇게밖에 생각하지 못한다면 실망스럽군. 차라리 전쟁에서 내게 패한 것이 다행이었을지 몰라."

[무슨 말을 하고 싶은 거지?]

올리번은 얼굴을 일그러뜨리며 카릴을 바라봤다.

"저들은 그저 살아가는 것뿐이 아니야. 그들 역시 스스로의 의지를 가지고 나아가고 있다. 신은 인간을 마력으로 구분 짓게 만들었지만 저들은 신이 만든 구분을 스스로 허문 것이다. 그게 얼마나 대단한 일인지…… 모른단 말이냐."

다그치듯 말하는 카릴은 뭔가 마지막 말을 내뱉지 못한 채 입술을 씰룩였다.

'그렇군……. 적어도 백성과 나라를 위해 싸웠던 전생의 너는 이제 없는 거로구나.'

남은 것은 그저 황위를 위해 자신의 가족을 죽인 잔혹한 황제만이 남았을 뿐.

카릴은 그런 생각이 들자 입안이 모래알을 씹는 듯 까끌까끌해지는 기분이었다.

"돌아가자."

[왜? 조금 더 보고 싶은데.]

"가치를 알지 못하는 자에겐 시간 낭비일 뿐이니까. 네가 내게 하고 싶었던 말이 무엇인지는 모르겠지만 그다지 기대되지 않는군."

카릴은 비룡의 고삐를 당겼다. 돌아서려는 그와 달리 올리번은 여전히 광장 안의 사람들을 바라볼 뿐이었다.

[아니, 이건 통치한 자의 잘못이다. 내가 저들을 평화로 이끌지 못했으니 명백한 나의 잘못이지. 백성의 위대함은 왕이 된 자가 닦아놓은 기틀 위에서 발현되는 법이니까.]

"……."

[십수 년을 살아온 제국의 수도에서 나는 저들의 웃음을 한 번도 볼 수 없었으니까. 내가 태어나기 이전 제국의 역사 속에서도 그들은 똑같겠지. 하지만 그걸 바꾼 것은 너다.]

올리번은 말했다.

[5년이면 충분했던 웃음인 것을.]

영령인 그는 비룡에서 내려와 마치 바람을 타듯 지면에 안착했다. 그는 무릎을 꿇고 앉아 광장 안에 뛰노는 아이들의 눈높이를 맞추었다.

카릴은 물끄러미 그런 올리번을 바라봤다.

[네게 한 가지 묻지. 정말로 율라를 쓰러뜨렸다면…… 파렐은 어떻게 되었지?]

"무너졌다. 신이 사라지고 난 이후 힘을 잃은 탑은 가루가 되어 스스로 부서졌다."

[잘됐군.]

그의 대답에 올리번은 고개를 끄덕였다.

[천년빙동의 파렐은? 그것도 함께 부서졌나?]

"아니. 그건 남아 있다. 아무래도 우리 세계의 것이 아니기 때문인 듯싶더군. 율라가 죽고 난 이후에도 영향을 받지 않은 모양이야."

카릴의 대답에 올리번은 천천히 몸을 일으켜 다시금 비룡 위에 있는 카릴에게 다가왔다.

[돌아가지. 충분히 네가 말한 세상은 본 것 같으니 말이야. 어차피 이제 망령에 불과한 내가 이제 와서 세상에 미련이 생겨선 안 되니까.]

카릴이 비룡의 고삐를 움켜잡았다.

"답변으로 만족이 되었나?"

[충분해. 정말 너는 그들을 자유롭게 살아가도록 만들었구나. 과연 이 평화가 얼마나 오래 갈 수 있을지는 모르겠지만 말이야.]

"아주 악담을 해라."

[크르르르르······]

붉은 비늘이 낮게 울며 날개를 움직였다.

[그래도 저들은 행복하겠지. 적어도 평화 이전에 자유를 얻기 위해 타투르로 도망치는 일은 이제 없을 테니 말이야.]

카릴은 자신의 등 뒤에서 들려오는 올리번의 쓸쓸한 읊조림에 카릴은 낮은 한숨을 내쉬며 그를 방해하지 않았다.

쇄아아아악--!!

비룡은 미끄러지듯 빠른 속도로 하늘을 날았다. 뺨을 스치는 바람 소리만이 들렸고 둘 사이에는 또다시 침묵이 이어졌다.

"그런데……."

그런 침묵을 먼저 깬 사람은 카릴이었다.

"네가 그걸 어떻게 알지?"

[뭘?]

"파렐(Pharerl). 네가 살아 있을 땐 율라의 강림도 없었다."

카릴이 굳은 얼굴로 올리번을 바라봤다.

"게다가 천년빙동 속 파렐은 그 당시에 비밀로 부쳐지던 사안인데. 그걸 네가 안다고?"

굳은 얼굴 속 눈동자는 떨리고 있었다.

"너 이 새끼…… 설마."

아닐 거라고 머릿속이 외치고 있지만 가슴은 만약이라는 헛된 기대를 하고 있었다.

[천년빙동 속 파렐에 대해서 크웰 경이 네게 말하지 않았던가? 극비에 있다고는 하지만 그 존재를 아는 자는 분명 있었다.]

"웃기지마. 크웰은 오직 자신의 친우를 제외하고 천년빙동의 파렐에 대한 발설은 금했다. 그걸 알고 있다는 것은 네가……."

카릴은 마지막 말을 목 안으로 삼켰다. 자칫 감정에 휘둘려 '회귀'라는 말을 내뱉을 뻔했기 때문이었다.

[글쎄, 그 비밀이란 결국 인간에 국한된 일이니까. 신과 타락에 대한 것을 인간보다 훨씬 더 이전부터 알고 있는 또 한 명이 더 있잖아.]

"백금룡?"

[그래. 맞아. 나르 디 마우그는 신살을 연구했던 유일한 드래곤이니까. 그는 제국의 수호룡으로서 내게 힘을 빌려주던 당시 천년빙동에 대한 이야기를 해주었다. 타락과 파렐에 대한 정보 역시 알고 있지. 나 역시 백금룡과 함께 타락을 멸할 준비를 했으니까.]

그의 말은 틀리지 않았다. 확실히 전생에 율라가 강림하고 신탁이 내려졌을 때 혼란스러워하는 다른 사람들과 달리 차분히 타락과의 싸움을 준비했었다. 게다가 전생과 달리 배후에 백금룡이 있었다는 사실을 알고 있는 지금은 올리번의 말이 틀렸다고 볼 수는 없었다.

'정말일까.'

다만 너무나도 딱딱 들어맞는 말이 오히려 카릴에게 의구심을 들게 만들 뿐이었다.

'아니. 내가 의심하는 것은 그 이유가 아니다. 그저…… 내 욕심 때문이겠지.'

카릴은 낮게 고개를 저었다. 올리번이 비밀이었던 파렐의 존재를 알고 있는 것이 자신과 마찬가지로 회귀를 했기에 가능한 것이 아닌가 하는 기대감.

'불가능해.'

올리번의 얼굴을 보자 카릴은 자신의 그 기대가 말도 안 되는 일이라는 것을 잊고 말았다. 누구보다 시간을 거슬러 올라가는 것이 끔찍한 고통을 감내해야 하는 것임을 자신이 잘 알고 있지 않았던가.

게다가 자신과 같은 실력자조차 파렐의 타락들을 물리치고 층을 올라감에 있어서 억겁과도 같은 시간이 걸렸는데 하물며 올리번이 그 괴물들을 이겨낼 리 만무했다.

'평화가 나를 무디게 만든 모양이로군.'

무엇을 바란 기대였을까. 전생의 친우에 대한 속죄라도 하고 싶었던 것일까.

그래 봐야 전생일 뿐. 현생에 있어 올리번에게 그는 결국 자신의 목숨을 빼앗은 적에 불과하지 않은가.

[너는 약속을 지켰다. 아무래도 이번엔 내가 너와의 약속을 지켜야 할 때겠지.]

고민에 빠져 있던 카릴에게 올리번이 말했다.

[천년빙동으로 가라.]

"뭐?"

[내가 네게 남기고 싶은 이야기가 있다고 했었지? 만약 천년 빙동 속의 파렐마저 사라졌다면 그 이야기는 필요 없는 것이 되었겠지만…… 아무래도 아직 끝나지 않은 모양이로군.]

올리번은 고개를 들어 북부를 향했다.

[너는 네가 해야 할 마지막 퍼즐 조각을 그곳에서 찾을 수 있을 거야. 그리고 모든 것의 시작이었던 그곳에서 끝을 맞이할 수 있을 거다.]

휘이익……!!

카릴은 영령인 그의 목소리가 바람 속에 묻혀 속삭이는 것처럼 느껴졌다.

[신살(神殺)은 아직 끝나지 않았어.]

"……!!"

황급히 뒤를 돌아봤다. 하지만 이미 올리번은 사라지고 비룡의 위에는 카릴 혼자 남아 있었다.

쫘악-

카릴은 비룡의 고삐를 잡은 손에 힘을 주었다.

"올리번……."

그러고는 그의 이름을 낮게 부르며 생각했다.

'넌 무엇을 알고 있던 거지?'

쏴아아아아악--!!

카릴의 떨림에 반응을 하는 듯 염룡의 피를 이어받은 붉은 비늘은 불안한 듯 낮게 울면서 좀 더 속도를 높여 날아오르기 시작했다.

"주군!!"

늑여우 부족의 파수꾼들은 붉은 비늘이 상공에 나타남과 동시에 보고를 올렸다. 하시르는 누구보다 발 빠르게 움직여 비룡이 착륙하는 장소로 달려왔다.

"그동안 잘 지냈나?"

"어떻게 되신 겁니까! 어째서 연락이 되지 않으셨는지요. 극비라고 말씀드려도 이스라필 님께서는 주군께서 명하신 일이라고 하명하시기 전까지 연락을 취할 수 없다고 하시더군요."

"아아…… 잠시 누구를 좀 만날 일이 있어서 말이야. 방해를 받고 싶지 않았거든."

"그래도 다행입니다. 주군께서 북부로 직접 오시다니 말이죠."

오랜만의 재회였는데 하시르에게서 반가움보다 다급함이 보여 카릴은 의아한 얼굴로 그를 바라봤다.

"무슨 일인데 그래?"

"조금 전 지그라에게서 보고가 왔습니다."

"월야(月夜)?"

"네."

하시르의 대답에 카릴은 검은 눈 일족으로 구성된 특수 부대인 그들에게 내린 명령을 상기했다. 그리고 그것이 올리번이 말한 것과 연관성을 가진다는 사실도 말이다.

"천년빙동에 침입자가 있습니다. 현재 월야가 감시 중이라고 합니다."

하시르의 보고에 카릴의 얼굴이 굳어졌다.

"침입자? 내가 분명 그곳에 그 누구도 침입을 금하라 명했을 텐데."

"그게……."

카릴의 말에 하시르는 머리 위에 쓰고 있는 로브를 좀 더 잡아당기며 고개를 숙였다.

"침입조차 알지 못했다고 합니다. 그 월야가 말이죠. 뒤늦게 알아차린 것도 오히려 그자가 지그라를 찾아왔기 때문이라고 합니다."

"그게 무슨……."

카릴은 믿을 수 없다는 표정을 지었다. 비록 마력을 가지고 있지 않지만 월야는 암연과 견주어도 손색이 없을 정도의 북부의 정예였기 때문이었다.

"송구하옵니다. 저희 늑여우들 역시 그의 침입을 알지 못했습니다. 하나 만일을 대비하여 현재 잔나비 부족과 붉은달 그리고 호표 부족의 병력이 천년빙동을 경계하고 있는 상태입니다."

'하시르와 지그라의 경계는 소드 마스터라 할지라도 쉽사리 피하기 어려울 텐데…… 도대체 누구지?'

카릴은 어쩐지 불안한 기분이 들었다.

"그가 주군께 말을 전하라 했습니다."

"뭐지?"

하시르는 잠시 머뭇거렸다.

"말해봐."

그런 그를 다그치듯 말했다.

"신살(神殺)은 아직 끝나지 않았다."

카릴은 어쩐지 들던 불안한 기분이 현실이 되어 돌아오는 것 같았다. 마치 되풀이하듯 하시르의 보고는 올리번의 말과 똑같았기 때문이었다.

"웃기는 소리. 누가 그런 헛소리를 하고 있는지 확인해 봐야겠군. 불온한 혀를 놀리는 것이라면 내가 가만히 두지 않겠어."

카릴은 빙동을 향해 날카롭게 말했다.

"신살(神殺)은 분명 끝났다."

쿠그그그그그……

하지만 그 순간 저 멀리 파렐이 남아 있는 천년빙동이 마치 그의 말에 답하듯 무겁게 떨리기 시작했다.

"이스라필."

[네, 주군. 말씀하십시오.]

천년빙동으로 향하던 카릴이 그의 이름을 불렀다.

"지금 당장 각 영지에 연락해서 신살의 10인을 모두 소집해라."

[알겠습니다.]

"단, 밀리아나에게는 비밀로 해줘. 그녀는 안정이 필요하니까."

카릴은 과연 천년빙동에서 자신을 기다린다는 자의 정체가 무엇인지 궁금했다. 이제 더 이상 천년빙동의 존재는 비밀이 아니었다. 심지어 화린을 필두로 한 공략대들은 파렐 안을 경험하기도 했으니까.

하지만 그들이 자신에게 보고도 없이 파렐을 건드렸을 리 없었다. 게다가 지금 천년빙동을 포위하고 있는 병사 중에서는 화린도 있었으니 그녀가 자신과 함께했던 공략대의 부원들 움직임을 모를 리 없었다. 게다가 신살의 10인들은 말할 것도 없는 일이었으니 천년빙동의 침입자가 누구인지 쉽사리 예측할 수 없었다.

'그들을 제외하면 남은 사람은 한 명뿐인데……'

카릴은 고개를 저었다. 천년빙동의 비밀과 가장 근접한 사내는 지금 비공정에 있을 것이기 때문이었다.

'누구지?'

카릴은 눈을 흘기며 천년빙동을 향해 날아갔다.

'누가 되었든 이 평화를 깨뜨리는 자라면 용서하지 않겠다.'

그의 머릿속에 스치듯 드는 불온한 기분. 카릴은 그것이 대전쟁에서 죽은 신들 중 마지막 한 명. 열 번째 신, 락슈무가 죽기 전 자신의 뱃속에 품고 있던 신의 씨앗을 다른 차원으로 도망치게 했던 것을 떠올렸다.

'설령 그게 신이라 할지라도.'

우우우우웅--

카릴은 아그넬을 뽑아 마력을 집중시켰다. 단검의 날이 길게 자라나며 자줏빛의 오러를 뿜어냈다. 비록 그가 가지고 있던 마지막 디멘션 스파이럴을 일곱 조각으로 나뉘어 과거의 신력은 사라졌지만 그의 창조마법은 여전히 그 위용을 자랑하고 있었다.

화르륵……!!

그리고 그가 내뿜는 비전력의 오러 블레이드는 다시 한번 맹렬한 화염으로 덮였다.

[크르르…….]

붉은 비늘의 낮은 울음이 들렸고, 가까워져 오는 빙동의 모습에 카릴의 얼굴엔 옅은 긴장감이 맴돌았다.

[확실히…… 지금까지 느껴보지 못한 기운이다.]

카릴은 머릿속에 들려오는 목소리에 천천히 고개를 끄덕였다.

폭염왕 라미느였다. 대전쟁 이후 그는 여전히 카릴에게 남아 있었고 그의 오러 블레이드가 붉은 화염을 가지고 있는 것 역시 폭염왕의 힘 때문이었다.

[이상하군. 이질적이면서도 어딘지 모르게 익숙한 기운이다. 하지만 정령계에서도 느껴보지 못한 기운이다. 그게 무엇을 의미하는지 알겠지?]

카릴은 고개를 끄덕였다.

[굳이 따지자면 라시스와 두아트의 힘과 닮았지만 그들과도 명백히 다르군……. 그 둘이 깨어 있다면 더 정확히 알 수 있겠지만 2대 광야는 적어도 수 세기 동안 잠들어 있을 테니 말이야.]

"정령왕들의 복귀는 내가 살아 있는 동안 보기는 힘들겠군."

율라와의 일전에서 신력을 씀에 있어서 카릴을 대신해서 많은 정령왕들이 희생되었다. 하지만 그것은 소멸이 아닌 귀환이었다. 율라의 죽음 이후 정령계의 소실은 막았지만 정령왕들의 죽음으로 인해 정령계는 큰 위기를 맞이했다.

그나마 다행이라면 폭염왕이 살아 있었다는 것이었고 그로 인해 정령계는 최소한의 붕괴의 위험에서 벗어날 수 있었다. 카릴은 이후 그의 정령력을 영혼샘과 연결하여 차원문을 열고 노움국에서 생산되는 속성석에 세공마법을 걸어 정령계의 회복을 돕고 있었다.

하지만 아무리 최상급 속성석과 노움의 고위 세공마법이 있다 하더라도 순수한 정령력으로 구성되어 있는 정령계는 쉽사리 수복되긴 어려웠다. 그야말로 수세기를 거친다 하더라도 성공하기 어려운 과업이었다.

[글쎄. 솔직히 말해서 네가 원한다면 수세기를 사는 것도 불가능한 일은 아니잖느냐.]

라미느의 말에 카릴은 쓴웃음을 지었다.

"소중한 이들이 떠나고 나 혼자 산다고 해서 그게 무슨 소용이겠어. 인간은 인간의 순리에 맞게 살아가야 해."

[흐음…… 글쎄. 네가 가장 아끼는 여인도 이제는 평범한 인간은 아닐 텐데. 마왕의 힘을 가졌으니 말이지. 그녀도 같은 생각일지 모르겠군.]

"아직 인간을 이해하려면 멀었군."

카릴의 대답의 그의 손등에 박혀 있는 폭염왕의 보주, 아인 트리거가 붉게 빛났다.

[인간을 이해한다라……. 그것이야말로 수 세기가 지나도 어려운 일이지.]

카릴은 그의 말에 쓴웃음을 지었다.

"도착했다. 준비해."

붉은 비늘이 빙동의 상공을 날았고 카릴은 고삐를 쥔 손을 놓으며 지상으로 아무런 망설임 없이 뛰어내렸다.

콰아아아앙--!!

날카로운 굉음과 함께 쌓여 있던 북부의 눈들이 요란하게 솟구치며 마치 눈이 다시 내리는 것처럼 떨어졌다.

카릴이 아그넬을 가볍게 휘두르자 검에서 부웅-! 하는 날카로운 파공성과 함께 그의 주위에 떨어지던 눈들이 순식간에 증발했다.

"천년빙동의 침입자가 누구냐."

그가 앞을 바라보며 나지막하게 말했다. 마력이 담긴 그의 목소리가 들릴 때마다 빙동 주위에 자라 있는 승빙(乘氷)들이 파르르 떨리다가 팍!! 하는 소리와 함께 깨어져 얼음 가루들이 흩뿌려졌다.

"주군."

어느새 지그라가 카릴의 옆에 나타났다. 그가 손을 들자 기다렸다는 듯 월야의 병사들이 그림자 속에서 튀어나와 주위를 경계하며 검을 뽑았다.

"사격 준비!!"

천년빙동을 감싸고 있는 언덕 위에서 카랑카랑한 목소리가 들렸다. 화린의 외침에 잔나비 부족의 궁수들이 독화살의 시위를 당겼고 우-!! 하는 외침과 함께 호표와 붉은달의 병사들이 방패와 검을 들어 올렸다.

"멈춰."

보는 것만으로도 오금이 저릴 정도의 위용이었으나 카릴은 오히려 그들을 막아서며 천천히 걸음을 옮겼다.

저벅- 저벅- 저벅-

눈을 밟는 소리만이 들렸고 카릴은 천년빙동의 입구에 서 있는 한 남자에게서 시선을 떼지 않고서 다가갔다.

"너냐."

카릴의 물음에도 남자는 우두커니 서 있었다.

[흐음, 흥미로운 모습이로군. 도대체 저 갑옷은 뭐지? 저런 것은 처음 보는데…… 마도공학기술로 만들어진 건가?]

검은 복면이 얼굴 전체를 가리고 있었고 마찬가지로 그는 전신에도 복면과 같은 검은 갑옷을 두르고 있었다. 갑옷의 이음새 부분에서 붉은빛이 이따금 깜빡였고 검게 보이는 갑옷도 신기하게 검붉은 광택이 느껴졌다.

"글쎄. 저자에게선 마력이 느껴지지 않는다. 게다가 윈겔 하르트가 만든 마도 갑주에 비한다면 훨씬 가벼워 보이는걸."

카릴은 의문 가득한 남자의 모습을 주시하며 낮은 목소리로 말했다.

'하지만 저자의 모습보다 더 이상한 건 바로 저 검이로군.'

그의 시선이 남자의 오른쪽 아래로 움직였다.

바닥에 꽂힌 거대한 대검. 검의 가운데엔 에메랄드빛의 코어(Core)가 박혀 있었는데 가벼운 엔진음 같은 것이 들리는 것 같았다.

'비공정의 코어는 속성석의 변환이라고 할 수 있다. 하지만 저 건 그 어떤 속성도 느껴지지 않으니 속성석은 아닌 것 같고······ 도대체 뭐지?'

카릴은 처음 보는 코어의 형태에 더욱더 남자의 정체에 의 구심이 들었다.

"너는 누구지?"

검은 복면의 남자가 묻자 카릴은 어이가 없다는 듯 코웃음 을 쳤다.

"남의 땅에 와서 멋대로 들어와서는 주인이 누구냐고 묻는 꼴이로군. 헛소리한다면 당장 목을 쳐주마."

부우우웅--!!

카릴이 아그넬을 들어 그를 향해 겨누었다.

"농담이야. 진정하지 그래."

그 순간, 어쩐지 복면 속의 눈동자가 웃는 것처럼 느껴졌다.

"아무래도 날 기억하지 못하는 모양이로군. 하긴, 당신이 살 아 있다는 것부터 놀라운 일이니까. 그보다······ 올리번은 어디에 있지?"

카릴의 얼굴이 굳어졌다.

"왜 녀석을 찾지?"

"약속한 것이 있어서 말이야."

"녀석은 지금 여기에 없다. 내가 말을 전해 줄 수는 있지만 헛짓거리를 할 생각이라면 꺼져."

"흐음……"

남자는 카릴을 물끄러미 바라봤다.

"검귀(劍鬼)."

그러고는 나지막한 목소리로 말했다.

"검귀(劍鬼)라…… 재미있군. 검에 자신이 있나 보지? 나 역시 한때 검과 관련해서 불린 적이 있었는데 말이지."

카릴은 눈앞의 남자를 향해 한쪽 입꼬리를 올려 냉소를 지으며 말했다.

"알고 있지. 그런데 스스로도 그다지 어울리지 않는 이명이라 생각하지 않아? 그때의 얼굴을 생각하면 성스러움과는 거리가 먼데 말이야."

"……그때?"

얼굴을 가린 남자의 대답에 카릴의 얼굴이 굳어졌다. 그저 혼잣말에 불과했던 이야기에 남자가 반응을 했기 때문이다.

"너…… 정체가 뭐야."

검성(劍聖)이란 이명은 전생의 그가 불렸던 이름이었기에 현생에 그 누구도 그 이명을 알 리가 없었다.

그 순간 두 사람 사이에 무거운 기류가 흐르기 시작했다.

"뭘 망설이고 있어? 침입자는 처단하는 것이 당연한 일인데."

그때였다. 날카로운 목소리에 두 사람의 시선이 일순간 움직였다. 카릴은 익숙한 목소리에 낮게 고개를 저었다.

[주군, 죄송합니다.]

이스라필의 전음이 그의 귓가에 들렸다.

"밀리아나."

카릴이 그녀의 이름을 불렀고 언덕 위에서 뛰어내린 그녀가 일어서자 길게 묶은 은색의 머리카락이 가볍게 흔들렸다.

"……밀리아나?"

이상하게도 검귀라 칭한 그 남자의 눈동자가 가볍게 떨렸다. 카릴은 그것을 놓치지 않았고 의아한 마음에 아그넬을 가로로 들어 올려 그녀의 앞을 막아서며 말했다.

"물러나."

"뭐야, 당신답지 않게 겁이라도 먹은 거야?"

그녀는 자신을 가로막은 카릴의 팔을 내리면서 물었다.

"어떤 놈인지는 모르지만 이제 도망칠 생각은 버리는 게 좋을 거야."

"물론 그 옆에 검을 잡는 순간에도 죽는다."

밀리아나의 등 뒤로 마법진이 생성되었고 그 안에서 목소리가 들려왔다. 차원문을 통해 걸어 나온 세리카 로렌과 안챠르가 으르렁거리듯 말했다.

"이런 식으로 뵐 줄은 몰랐습니다."

"잘 지내셨습니까."

그리고 그 뒤를 이어 하와트와 케이 로스차일드가 모습을 드러냈고 마지막으로 차원문이 닫힘과 동시에 세르가가 카릴을 향해 가볍게 묵례를 하며 섰다.

"빨리 모였군."

"대마법사가 둘이나 있으니까요."

세르가는 세리카 로렌을 힐끔 바라보고는 카릴을 향해 말했다. 대전쟁 당시만 하더라도 완벽한 대마법사의 반열에 오르지 못했던 세리카는 이후 무서운 속도로 성장해 전생과 마찬가지로 슈프림의 영역에 발을 들여놓은 상태였다.

"너도 웅할 줄은 몰랐군. 케이 로스차일드."

카릴의 말에 케이는 가볍게 어깨를 으쓱했다.

"밀리아나 다음엔 케이 로스차일드라……. 같은 사람일 리가 없지. 마족의 마력을 가진 그녀를 보는 것도 제법 흥미롭기는 하지만 역량은 한참 모자라는 것 같군."

"뭐? 역량?"

남자의 말에 밀리아나가 살짝 눈살을 찌푸리며 말했다.

차앙-!!

그녀가 두 자루의 애검을 뽑으며 소리쳤다.

"누군지도 모르는 놈의 품평 따위 듣고 싶지 않거든? 죽고 싶지 않으면 정체나 밝혀."

"아크(Ark)와 게일(Gale)…… 그래도 듀얼 소드를 쓸 줄 아나 보지?"

철컥-!

남자가 바닥에 박혀 있던 검을 뽑았다.

"멈춰……!!"

세리카 로렌이 쥐고 있는 창을 들어 올리며 그를 향해 달려 가려는 순간.

지이이이잉-

남자가 쥔 대검의 코어에서 시동음이 들리더니 대검의 검날 전체가 녹빛으로 감싸졌다.

터걱- 좌르르륵--!!

동시에 대검의 가운데가 지그재그로 갈라지더니 톱니 같은 검날을 가진 두 자루의 검으로 나뉘어졌다.

"……!!"

그 광경에 세리카 로렌을 비롯해 그곳에 있던 모든 사람들이 놀라움을 감추지 못했다.

"검이 변화했어……?"

반으로 갈라진 에메랄드빛 코어가 몇 번 깜빡이자 각각의 칼날에 빛이 스며들 듯 감돌았다.

"나도 조금 쓸 줄 아는데."

복면의 남자는 두 자루의 검을 들어 올려 어깨 위를 가볍게 두들기며 말했다.

"미친……!!"

그의 가벼운 도발에 밀리아나의 얼굴이 일그러졌다.

"멈춰! 밀리아나!"

번개처럼 튀어 나가는 그녀를 향해 카릴이 외쳤지만 이미 그녀의 두 자루가 날카로운 용마력을 뿜어내며 솟구쳤다.

콰아아아앙--!!

요란한 굉음과 함께 교차된 두 자루의 검이 남자를 향해 찔러 들어갔다. 하지만 그 순간 놀랍게도 남자의 검 역시 밀리아나의 품 안으로 파고들었다.

캉! 카강-!!

카가가가가강--!!

두 사람은 마치 거울을 보는 것처럼 완벽하게 똑같이 움직였다.

"비조파동(飛鳥波動)……?"

카릴은 그 모습을 보며 남자가 사용한 검술이 디곤의 것임을 알아차리고는 굳은 얼굴이 되었다.

"말도 안 돼!"

자신의 공격이 정확히 막히자 당사자인 밀리아나는 경악을 금치 못했다.

"어떻게 네놈이 디곤의 비기를 알고 있는 거지?!"

"비기라고 할 것까지도 없지."

서걱-

그 순간 남자의 검날이 그녀의 팔을 가볍게 스치고 지나갔다.

"……!!"

화끈거리는 통증에 밀리아나는 황급히 검을 물리며 뒤로 물러섰다.

'나보다 빠르다.'

그녀는 디곤의 맹주인 자신보다 오히려 더 디곤의 쌍검술을 쓰는 남자에게서 눈을 떼지 못했다.

"나는 싸우러 온 것이 아니다. 당신의 검술을 시험하려고 했던 것이 아니라 나 역시 그 검술과 인연이 있기 때문이었다. 불쾌하게 했다면 미안하군."

그녀의 시선을 느낀 걸까. 거리가 벌어진 남자는 자신이 들고 있던 쌍검을 다시 한번 바닥에 꽂아 넣었다.

"흥, 네놈이 디곤과 무슨 인연이 있단 말이야? 난 네놈을 처음 보는데."

하지만 스스로 검을 던진 모습이 오히려 디곤의 여제를 불쾌하게 만들었다.

"대화를 나누고 싶다면 정체부터 밝히는 것이 어때. 물론 그녀에게 입힌 상처는 배로 갚아야겠지만."

카릴이 눈짓을 하자 세르가가 밀리아나의 팔에 난 상처에 회복마법을 걸었다. 하지만 그녀는 자존심이 상한 듯 오히려 손을 저었다.

"흐음……."

남자는 약간의 침묵 후에 끝내 결국 어깨를 으쓱하고서는 나지막한 목소리로 말했다.

"너와 만났던 자."

"뭐?"

"지금이 아닌 과거…… 보다 훨씬 더 먼 동시간."

"무슨 헛소리……."

"너는 열 번째 신을 알지 못했다. 안 그래?"

이해가 가지 않는 듯 카릴이 소리치려는 순간 그의 눈동자가 크게 떨렸다.

"……."

"파렐은 각각의 신이 남긴 타락이 존재하는 곳. 그런 파렐을 넘어 이곳에 온 너라면 당연히 열 번째 신을 쓰러뜨렸을 터. 그런데…… 어째서 네 기억 속에 마지막 열 번째 신은 경험해 보지 못한 걸까."

남자는 카릴을 향해 말했다.

"한 번도 이상하게 생각해 본 적 없어?"

그 순간 마치 정신이 번쩍 들 듯 뺨을 때리는 것처럼 차가운 공기가 카릴의 얼굴을 스치듯 지나갔다.

2.

파렐(Pharel). 신이 있기 이전 태초부터 존재했던 탑이자 등대인 이 건축물은 일종의 차원 응축이라고 볼 수 있다.

일전에 천년빙동 속 파렐을 공략했던 화린을 비롯한 열 명은 그 안에서 각 층의 보스가 재해들이라는 것을 확인하기도 했다.

즉, 파렐의 각 층은 각 차원의 신이 관장하는 재해라는 의미였고 그 파렐을 공략하고 시간을 회귀한 카릴은 모든 재해를 공략했다는 것을 의미하기도 했다. 전생에 있어서 마지막 재해를 막지 못하고 인류는 실패했고 그 결과 카릴은 나르 디 마우그가 알려준 파렐을 통해 회귀했다.

그렇기에 현생에서 그는 대전쟁의 순간에 누구보다 열 번째 신을 죽여야 한다고 생각했다.

너무나도 당연하게 여겼던 것.

한데…… 카릴은 남자의 말을 들은 순간 자신도 모르게 오싹한 기분이 들었다.

'저자의 말대로 나는 파렐을 공략하고 시간을 넘어왔다. 파렐의 각층이 신들의 재해와 같다면 결국 열 번째 재해 역시 나는 공략한 것일 텐데…….'

어째서 열 번째 신의 공략 방법을 알지 못해 죽여야 하는 신이라 여겼을까.

"이상한 일이지?"

남자의 물음에 카릴은 대답을 하지 않았다. 굳은 그의 얼굴을 보며 남자는 이해한다는 듯 고개를 끄덕였다.

"궁금증은 충분히 준 것 같고……. 해답을 원한다면 거래를 해야겠지. 내 질문에 답을 준다면 나 역시 당신의 의문을 풀어주지."

"원하는 게 뭐지?"

"올리번은 지금 어디에 있지? 내가 기억하기로 그는 황자이자 황제가 될 자였던 것 같은데……. 너는 그의 기사인가?"

"크, 크큭―"

"황제? 가당치도 않은 말이군."

"제국 전쟁이 끝난 지가 언제인데 아직도 황제를 운운하다니. 어디 다른 세계에서라도 온 건가? 웃긴 놈이로군."

남자의 물음에 여기저기서 그를 비웃는 낮은 웃음소리가 들렸다.

"흠."

그는 살짝 고개를 꺾으며 카릴을 바라봤다.

대답을 바라는 눈빛이었다. 하지만 복면 속에 보이는 검은 눈동자는 물음과 동시에 언짢음이 섞여 있었다. 옅은 살기는 마치 잘 벼른 칼날처럼 카릴을 겨누고 있었다.

"올리번은 죽었다."

카릴이 그를 경계하며 병력을 한 발자국 더 뒤로 물리고서는 말했다.

"올리번이 죽어? 그렇다면…… 제국은?"

"네 앞에 내가 있다는 것으로 제국의 명운은 충분히 설명될 것 같은데. 제국은 사라졌고 이제 대륙에는 자유국만이 존재한다."

복면 속의 눈동자가 처음으로 떨렸다.

'올리번과 무슨 관계지? 게다가 나와 만났다라니……. 저런 수상한 자는 기억에 없는데.'

카릴은 그의 변화를 놓치지 않고 유심히 살폈다.

"그가 죽었다니…… 수준 높은 마력과 백금룡의 가호를 가졌기에 가장 가능성에 근접한 자라고 생각했는데…… 재밌는 걸. 언제나 예상을 벗어나는 일투성이라니. 그렇다면 자유국의 수장이 누구냐고 묻는 것은 바보 같은 질문이겠지?"

남자는 흥미롭다는 듯 카릴을 바라봤다.

"그 반대지. 백금룡은 인간을 실험해서 신좌에 오르려고 했다. 결국 우리는 그놈을 처단했고 인류를 구분 짓던 제국을 붕괴시켜 자유의 시대를 열었다."

"백금룡이 신좌를? 음험한 놈인 건 눈치챘지만 인간을 실험 재료로 쓰다니 죽을 만한 짓을 했군. 하나 올리번 슈테안이 인류를 구분 지었다라……."

그는 카릴의 말에 낮은 목소리로 중얼거렸다.

"그럼 이제 내 질문에도 답을 해줄 차례 같은데. 네놈은 누구고 어째서 나를 알고 있는 거지?"

툭-

남자는 천년빙동에 비스듬하게 세워져 있는 파렐에 손을 얹었다.

"당신도 알다시피 파렐은 신이 소멸함과 동시에 사라진다.

네가 율라를 죽이고 인류의 자유를 되찾음으로써 이곳의 파렐이 무너진 것이 그 증거겠지.”

“그래서?”

“이상하지 않아? 신을 죽이면 사라져야 할 파렐이 아직 남아 있다는 사실이.”

카릴은 그의 말에 눈을 흘겼다.

“당신도 알다시피 카이에 에시르는 다른 차원의 신을 신살(神殺)하고 그 여파로 인해 균열 속으로 빠져 이곳에 오게 되었다. 파렐 역시 마찬가지지. 반파되긴 했으나 파렐은 사라지지 않고 이곳에 존재한다. 그렇다면…… 여기서 드는 한 가지 의문.”

검귀라 불리는 남자는 나지막한 목소리로 카릴을 향해 말했다.

“로드(Lord)는 정말로 죽은 것인가.”

웅성- 웅성- 웅성-

남자의 말에 주위는 소란스러워졌다. 카릴은 이대로 둔다면 이야기의 주도권이 그에게 넘어갈 것이라는 생각이 들었다.

“로드가 죽었든 살았든 그게 우리와 무슨 상관이지? 어차피 다른 차원의 신이고 놈의 핵인 디멘션 스파이럴은 파괴되고 봉인되어 영원히 복원되지 않을 것이다.”

스캉-!!

카릴은 검을 그에게 겨누었다.

“네놈이 신을 부활시키려는 수작을 부리는 것이라면 말이 그 목을 베어, 나는 이 땅을 지킬 것이다."

남자는 그의 경고에 낮게 웃고서 자신을 향한 아그녤의 검 끝은 가볍게 눌렀다.

"······?!"

오러 블레이드를 뿜어 내고 있는 검날을 아무렇지 않게 잡자 카릴은 그의 정체에 더욱 의구심을 품을 수밖에 없었다.

"이건 서로 검을 겨눌 일이 아니다. 그래, 카이에 에시르가 남긴 유언장에 신살에 대해서 어떻게 묘사되었지?"

"네놈이 유언장에 대해서 어떻게 알지?"

남자는 손가락으로 언덕 위를 가리켰다.

모두의 시선이 그가 가리킨 방향을 향했고 그곳에서 한 사람이 천천히 걸어오고 있었다.

"데릴 하리안. 네놈······."

밀라아나는 남자의 뒤에 서 있는 마탄(魔彈)을 바라보며 으르렁거리듯 말했다.

"고정하십시오. 저는 주군을 배신하지도 세계를 팔아넘기는 것도 아니니까요. 저는 여전히 주군께 충성하고 있습니다."

"세 치 혀를 잘도 놀리는군. 잘린 팔이 너무 오래 붙어 있었지? 허튼짓을 하는 것이라면 이번 차례는 그 목이 될 거다."

그녀의 매서운 눈초리에 데릴은 쓴웃음을 지었다.

"저는 여전히 주군께 충성할 것입니다. 하지만 그 이전에 황금십자회로서의 행해야 할 일을 이행할 뿐입니다."

황금십자회. 카이에 에시르의 유지로 창립된 마법회인 그들은 확실히 이 세계에 뿌리를 둔 사도들이지만 타 차원의 파렐과 가장 밀접한 자들이라 할 수 있었다.

　"너는 데릴 하리안과 어찌 만났지? 네 말대로 카이에 에시르의 유언장엔 신살에 대한 정보가 남아 있었지만 이해하기 어려운 부분들도 있었다. 나로서도 확인을 해볼 만한 가치가 있는 것이겠지."

　카릴은 두 사람을 바라봤다.

　"아마도 그건 그가 그 책을 단지 유언을 위해 만든 것은 아니기 때문이겠지."

　검귀의 말에 카릴은 데릴 하리안이 처음 자신에게 그 책을 줄 때 그것이 유언장이 아닌 카이에 에시르의 일기장이라고 했던 것을 떠올렸다.

　"당신이 알고 있는 대로 그는 타 차원에서 균열을 통해 이 세계로 넘어온 이방인이다. 자신의 기록을 남길 필요가 있었으며 자신의 수명이 다할 때 자신이 머물렀던 이 세계를 위해 마스터 키를 남겨 둔 것이겠지."

　카릴은 파렐을 올려다보는 검귀에게서 알 수 없는 슬픔을 느꼈다.

　"유언장 이전에 자신의 삶을 기록한 것이란 말이지. 외로운 이 세계에서의 삶을 언젠가…… 진짜 자신을 찾아올 이를 위해서 말이야."

"진짜 자신……."

카릴은 그의 말을 곱씹었다.

"뉴트 브라이언."

그러고는 유언에 남아 있던 카이에 에시르의 진짜 이름을 읊조렸다.

"유언에 적혀 있는 대로라면 이 세계에 오기 이전, 그의 이름으로 알고 있다. 네가 누군지는 모르겠지만 네가 이곳에 온 이유는 카이에 에시르가 아닌 뉴트 브라이언이란 남자를 찾기 위함이란 것은 알겠군."

카릴은 검귀를 바라봤다.

"그렇다면 네가 그 유언장에 적혀 있던 무토란 사내인가?"

카이에 에시르의 유언장에 적혀 있던 동료의 이름.

"아니. 솔직히 말해 이 세계에 온 것은 우연에 더 가깝다. 로드(Lord)가 죽고 난 뒤 부서진 신의 파편들은 당신도 겪었다시피 세계에 악영향을 끼치고 있지. 나는 신살의 임무를 수행한 자로서 그 파편을 수거해야 할 의무가 있다."

"그렇다면 네 말은 네가 카이에 에시르가 살았던 차원의 인간이란 말인가?"

검귀란 남자는 고개를 끄덕였다.

[정말로 차원을 넘는 자가 있을 줄이야. 그것은 균열을 통해서만 가능한 일일진대……. 그마저 인간의 가능성이란 말인가.]

라미느는 검귀를 바라보며 놀라움을 감추지 못했다.

"이상한 일도 아니지. 애초에 우리가 도움을 받은 카이에 에시르가 타 차원의 인간이었으니까. 검귀, 네 말대로 유언장엔 이렇게 적혀 있었다."

폭염왕과 달리 카릴은 담담한 얼굴로 말했다.

"그의 적은 로드(Lord)라 불리는 차원계의 최상위 신이었고 그를 죽임으로써 그가 가지고 있던 디멘션 스파이럴이 산산조각이 나 파편이 되어 차원에 흩어졌다고 말이지. 맞나?"

검귀는 카릴의 말에 다시 한번 고개를 끄덕였다.

"그 과정에서 신의 파편 하나가 그의 몸 안으로 들어왔고 덕분에 그는 차원의 소용돌이에서 살아남을 수 있었다."

"그렇군."

"파렐과 함께 차원을 넘어온 그는 봉인된 우리 세계의 최초의 블레이더를 발견했고 신화 시대의 신에게 반기를 들었던 그들의 패배를 알았다고 했다."

그는 말을 계속 이어갔다.

"카이에 에시르는 우리를 위해 자신의 마스터 키인 비스트(Beast)라 불리는 라이칸스로프의 힘을 남겨 두었다. 그와 동시에 나는 그가 알려준 란체포가 되어 신력을 흡수했다. 그 덕분에 신과의 전쟁에서 이길 수 있었지."

"란체포……? 당신이? 그는 그것까지 유언에 남겼던 건가. 하긴…… 신살을 위해서 필요한 이리지만 스스로 신의 의지가 될 수 있는 인간이라니…… 놀라운 건 그쪽이로군."

검귀는 피식 웃었다.

"그렇다면 당신은 반신(半神)의 영역에 발을 들였겠군. 어때? 신이 된 기분이."

"난 신 따위가 될 생각 없다. 나는 인간의 삶을 택했고 앞으로도 인간으로서 살아갈 것이다. 내가 가지고 있던 디멘션 스파이럴 역시 조각이 났으니까."

"그래."

검귀는 아그넬을 지나 카릴에게로 다가갔다.

"내가 바라는 답이다."

그러고는 그를 향해 낮은 목소리로 말했다.

"또한 내가 찾던 자이기도 하지."

[그만. 언제까지 수다를 떨고 있을 거야? 이 이상 발설하는 것은 좋지 않아. 차원 간의 영향을 끼치게 될 수도 있어.]

그때였다.

'흠?'

알 수 없는 전자음과 같은 목소리가 들렸다. 주위를 빠르게 훑었지만 주위에는 별다른 마법적인 영향은 느껴지지 않았다. 다만 검귀가 그의 귀에 손을 얹고서 대답하는 모습을 발견할 수 있을 뿐이었다.

'통신구 같은 건가? 확실히 마도공학은 아닌데……'

검귀의 귀 안에는 귀마개처럼 검은색의 작은 수신기가 있었는데 조금 전 목소리가 거기서 흘러나온 것임을 카릴은 알 수 있었다.

모든 것이 낯선 모습투성이었다. 하지만 그것이 지금 자신의 앞에 있는 자가 다른 차원의 존재라는 것을 증명하는 것이기도 했다.

"파렐을 무너뜨리는 것을 도와주지 않겠어? 로드의 유물이라 할 수 있는 이것을 부숴야 한다. 이 세계를 위해서라도 말이지."

카릴이 그를 바라봤다.

"당신은 자신의 차원의 신인 율라를 죽이는 데 성공했지만 로드의 파렐이 있는 한 이곳은 언젠가 또 다른 신들의 전쟁터가 될 수 있다. 그리고 당신의 세계가 신들의 유희거리가 된 것처럼 다른 차원들 역시 똑같이 고통 받고 있는 곳들이 있을 수도 있다."

검귀는 봉인되어 있는 파렐을 가리켰다.

"자율의지(自律意志). 당신이 외쳤던 인간의 존엄성을 지키기 위해 우리는 지금도 그리고 앞으로도 싸워야 한다. 그런 의미에서 아직 사라지지 않은 저 탑은 언제 터질지 모를 시한폭탄과도 같지."

그는 목소리에 힘을 주었다.

"인류의 이야기는 여기서 끝이 아니야. 카릴 맥거번. 이제 세계의 확장이 필요한 때이다."

카릴은 그런 그를 바라봤다.

"네 말이 맞다면 어쨌든 우리는 카이에 에시르에게 빚이 있다. 너를 도울 수도 있겠지."

"그렇다면……."

"하지만."

반색하는 남자를 향해 카릴은 차갑게 말했다.

"내가 너를 어떻게 믿지?"

"……."

스윽-

그때였다. 검귀는 손을 들어 자신의 얼굴을 가리고 있던 복면 위에 가져갔다. 탈칵 하는 소리와 함께 복면의 연결 고리가 풀렸다.

복면 속에 나타난 검귀의 얼굴. 생각보다 앳된 얼굴이었지만 그의 얼굴에는 수많은 크고 작은 상처들이 있었고 그것은 그가 얼마나 많은 사선을 넘어섰던 것인지를 단적으로 보여주는 증거였다.

"내가 성급했군. 신살(神殺)을 염원하는 블레이더로서. 당신의 도움을 정식으로 부탁하지. 나와 파렐의 마지막 층을 공략해 주겠는가?"

"그렇다면 네 이름부터 밝혀."

남자는 카릴을 향해 옅은 미소를 지었다.

"뉴트 브라이언과 마찬가지로 이 일이 모두 끝나면 그때 나 역시 당신에게 내 이름을 말해줄 수 있겠지. 지금은 내 이명으로 대신하지."

철컥- 지이이이이잉-!!

그의 말이 끝남과 동시에 땅에 박혀 있던 두 자루의 듀얼 소드가 하나로 합쳐지며 거대한 대검의 형태로 변하였다.

"어센더(Ascender)."

남자는 대검을 등에 사선으로 꽂으며 담담한 목소리로 말했다.

[저 힘은······.]

라미느는 남자를 바라보며 말했다. 피부가 저릿저릿해지는 느낌은 굳이 설명할 필요도 없었다. 누구보다 저 힘을 잘 알고 있는 사람은 다름 아닌 카릴일 테니까.

분명, 신력(神力)이었다.

"허풍은 아닌 모양이군."

그런 그를 향해 말했다.

"카릴 번슈타인이다."

자신이 기억하고 있던 성과 다른 것에 검귀는 살짝 흥미로운 눈빛으로 카릴을 바라봤다.

전생과 다른 미래. 그렇기에 당연한 결과일지도 몰랐다.

"괜찮겠어?"

밀리아나는 걱정스러운 듯 카릴을 향해 물었다. 그런 그녀를 향해 카릴은 옅은 미소를 지었다.

"걱정 마. 신살은 더 이상 불가능 한 일이 아니야. 하물며 고작 죽은 신이 남긴 탑 하나쯤이야."

파렐의 마지막 층.

'내가 기억하지 못하는 기억까지.'

카릴은 또 다른 비밀이 그 안에 남아 있음을 직감했다.

"정말 혼자서 괜찮겠어?"

밀리아나는 걱정스럽게 물었다. 그녀뿐만 아니라 천년빙동을 지키고 있던 북부의 수장들 역시 불안한 기색을 보이긴 마찬가지였다.

"카릴!!"

그때였다. 빙동의 입구에 마법진이 나타나더니 한 무리의 사람들이 그의 이름을 불렀다.

카릴을 이름으로 부를 수 있는 사람은 대륙에도 몇 되지 않았는데 그중에서 저런 대규모 이동 마법진을 쓸 수 있는 마법사는 단 한 명뿐이었다.

"도대체 무슨 생각인 거냐. 파렐 안으로 들어가겠다니. 이제 겨우 그때의 끔찍한 과거에서 조금 벗어나기 시작했는데 또 저곳으로 가겠다고?"

대도서관에 틀어박혀 살던 나인 다르혼은 창백하다고 느껴질 정도로 하얀 얼굴로 그를 노려보며 말했다.

"자신들의 터전이나 신경 쓸 일이지 북부까지 어쩐 일이야. 다들 한가한가 보지?"

"모른 척하지 마십시오. 이게 단순한 일이 아니잖습니까. 게

다가 신살의 10인만 소집하시다니요. 비록 저희의 힘은 미약하지만, 그래도 주군의 곁을 지킨 것은 누구보다 오래되었습니다."

"베이칸의 말이 맞습니다. 저희는 주군의 결정에 언제나 따르겠지만 인사도 없이 떠나시다니요."

키누 무카리는 서운한 듯 말했다.

"떠나긴 뭘 떠나. 잠깐 다녀오는 건데. 말했잖아. 별것도 아닌 일에 호들갑 떨지 말라고. 인사조차 필요 없는 간단한 일이야."

카릴의 말에 사람들은 그럴 줄 알았다는 표정으로 쓴웃음을 지었다.

"신살의 10인이 아니더라도 주군을 생각하는 자들이 이렇게 많다는 것을 알아주셨으면 좋겠습니다."

"쓸데없는 소리 하지 말고 다들 맡은 일이나 충실히 해. 너희는 내가 아니라 너희를 따르는 자들을 돌보는 것이 이제 해야 할 일이다."

카릴은 천년빙동의 입구에서 부하들을 향해 말했다.

"믿고 다녀와도 되겠지?"

와아아아아아아아--!! 와아아아아--!!

병사들의 환호성이 그의 물음에 대답을 대신했고 카릴은 천천히 고개를 끄덕였다.

"주군을 걱정하는 부하들이라…… 겉치레가 아닌 걸 봐서는 꽤 훌륭한 수장이었나 본데?"

"나는 내 세계가 가장 중요하다."

"……?"

"그 세계 안에는 당연히 저들도 포함되어 있다. 나는 완벽하지 않기에 모든 이를 살릴 수는 없었지만 내가 할 수 있는 한 최선을 다해 내 주위를 지키고자 했다. 그리고 적어도 그것이 진심임을 저들은 알고 있는 것이지."

"뭐, 주군으로서의 훌륭한 마음가짐이로군. 그걸 자기 입으로 자랑하는 것은 좀 우스워 보이지만 말이야."

검귀는 카릴을 향해 피식 웃었다.

"그 진심은 여전히 유효하다. 그렇기에 나는 저들을 지키는 데에 있어서 한 치의 망설임도 없다. 블레이더의 이름을 들먹였지만 솔직히 나는 여전히 널 믿지 않아."

"그렇다면 어떻게 날 돕기 위해 함께 파렐 안으로 들어가려 결정한 거지?"

검귀의 물음에 카릴은 냉소를 지었다.

"널 돕기 위해 온 게 아냐."

"흠……?"

"네가 신살을 행하는 자일지 아니면 신의 끄나풀일지는 아직 확인된 바가 없으니까. 만일에 하나 널 죽여야 할 상황이 왔을 때를 대비해서 이 세계에서 가장 피해가 없는 전장을 골랐을 뿐이다. 파렐 안이라면 세계가 붕괴해도 상관없을 테니까."

"하하하. 그 짧은 순간에 그런 결정을 내리다니. 역시……
신살을 이룬 자다운걸."

"물론이지. 너는 내가 기억하지 못하는 전생의 마지막 기억을 가지고 거래를 하려 하는 모양이지만 그 기억의 유무를 떠나 내 강함은 변하지 않는 사실이니까."

"자신 있나 보지?"

"너 하나쯤은."

"그 말을 들으니 든든하군. 파렐의 마지막 층에 잠들어 있는 괴물을 잡아야 하는데 말이야."

하지만 검귀는 카릴의 도발에도 유연한 모습으로 답했다. 오히려 그의 대답이 마음에 든다는 반응이었다.

[쉽게 걸려들지 않는군. 보이는 것과 달리 확실히 속을 읽을 수 없는 자야.]

라미느는 검귀를 살피며 조심스럽게 말했다.

[흐음…… 이럴 때 마스터 키(Master Key)라도 쓸 수 있다면 좋으련만 대전쟁 이후 그들 역시 율라와 함께 사라졌으니 아쉬울 따름이로군.]

그는 함께 있을 때는 티격태격했지만 막상 푸른 뱀의 빈자리가 아쉬운 듯 말했다.

'당연히 쉬운 상대가 아니겠지. 카이에 에시르의 동료라면 다른 차원이긴 하지만 훨씬 더 이전에 신살을 이룬 자일 테니 말이야.'

카릴은 라미느의 말에 여전히 경계를 늦추지 않은 상태로 검귀의 뒤를 따랐다.

"적어도 내가 어느 편에 서 있는 자인지 걱정할 필요는 없어. 나는 누구보다 이 세계의 안녕을 바라니까. 카이에 에시르…… 아니, 뉴트 브라이언이 남긴 마지막 작품이니 말이지."

검귀는 파렐의 입구에 서서 옅은 미소를 지었다.

"자신의 세계로 돌아가지 못하고 이곳에서 생을 마감한 그의 외로운 죽음이 헛되지 않도록 말이지."

우우우우우웅…….

그가 손을 들어 올리자 파렐이 반응을 하듯 빛이 나기 시작했다.

철컥-

즈이이이잉--!!

검귀의 손목에서 날카로운 팔찌 형태의 장치가 튀어나왔다. 그 안에는 에메랄드빛을 뿜어내는 파편이 박혀 있었고 천천히 태엽을 감듯 그의 손목에서 회전하기 시작했다.

파편의 개수는 언뜻 보이는 것만 하더라도 십수 개였다.

'디멘션 스파이럴이 저렇게나 많이…….'

신의 힘을 쓰는 것이 얼마나 위험하고 큰 대가를 치러야 하는 것인지 누구보다 잘 알고 있는 카릴이었기에 저토록 많은 파편을 가지고 있는 그의 모습에 놀라지 않을 수 없었다.

"가지."

검귀는 나지막한 목소리로 말했다.

그그그그그그긍…….

그 순간.

파렐의 문이 열렸다.

'……야!!'

귀를 찢을 것 같은 외침에 카릴은 깜짝 놀라며 주위를 바라 봤다.

매캐한 화약 냄새, 머리가 울릴 정도의 폭음, 지독한 피비린 내까지. 카릴은 생사를 넘나드는 전장의 한복판에 자신이 서 있음을 깨달았다.

스아아앙--!!

날카로운 파공음과 함께 그의 몸이 중심을 잃고 쓰러지며 비틀거렸다.

[케엑……! 케켁!!]

그와 동시에 검은 창이 그를 덮치려던 몬스터의 심장을 꿰 뚫었다.

'정신을 어디에다가 팔고 있는 거야! 죽고 싶어?!'

붉은색 머리카락의 다혈질적인 남자는 몬스터를 찌른 창을 뽑으며 소리쳤다.

'집중해. 다음 웨이브가 온다. 그때도 이런 식이면 같이 일 할 수 없어!'

[무, 무슨…….]

신경질적인 그를 보며 카릴은 어이가 없다는 듯 말했다. 아니, 말하려 했다.

[……목소리가 나오질 않아?]

하지만 겁을 먹은 듯 움츠러진 몸은 그의 의사와는 반대로 잔뜩 굳어 있었다.

'우린 네 보모가 아니라고. 알겠어? 이 애송아!'

위협하듯 손을 들어 올리는 붉은 머리 남자의 모습에 카릴은 자신도 모르게 다시 한번 움찔거렸다.

'힐페론!! 그만하게.'

그 순간 신랄하게 비난하는 남자를 막아서는 또 다른 사내. 그는 수안 하자르처럼 탄탄한 근육을 가진 거구의 남자였다.

'쳇…….'

그의 중저음의 목소리가 내리깔리자 소리치던 붉은 머리의 남자는 입을 다물었다.

'…….'

그들뿐만이 아니었다. 여기저기 몬스터와 싸우는 자들이 있었다. 카릴은 처음 보는 이들의 모습에 어리둥절할 뿐이었다.

"여긴……."

영문을 알 수 없는 풍경에 카릴은 천천히 자신의 손을 들어 올렸다. 자신의 육체이건만 어색하고 불편한 기분을 감출 수가 없었다. 게다가 조금 전 몬스터의 공격을 피하지 못할 리가 없었다.

"이건……."

그 순간, 카릴의 눈이 커졌다. 모든 게 낯설었지만 입고 있는 붉은빛을 띠는 갑옷만큼은 알아볼 수 있었기 때문이다.

바로, 검귀의 것이었다.

쉬이이이이익……!!

그때였다. 마치 모래가 흩날리는 것처럼 주위의 풍경들이 가루가 되어 사라지며 부서지기 시작했다.

"……!!"

카릴은 풍경뿐만 아니라 자신의 몸도 함께 흩어지고 있음을 깨달았다. 시야는 검게 변했고 의식 역시 흐려지고 있었다. 그는 저 바닥 아래로 침전하는 것 같은 기분은 언젠가 경험해 봤던 것임을 깨달았다.

그것은 아인헤리에서 처음 용의 심장을 먹고 리세리아의 기억을 보았을 때와 같았다. 바로 기억의 파장 속에 스며들었을 때 일어나는 현상이었다.

"……헉!"

검은 시야를 뚫고 새하얀 빛이 쏟아졌고 카릴은 참았던 숨을 토해냈다.

"깨어났나? 생각보다 빠른걸."

귓가에 울리는 목소리에 카릴은 고개를 돌렸다. 조금 전 전장의 풍경은 온데간데없이 사라지고 몬스터들과 싸우던 사람들 역시 존재하지 않았다.

"여긴……."

카릴은 모닥불을 피우고 그 앞에 앉아 있는 검귀를 바라봤다. 정확히는 그가 입고 있는 갑옷이었다.

검은 갑옷과 붉은빛 외형의 변화는 있지만 확실히 조금 전 자신이 입고 있었던 갑옷과 닮았다는 것을 카릴은 알 수 있었다.

"파렐 14층."

"14층? 1층이 아니라?"

"시간 낭비하고 싶지 않거든. 평범한 자가 파렐의 문을 연다면 1층에서부터 올라가게 되겠지만 나는 좀 달라서 말이야."

검귀는 자신의 손목에 달려 있는 신의 파편을 보이며 카릴에게 말했다.

"태엽을 빨리 감는 것처럼 하위의 층을 건너뛰었지. 파렐을 공략한 자만이 가능한 방법이긴 하지만…… 시간을 역행하는 회귀와는 또 반대로 시간의 축이 어긋나는 것이라 나름의 대가를 치러야 하지."

그는 쓰러져 있던 카릴을 가리키며 말했다.

"조금 더 안정을 취하는 게 좋을 거야."

"꿈인지는 모르겠지만 이상한 광경을 봤다. 마물들은 분명 타락(墮落)이었으나 그것과 싸우는 병사들의 모습은 우리 세계와는 달랐다."

"흐음, 그래?"

"힐페론. 아마 그 사내의 이름 같던데…… 일행인 듯한 자들이 그를 그리 부르더군. 뭔가 알고 있는 게 있나?"

"아무래도 층에 남아 있는 기억이 당신과 동조를 한 모양이로군. 당신이 들어갔다 온 것은 내 기억이다. 그런데 14층의 기억이라면…… 하필이면 꼴사나운 걸 보여줬겠군."

카릴의 말에 그는 쓴웃음을 지었다.

"그럼 그가 당신이었나?"

"맞아. 이 파렐은 내가 살던 세계에 있던 것이니까. 그곳의 기억이 잔재하고 있지. 우리 역시 파렐을 공략했으니 말이야."

"카이에 에시르의 유언을 봤지만 솔직히 타 차원의 존재에 대해서 반신반의했는데 직접 눈으로 보니 이제야 실감이 되는군."

확실히 달랐다. 병사들이 두르고 있는 갑옷들은 그의 세계에 있는 무구라기 보다는 오히려 기계에 가까웠고 마도공학과는 분명 차이가 있었다.

"신력을 가진 지금과는 많이 다르던데."

"약했지?"

"한숨이 나올 정도로."

"크큭……."

카릴의 말에 검귀는 쓴웃음을 지었다.

"인간은 누구나 약했을 때가 있으니까. 안 그래? 그 당시 나는 강함보단 약함에 더 가까운 자였고 그때의 나의 세계는 당

신의 전생만큼 별 볼 일 없는 미약한 힘까지 모두 동원해야 할
정도로 사투를 벌였을 때였지."

타닥…… 타닥…….

검귀는 마치 그 기억을 잊어버리려는 듯 타고 있는 모닥불
을 들쑤시며 낮게 말했다.

"파렐을 공략하기 위해 인류는 싸울 수 있는 자를 모두 끌
어모았다. 물론, 패배했지만."

"패배? 하지만……."

카이에 에시르의 유언에 의하면 그들의 세계는 자신보다 더
빨리 신살을 이루었다.

뿐만 아니라 파렐이 이곳에 있다는 것은 그의 세계엔 이제
신도 파렐도 존재하지 않는다는 것을 의미했으니 그것은 패배
가 아니라 명백한 승리일 터.

카릴은 그의 말에 불현듯 한 가지 가능성을 떠올랐다.

"설마 당신도 회귀자인가?"

"글쎄. 내가 가진 시간 축은 이미 바뀔 때로 바뀌고 어긋나
서 단순한 회귀자라고 해야 할지 모르겠지만."

검귀는 천천히 자리에서 일어섰다.

"그러면 그게 내가 떠올리지 못하는 마지막 층의 기억과도
관련도 있는 건가?"

"잡담은 여기까지. 검을 들어. 마물들이다."

그는 대답 대신 옆에 세워 둔 대검을 움켜잡았다.

대답을 회피하는 그를 보며 살짝 인상을 찡그렸다.

콰앙--!!

검귀를 물끄러미 바라보던 카릴은 결국 고개를 젓고는 아그넬을 뽑아 신경질적으로 어둠을 향해 힘껏 던졌다.

[케엑……!! 켁!!]

[카아아악……!]

타락이 내지르는 비명이 여기저기에서 터져 나왔다.

"약자는 뒤로 가 있어."

카릴은 놀리듯 그에게 말했다.

"카릴!!"

검귀의 외침에 카릴은 본능적으로 검을 그었다.

[케겍……! 칵!!]

드리워졌던 어둠은 이제 사라지고 파렐 안은 마치 또 다른 세계인 것처럼 서서히 해가 떠올랐다. 모든 것을 태워 버릴 것처럼 뜨거운 태양이 두 사람의 머리 위에 내리쬐고 있었고 어둠이 사라지고 난 뒤 카릴은 자신이 사막 한가운데 있다는 것을 깨달았다.

'그때도 이런 곳이 있었나……?'

자신을 향해 고대한 베틀 엑스를 휘두르는 몬스터의 공격을 막아내며 카릴은 생각했다.

[캬악! 크르르르……!!]

공격이 막히자 놈은 으르렁거리며 그를 향해 포효를 질렀다. 놈은 드래곤의 얼굴을 하고 있지만 그 밑은 인간의 몸처럼 두 발로 서 있는 이종족이었다. 5m에 달하는 거대한 체구와 함께 들고 있는 베틀 액스의 날엔 검붉은 피딱지가 말라붙어 있었다.

[쿠흐흐흐흐흐……]

녀석이 콧구멍을 씰룩이면서 숨을 토해내자 새하얀 김이 양 갈래로 솟구쳤다.

"드레노어라고 부르는 저놈은 드래곤의 유사종들이야. 14층의 플로어 보스답게 비늘이 단단하고 힘과 체력도 월등히 높다. 조심하는 게 좋아."

검귀의 말에 카릴은 살짝 그를 노려봤다.

"그런 설명을 할 시간 있으면 차라리 돕는 게 어때? 언제까지 멀뚱멀뚱 구경만 하고 있을 거지?"

"글쎄. 약자는 뒤로 물러서라고 누가 그러더라고."

카릴의 핀잔에 그는 장난스럽게 어깨를 으쓱하면서 대답했다.

그의 능청스러움에 카릴은 어이가 없었지만, 한편으로는 눈앞의 적을 두고 여유로운 모습은 지금 자신이 상대하는 마물이 검귀에겐 위험한 상대가 아니라는 의미이기도 했다.

'수많은 타락을 죽였지만 이 정도 수준의 타락은 손에 꼽히는데…… 저자의 실력을 가늠하기 어렵겠어.'

쾅-!! 콰가가가강--!!

카릴은 드레노어라 불리는 마물의 공격을 피하며 순식간에 그의 품 안으로 파고들었다.

파앗! 팟!! 파바밧……!!

그의 모습이 사라지듯 지그재그로 공중에서 움직였고 마물은 카릴의 속도를 따라가지 못한 듯 녀석의 전신에서 아그넬의 검날이 일으키는 불꽃이 튕기듯 피어올랐다.

2번째 외뿔 자세(Unicorn Posture).

공중에서 검을 아래로 꺾으며 카릴이 드레노어의 쇄골에 검을 찔러 넣었다.

[크아아아아아--!!]

두꺼운 비늘을 뚫고 아그넬이 녀석의 살점을 파고들었고 화르륵……! 소리와 함께 박힌 검날에서 폭염왕의 불꽃이 일었다.

커다란 입에서 터져 나오는 포효에는 고통이 담겨 있었고 녀석은 신경질적으로 베틀 액스를 연신 휘두르기 시작했다.

부우우우웅……!!

거대한 풍차가 돌아가는 것처럼 바람을 가르는 매서운 풍압 소리에 카릴의 몸이 휘청거렸다.

"큭?!"

그는 공중으로 뛰어오르며 드레노어의 공격을 피했다. 아슬아슬하게 도끼날이 카릴의 다리 아래로 스치듯 지나갔다.

[쿠오오오!!]

바닥에 착지한 카릴을 향해 드레노어가 머리 위로 자신의 도끼를 들어 올렸다. 마치 단두대의 날처럼 수직으로 떨어지는 거대한 도끼가 지면에 박히는 순간 사막의 모래가 사정없이 흩뿌려졌다.

그때였다. 찰나의 순간 모래 사이로 번쩍이는 빛이 일순간 나타났다 사라졌다.

"흠."

그 모습을 바라보던 검귀가 살짝 눈을 흘겼다.

후드드드득.

솟아올랐던 모래들이 비처럼 땅에 떨어졌고 바닥을 내려쳤던 드레노어는 도끼의 손잡이를 잡은 채로 우두커니 서 있었다.

"후우……."

카릴은 머리와 어깨에 묻은 모래를 털어내면서 낮게 한숨을 내쉬었다.

툭-

그 순간 굳은 채로 서 있던 드레노어의 머리가 바닥에 떨어졌다. 매끈하게 잘린 절단면은 피조차 흐르지 않았다.

"이게 이 층의 보스라고 했던가?"

카릴은 보란 듯이 검귀를 향해 물었다.

"별거 아니군."

"쾌나 애를 먹었던 녀석인데…… 마력이 존재하는 차원은 확실히 다른걸. 역시 인정할 수밖에 없겠어."

검귀는 그 모습에 졌다는 듯 고개를 가로저으면서 웃고 말았다.

"조금 전 그건 뭐지? 드레노어의 목을 자를 때 특이한 검술을 쓰던데."

"눈썰미는 있는 녀석이로군. 섬격(殲擊)이라 한다."

카릴은 극상의 속도를 자랑하는 자신의 검술을 알아차린 검귀를 보며 그 역시 다른 의미로 검귀의 실력을 가늠했다.

"마력이 있어야 쓸 수 있는 검술인가?"

"처음에는 마력을 기반으로 하였지만 지금 와서는 꼭 그렇지 않다고 볼 수 있다. 마력 대신 정령력을 응용할 수도 있지만 섬격은 두 개의 속성을 한꺼번에 써서 충돌시키는 반발력으로 만들어지는 것이기에 정령력이든 마력이든 검술 이외의 것이 뒷받침돼야 할 필요 있겠지."

"흐음……."

그의 대답에 검귀는 가볍게 손가락을 튕겼다.

파즈즉……! 팍!

그러자 그의 손가락 사이에서 날카로운 불꽃을 머금은 스파크가 일었다.

"……?!"

"이런 식으로 하는 건가. 어렵군."

대수롭지 않게 말하는 그의 모습에 카릴은 기가 막힐 뿐이었다.

'섬격과는 다르지만 서로 다른 속성을 저렇게 아무런 반발 없이 동시에 제어할 수 있다니…… 도대체 어떻게 된 놈이야?'

"속성의 제약만 해결할 수 있다면 다른 사람들도 쓸 수 있다는 말이겠지?"

"검이란 원래 사람을 가리지 않아. 하지만 검술을 익히기 위해서는 결국 재능이 필요하겠지. 그것이 뒷받침된다면 아마도…… 불가능한 것은 아니다."

"그렇군. 만약 그 검술이 알려지게 된다면 타락을 상대하는 데 꽤 도움이 되겠어."

카릴은 진심으로 고민을 하는 그의 모습에 어이가 없다는 듯 헛웃음을 지었다. 섬격(殲擊)은 그가 최초의 블레이더인 쥬덱스의 검술을 통해 새로이 만든 궁극기였다. 단순히 익힐 수 있느냐 없느냐 하는 문제가 아니었는데 눈앞에 이자는 그 비기를 진심으로 다른 이에게 익힐 방법을 찾는 것 같았다.

"넌 정말로 타락과의 싸움을 위한 준비를 하는 것 같군."

"내가 했던 말 기억해? 신살은 아직 끝나지 않았다는 말 말이야. 단순히 당신을 도발하려고 했던 말이 아냐. 내가 살던 세계를 주관하던 로드는 사라졌고 당신의 세계의 대전쟁 역시 끝났지만 블레이더의 싸움은 여전히 계속되고 있다. 비록 우리의 차원이 아니더라도 우리가 겪었던 일들은 다른 차원에서도 계속해서 벌어지고 있지."

검귀는 낮은 목소리로 말했다.

"나는 이 전쟁을 정말로 종결시키고자 한다. 그러기 위해서는 우리가 저지른 실수를 만회해야 할 의무가 있지."

"실수?"

"카이에 에시르의 유언에 있던 로드의 신살 이후 부서진 디멘션 스파이럴의 파편으로 인해 남은 신들이 힘을 얻고 로드의 아래에 있던 77차원은 이제 서로 연계되어 새로운 독립된 차원을 구성하고 스스로를 다신이라 칭하게 되었다."

"하지만 그걸 당신의 실수라고 할 수는 없을 것 같은데. 신살을 이루는 것은 인간이 인간답게 살기 위함이다. 물론 완벽한 결말이 가장 좋겠지만 그로 인한 과정에서 벌어진 어긋남은 결국 우리가 인간이기에 일어나는 것일 테니까."

카릴의 말에 검귀는 쓴웃음을 지었다.

"어쩐지 고마운걸. 냉정한 당신이 그렇게 얘기해 주니 말이야."

"사실을 이야기했을 뿐이다. 그렇게 따지면 나 역시 실수를 저질렀는걸."

"흠?"

"나는 재해를 겪고 파렐에 들어왔을 때 각 층이 다신의 힘을 상징한다는 걸 깨달았다. 그렇기에 신살(神殺)이 단순히 율라를 죽여서 끝나지 않을 것임을 직감했지."

"옳은 말이야."

"그렇기에 치밀하게 계획을 짰다. 신을 속이고 힘을 숨기며 열 명의 신을 모조리 죽이기 위한 계획 말이지."

꽈악-

아그넬을 쥔 손에 힘이 들어갔다.

"하지만 한 명을 놓치고 말았다. 락슈무라는 신이다. 예상하지 못한 일이지. 신이 신을 잉태하고 있을 줄이야. 열 번째 신은 죽었지만 그 안에 남아 있던 신의 씨앗은 다른 차원으로 도망쳤다. 아마…… 락슈무의 이름을 물려받을 그 신에 의해 또 다른 차원의 인류가 고통받겠지."

"걱정하지 마. 내가 로드를 죽이고 당신이 율라를 멸하며 신살을 이루었듯 다른 차원의 인류 역시 살아남을 테니까. 인간은 그리 약하지 않아."

검귀의 말에 카릴은 쓴웃음을 지었다.

우우우우웅…….

그가 손바닥을 하늘을 향해 뻗자 불투명한 탑의 모형이 나타났다.

"이 세계의 주인이었던 율라를 비롯한 10명의 신들은 과거엔 77차원의 신들 중 하나에 불과했다."

영상은 꼭 마법처럼 보이지만 마력이 느껴지지 않아 카릴은 신기한 듯 바라봤다.

"하지만 로드의 죽음 이후 그들이 뭉쳐 차원을 새로이 만들었고 오직 로드만이 만들 수 있던 파렐까지 창조해냈지. 물론, 로드의 파렐보다 열화(劣化)된 저층(低層)의 것이지만."

"잠깐. 그게 무슨 뜻이지? 네 말은 내가 공략한 파렐이 로드의 것보다 약한 것이란 말이야?"

"맞아."

카릴은 그의 말에 인상을 찡그렸다. 시간을 거슬러 오르기 위해 도전했던 파렐 속에서 그가 얼마나 오랜 세월을 감내하며 고통을 이겨냈던가. 그런데 그가 오른 그 파렐이 사실은 낮은 단계라고 하니 기분이 나쁘기보단 어이가 없을 따름이었다.

"오해하지 마. 그건 어쩔 수 없는 일이니까. 다신이 만든 것과 로드의 것은 처음부터 다른 것이라서 말이야. 당신도 이상하게 느꼈을걸. 당신이 겪은 파렐은 14층이 없었을 테니까. 하나의 신이 하나의 차원 즉, 파렐의 한 층을 만들 수 있는 상황이니 말이야."

검귀의 말은 틀리지 않았다. 파렐 안은 일종의 재해의 축소판이라 할 수 있었고 열 명의 신과 열 가지 재해와 마찬가지로 파렐의 층수 역시 10층이 끝이었기 때문이다.

"당신의 세계에서 파렐은 몇 층까지 있었지?"

"15층."

"……할 말을 잃게 만드는군. 내가 겪었던 파렐보다 다섯 개나 더 있다니. 당신이 상대한 로드는 도대체 얼마나 강한 존재인 거야?"

"강함으로 구분 지을 수 있는 일이 아냐. 다만 그만큼 신살을 이루기 위해 우리는 수많은 시행착오를 겪었다. 많은 사람이 희생됐고 때로는 죗값을 치르기도 했지. 당신도 실수를 반복하지 않기 위해 시간을 역행했잖아."

검귀는 그렇게 말했지만 카릴은 쉽사리 이 상황을 받아들이기 어려웠다.

"게다가 당신이 죽인 드레노어는 내가 있던 세계의 14층의 보스다. 그런 녀석을 쉽게 죽였잖아? 당신의 강함은 이미 신에 닿아 있다고 봐도 무방해. 실제로 신력을 사용하기도 했지?"

그는 카릴의 목덜미에 남아 있는 검은 상처를 가리켰다.

"우리는 흑혈(黑血)이라 부른다. 신력의 찌꺼기가 혈관에 남아 생기게 된 상처지. 사실 흑혈이 진행된 순간 살아남는 것은 어렵다고 봐야겠지만…… 당신은 신의 영역에 도달한 자라 가능했겠지."

카릴은 검귀의 말에 대전쟁 당시 디멘션 스파이럴을 사용했던 다른 이들을 떠올렸다. 에이단과 수안 하자르, 자르카 호치와 토스카를 비롯해서 크웰까지…….

확실히 그의 말처럼 신력을 사용했던 그들은 모두 그 힘을 감당하지 못한 채 죽었다.

"당신은 실로 인간의 가능성을 보여주는 증거라고 할 수 있겠지."

"그렇게 따진다면 당신은? 내가 상대한 신보다 더 강한 신을 죽였던 당신의 검술을 남기는 게 더 확실한 방법 같은데."

"미안하지만 내 것은 일반적이지가 않아서 말이지. 알려주고 싶어도 알려줄 수가 없다. 아니, 정확히는 알려줘도 배울 수 없다는 게 맞겠지만."

카릴의 물음에 검귀는 아쉽다는 듯 쓴웃음을 지었다.

"내 섬격은 일반적인 수준이란 뜻인가?"

하지만 그의 대답에 카릴은 오히려 되물었다.

"하하하, 곡해해 듣지 마라. 어디까지나 가능성의 이야기니까. 이 세계의 강자들이라 할지라도 당신의 검술을 배울 수 있는 자는 정말 손에 꼽힐걸. 단지 내가 말하고자 하는 것은 강함의 척도를 보는 시야 역시 확장시킬 필요가 있다는 것이야. 세계가 아닌 차원의 영역으로 말이지."

"흐음……."

"당신에게 이런 얘기를 하는 것은 내가 단지 흩어진 디멘션 스파이럴을 회수하기 위함만이 아니기 때문이다. 당신이 놓친 신처럼 아직 차원에는 남아 있는 신들이 있지. 놈들이 완벽하게 사라지지 않고서야 우리의 전쟁은 끝나지 않을 거야."

"계속해서 싸울 생각이군."

"처음부터 이 싸움은 끝난 적이 없어."

검귀는 자신의 대검을 들고 천천히 앞으로 걸어갔다. 사막의 끝에 보이는 거대한 문이 파렐의 마지막 층을 향하는 문이라는 것을 알 수 있었다.

"하지만 포기하지 않고 오른다면 결국 탑엔 정상이 있다. 우리 세계에선 파렐을 등대라 불렀지. 인류를 새로운 미래로 이끌 것이라고 말이야."

"웃긴 소리군. 파렐은 그저 고약한 신들의 유희물에 불과해."

"맞아. 나 역시 그렇게 생각했으니까. 하지만 이제 와 돌이켜보면 틀린 말도 아냐. 파렐의 등장으로 인해 결국 인류는 새로운 미래를 맞이했으니까."

검귀는 낮은 목소리로 답했다.

"신살(神殺)의 미래."

두근-

그 순간 카릴은 자신도 모르게 심장이 크게 요동침을 느꼈다.

"저 끝이 마지막이라고 했지? 빨리 끝내고 돌아가지. 전쟁은 이제 지긋지긋하니까."

하지만 그 고동을 애써 무시하며 그는 걸음을 옮겼다.

"글쎄. 저 끝이 마지막이 될지 또 다른 시작이 될지는 당신의 선택에 따라 달라지겠지."

"무슨 헛소리야? 파렐을 무너뜨리면 내가 놓친 기억을 찾을 수 있다고 했잖아. 내가 바라는 것은 그뿐이다. 새로운 시작 따윈 없어. 카이에 에시르에 대한 보은은 여기까지야."

검귀는 그런 그를 보며 가볍게 어깨를 으쓱했다.

"글쎄. 이제 우리의 싸움은 단순히 하나의 세계에 국한된 것이 아니니까. 좋든 싫든 간에 모든 곳이 전장이 될 수 있다."

"내 세계를 침범하는 놈이 있다면 가만두지 않아."

"그러기 위한 준비다."

자신을 노려보는 카릴을 향해 그는 나지막한 목소리로 말했다.

"당신이 파렐을 넘어 미래를 바꾼 것처럼. 또다시 찾은 이 파렐에서 카릴, 당신은 새로운 각성의 순간을 맞이할 거야. 결정은 그때 가서 해도 늦지 않아."

카릴은 그를 바라봤다.

"파렐의 마지막 층. 모든 시작이 있었던 곳."

휘이이이잉--

뜨거운 사막을 가로 지르는 바람 소리가 마치 카릴을 부르는 것처럼 들려왔다.

3.

쿠우우웅--

육중한 굉음과 함께 15층의 문이 닫히자 어둠이 찾아 왔다. 조명이 켜지듯 카릴의 머리 위에서부터 하나둘 앞으로 뻗어 나가는 빛들이 15층을 밝히기 시작했다.

저벅- 저벅- 저벅-

카릴은 자신을 향해 다가오는 발걸음 소리를 들었다. 어쩐 일인지 그와 함께 문을 넘어 들어온 검귀가 보이지 않았다.

"이봐. 어디에 있는 거지?"

그가 외쳤지만 돌아오는 것은 침묵뿐이었다.

그때였다. 발걸음 소리가 멈추고 카릴을 향해 들려오는 목소리에 그는 고개를 돌렸다. 마치 성대가 제대로 만들어지지 않은 것처럼 쇠를 긁는 소리 같은 기괴한 목소리였다.

"……?!"

하지만 그 목소리와는 달리 카릴의 시야에 들어온 것은 놀랍게도 아리따운 여인이었다. 그녀는 은색의 빛이 찬란하게 발하는 갑옷을 입고 있었다. 처음에는 어둠 속에서 그녀의 얼굴이 보이지 않을 정도로 강렬한 빛을 뿜어내고 있었는데 빛이 사라짐과 동시에 그녀의 두꺼운 갑옷이 눈에 들어왔다. 반면 거대한 갑옷에 비해 그녀의 팔과 다리는 무척이나 가리고 여렸다.

은색의 아머 사이로 보이는 적색의 문양은 마치 불꽃을 형상화한 것 같이 당장에라도 살아서 피어오를 듯 보였는데 그 모습이 너무나 아름다워 카릴은 자신도 모르게 넋을 잃고 말았다.

"여인의 미모가 아니라 갑옷의 불꽃에 반하는 사람은 당신이 유일하겠어."

카릴은 등 뒤에서 들려오는 검귀의 목소리에 그제야 정신을 차린 듯 피식 웃었다.

"저건?"

"15층의 보스, 에티넬. 파렐의 마지막을 지키는 파수꾼이지. 저 녀석을 쓰러뜨리면 파렐은 무너진다."

"간단하군. 너희 차원의 파렐은 꽤나 친절한걸. 마지막 층의 보스가 단독으로 기다리고 있다니 말이야. 고민할 필요 없이 전력을 다할 수 있겠어."

"그거야 전적으로 쓰러뜨릴 수 있는 전제하에서 가능한 일이겠지."

"흥."

검귀의 말을 뒤로한 채 카릴은 아그넬을 그녀에게 겨누었다.

"……!!"

그녀의 영역 안으로 들어서는 순간 카릴은 자신도 모르게 숨이 턱 하고 막히는 기분이 들었다.

쿠그그그그그그……!!

지진이라도 일어난 것처럼 발밑이 요동쳤고 카릴은 처음으로 율라를 마주했을 때보다 더 강렬한 위압감을 느꼈다.

"이게 무슨……."

[조심해!]

라미느의 외침이 들렸고 그 순간 마치 중력이 그를 찍어 누르는 듯한 압박감에 양쪽 어깨가 짓눌리는 기분이었다.

"크윽?!"

카릴은 자신을 누르는 에티넬의 힘에 순간 얼굴이 굳어졌지만 이내 곧 언제 그랬냐는 듯 아그넬을 잡은 손에 힘을 주었다.

콰아아아아아아아아앙--!!

그가 허공에 검을 긋자 날카로운 굉음과 함께 그를 짓누르던 압박이 산산조각 나며 깨졌다.

팟-!!

그뿐만이 아니었다. 카릴을 짓누르던 에티넬의 뺨에 날카로운 상처가 생겼고 붉은 피가 주르륵 흘렀다.

"흐음."

검귀는 그 모습을 흥미로운 듯 바라봤다.

"그 순간에 반격까지 할 줄이야. 확실히 신살을 이룬 자답군."

우드득-

하지만 그의 칭찬이 무색하게 에티넬은 자신의 **뺨**에 흐른 피를 손등으로 닦아내고는 무표정한 얼굴을 꺾으며 카릴을 바라봤다.

그녀의 눈빛엔 의혹이 가득했다. 마치 태어나서 처음으로 상처를 입어 본 듯한 의문 가득한 얼굴.

직각에 가깝게 꺾인 그 모습은 기괴하기 짝이 없었는데 그녀의 **뺨**이 씰룩이는 순간 쿠르르르르…… 하는 소리와 함께 하늘이 완전히 붉게 변하기 시작했다.

마치 핏빛처럼.

"하지만 아무래도 화를 돋운 것 같은데."

콰앙-!!

카릴은 망설임 없이 그녀를 향해 뛰어들었다. 신속이라 명명할 수 있을 정도로 엄청난 속도의 질주였다.

촤르르르륵--!!

고개를 꺾어 앞을 바라보던 에티넬이 카릴이 다가오는 순간 허리를 꼿꼿하게 폈다. 그러자 그녀의 등 뒤로 8쌍의 날개가 돋아났다.

"후웁!!"

카릴이 숨을 들이마시며 아그넬의 검날에 마력을 쏟아부었다.

콰가가가각--!!

아그넬이 공기를 가르는 순간 라미느의 폭염과 그의 아케인 블레이드가 만나 맹렬한 폭음을 뿜어내며 그녀의 목을 노렸다.

일격, 이격, 삼격, 사격······.

고작 한 호흡에 불과한 짧은 순간 카릴의 검은 마치 춤을 추듯 수십, 수백 합을 부딪쳤다.

스캉-!!

삼백 합이 넘어가는 순간 카릴의 검이 에티넬을 스치고 지나갔고 그녀가 두르고 있던 두꺼운 갑옷의 어깨 부분이 퍽! 소리를 내며 부서졌다.

"······?!"

시종일관 무표정한 에티넬의 얼굴에 처음으로 당혹감이 서렸다. 카릴은 그 순간을 놓치지 않았다.

타앙-!!

경쾌한 소리와 함께 에티넬의 몸이 휘청거렸다. 허리를 감싸고 있던 두꺼운 플레이트 메일이 카릴의 공격에 부서지자 그 충격에 그녀는 뒤로 밀려났다. 아름다운 외모와는 어울리지 않는 거친 목소리가 튀어나왔다. 귀를 찢을 듯한 비명과 함께 그녀가 검을 움켜쥐며 카릴을 향해 달려들었다.

화르륵······!!

에티넬의 검이 새하얗게 빛나더니 마치 빛의 불꽃이 일렁이는 것처럼 검날에 영롱한 빛이 아로새겨졌다. 카릴은 그녀가 뿜어내는 빛의 힘을 바라보며 눈썹을 찡그렸다.

철컥-

자신을 향해 날아오는 검을 바라보며 오히려 카릴은 반대로 아그넬을 검집에 집어넣었다.

'흠?'

지금까지와는 다른 그의 모습에 검귀가 그를 주목했다.

콰즈즈즈즈즉--!!

달려오는 에티넬의 주위에서 수십 가닥의 낙뢰가 카릴을 향해 떨어졌다.

"이게 파렐의 마지막 보스?"

사방이 요동치는 와중에도 카릴은 여전히 검집에 넣은 검의 손잡이를 잡은 채로 가만히 서 있었다.

"같잖군."

카릴은 천천히 고개를 들며 에티넬을 바라봤다.

"내 검술의 한낱 유흥거리에 지나지 않아."

철컥-

다시 한번 검집이 떨리는 소리가 들렸다. 하지만 조금 전 소리와 전혀 달랐다. 그것은 검을 뽑어 내는 날카로운 파공음이었다.

스카카카카……!!

카릴이 검을 뽑는 순간 매서운 소리가 들렸고 마치 맹수의 으르렁거림처럼 검이 포효했다.

그의 검이 뽑히기 바로 직전 에티넬의 검격이 먼저 카릴을 향해 쏟아졌다.

부-우-우-웅-!!

콰강--!!

그녀의 검이 횡으로 그어지자 날카로운 빛무리들이 카릴에게 쏟아졌다. 맹렬한 빛들이 사방에서 폭발했고 여기저기 커다란 구멍이 바닥에 생겼다.

하지만 그녀의 공격은 거기서 멈추지 않았다. 한차례 폭발을 뚫고 빛의 날개가 퍼덕이자 에티넬이 상공으로 솟구쳤다.

쩌적-!

그녀가 양손으로 검을 잡자 검날에 닿는 공기가 마치 찢기듯 떨렸다.

그녀가 알 수 없는 언어로 소리치며 카릴을 향해 검을 갈랐다. 아니, 가르려 했다.

콰아앙……!!

충격음과 함께 에티넬이 쥐고 있던 빛의 검이 폭발하며 잘려 나갔다.

휘이이익……!

깨끗하게 부러진 검의 절단면 위로 공기가 응축되듯 바람이 휘몰아치더니 공간이 뒤틀렸다.

"컥…… 커컥……."

숨을 쉴 수 없는 창백한 얼굴로 에티넬이 아래를 내려다보

며 거칠게 헐떡였다. 마치 소용돌이처럼 회전하며 빨려 들어
가는 공간에 그녀의 목이 우드득……! 하며 비틀리고 꺾였다.

"키에에에에엑--!!"

그와 동시에 터져 나오는 비명. 하지만 자신을 집어삼키는 그
녀는 일그러진 공간에 빨려 들어가지 않기 위해 안간힘을 썼다.

검의 6번째 자세-경계 베기(境界絶).

카릴이 도달한 검의 극의 중 하나인 그것은 백금룡의 목을
베었던 검술이었다. 드래곤의 비늘마저 일도양단했던 그 검술
은 5년의 시간이 흐른 지금 그때와 명백하게 달라져 있었다.

그 당시엔 단순히 경계의 영역을 베어내는 수준이었다면 지
금은 경계를 소멸시키는 것에 가까웠다. 그 증거로 검격이 지
나간 자리에 일어나는 소용돌이는 마치 뭐든지 집어삼키려는
괴물처럼 에티넬은 집요하게 물어뜯고 있었다.

"흠."

카릴은 고개를 들었다. 에티넬은 맹렬하게 쏟아붓던 자신의
공격 틈 사이로 언제 그가 검을 뽑았는지도 인지하지 못했다.

"커컥…… 커커거걱……."

하지만 이미 그의 검은 다시금 검집 안으로 철컥- 하는 소리
와 함께 들어간 지 오래였다.

"무슨 말을 지껄이는 것인지 관심 없지만 적어도 비명만큼
은 똑같군."

남은 것은 그녀를 바라보는 카릴의 담담한 눈빛뿐이었다.

퍼억-!!

에티넬의 머리가 끝내 그가 만든 경계의 틈의 압박을 이기지 못하고 사정없이 폭발하듯 터졌다.

부르르르…….

얼굴이 날아간 에티넬의 몸이 바닥에 쓰러지며 떨렸다.

서걱-

카릴은 망설임 없이 그런 녀석의 주검을 다시 한번 베며 혹시라도 있을 부활의 가능성마저 없애 버렸다.

"이게 끝인가?"

그는 고개를 돌려 검귀를 바라보며 말했다. 파렐의 마지막 층을 지키는 파수꾼의 죽음이라고 하기에는 허무할 정도로 간단했다.

하지만 그것이 에티넬이 약해서가 아니었다. 이곳 파렐의 머문 타락들보다 카릴의 존재가 월등하게 강했기 때문이다.

"역시…… 대단하군."

검귀는 그런 그를 향해 말했다.

후…….

가는 숨소리가 들렸다. 그 순간 마치 카릴은 자신이 서 있는 공간이 거울이 깨지는 것처럼 금이 가기 시작함을 깨달았다.

"파렐이 무너지는군. 마지막 플로어 보스를 무너뜨렸기 때문에 그런 것이겠지. 당신 덕분에 큰일을 끝냈어. 고맙다는 말을 하고 싶군."

"웃기지 마."

그때였다. 자신을 향해 내민 검귀의 손을 바라보며 카릴은 코웃음을 쳤다.

"나를 속이려 들지 마."

"무슨?"

"신살을 이룬 시점에서 이미 파렐은 무너진 것이다. 그리고 나는 우리 세계의 파렐이 나타나기 이전에 이곳 천년빙동의 파렐을 온 적이 있다."

"……"

"비록 끝까지 오르진 않았지만 나는 카이에 에시르가 남긴 라이칸스로프의 힘을 길들이기 위해 이 파렐을 이용했다. 확신할 수 있다. 이곳엔 15층이 없다. 아마도 이미 파렐은 로드의 죽음 이후 부서진 채였기에 아마 제 기능을 상실한 것이겠지."

그 순간 검귀의 한쪽 입꼬리가 살짝 올라가는 것을 카릴은 놓치지 않았다.

"파렐은 이미 무너졌다."

카릴은 에티넬의 시체를 검으로 가리켰다.

"이건 네가 만든 거지?"

쿠그그그그……

무너지는 경계 속에서 카릴은 나지막한 목소리로 말했다.

"실제로 살아 있는 타락들이 아닌 환상에 불과한 것이란 말이다. 아마도 네 기억 속의 것들을 형체화한 것에 불과하겠지."

"무슨 말인지 모르겠군."

"어째서 내게 14층과 15층의 파수꾼들을 상대하게 만든 것이지? 내 힘을 가늠하기 위함이라도 되나?"

"하, 하하……!"

그 순간 카릴을 바라보던 검귀가 웃음을 터뜨렸다.

"대단한걸. 단순히 강하기만 한 게 아니야. 확실히 올리번을 이기고 신살에 성공한 이유가 있군."

"나는 누구를 이기기 위해 싸우는 것이 아니다."

카릴은 그를 노려봤다. 그에게서 느껴지는 날카로운 살기에 검귀는 살짝 어깨를 으쓱하며 말했다.

"당신 말대로 확인할 필요가 있었다. 당신의 힘이 어디까지인지 말이지."

"어째서?"

"얼마만큼 강해졌는지 봐야 했거든. 파렐의 마지막 층을 상대할 수 있을 만큼의 수준에 도달했는지 말이지."

검귀의 말에 카릴은 코웃음을 쳤다.

"나는 파렐을 공략하고 시간을 거슬러 왔다. 당연한 소리를……."

"아니."

"……뭐?"

검귀는 옅은 미소를 띠우며 카릴을 바라봤다.

"당신은 파렐의 마지막 층을 클리어하지 못했어. 락슈무의 기억이 없는 이유 역시 그 때문이지."

그러고는 손을 들어 올려 카릴을 가리켰다.

"무, 무슨……."

"당신이 파렐의 마지막 층에서 만난 것은 락슈무가 아니라……."

카릴을 가리켰던 손가락이 천천히 방향을 틀어 자신을 향했다.

"나야."

검귀의 나지막한 목소리가 부서지는 파렐 속에서 또렷하게 울려 퍼졌다.

"그게 무슨 헛소리지?"

카릴은 검귀를 날카롭게 노려보며 말했다.

"내가 파렐의 마지막 층에서 널 만났다고?"

검귀는 그를 향해 천천히 고개를 끄덕였다.

"맞아. 거짓말이 아니다. 나는 분명 그 이야기를 파렐 안에 들어오기 전에도 했지. 뭐…… 솔직히 말해서 마력이 없는 상태에서 오직 검술만으로 파렐의 9층까지 오른 것도 엄청난 일이지. 마스터 키(Master Key)라 불리는 블레이더의 무구도 없이 말이야."

그는 카릴의 강함을 칭찬했지만 결과적으로 자신의 도움이 없었더라면 재해 때와 마찬가지로 카릴이 마지막 층의 공략에 실패했을 것이라는 의미였다.

"당신, 파렐 안에서의 기억은 어디까지지?"

"……뭐?"

"잘 생각해 봐. 전생에 재해를 막는 데 실패하고 신탁을 이행함에서도 실패했다. 그런 당신이 파렐을 넘어 시간을 회귀했을 때 어째서 열 번째 신의 능력만 기억이 나지 않았을까. 기억 상실이란 것이 단순히 시간 역행의 대가일까?"

카릴은 검귀의 물음에 섣불리 대답을 하지 못했다.

"상실된 기억은 너무나도 자연스러워서 자신조차 인지하지 못한 부분일 수도 있지."

쿠그그그그…….

무너지는 파렐 저편으로 공간이 일그러지며 눈보라가 내리치는 북부의 고원이 보였다. 저 밖으로 나가면 다시금 원래 있었던 자신의 세계로 돌아갈 수 있다.

"과거야 어쨌든 뭐가 중요하겠어. 현재를 살아가라. 그것이 당신이 추구하는 것이잖아. 꿈꾸던 미래를 현실로 만들었으니 펼쳐진 행복을 잡으면 되겠지."

하지만 어쩐 일인지 검귀의 말이 귀에 들어오지 않았다. 잃어버렸다는 것조차 알지 못했던 자신의 과거의 기억을 알고 있는 자. 그것도 현생이 아닌 전생의 일이었다.

카릴은 과연 그 과거를 알게 되는 것이 지금의 자신에게 도움이 되는 일인지 두려웠다. 어쩌면 그로 인해서 자신이 이룬 평온이 깨질 수도 있다는 생각이 들었기 때문이다.

"판도라의 상자를 여는 것은 쉬운 일이 아니지."

검귀는 그 모습을 보며 이해한다는 듯 살짝 입꼬리를 아래로 내리며 고개를 끄덕였다.

"……판도라?"

"별거 아냐. 내가 살던 곳의 신화야. 그녀가 온갖 불행이 담긴 상자를 여는 바람에 인간이 이토록 고난에 빠지게 되었다고 하거든."

카릴은 그의 말에 살짝 인상을 찡그렸다.

"당신은 내가 기억하지 못하는 파렐의 마지막을 알게 되는 것이 불행하게 될 것이라는 뜻인가?"

"글쎄. 그게 불행이 될지 희망이 될지는 모르지. 그녀가 연상자 속에도 희망은 남아 있었거든. 상자를 열든 열지 않든 결국 선택은 자신이 하는 거야."

"……"

검귀의 대답에 카릴은 낮은 한숨을 내쉬며 그를 바라봤다.

"말해다오."

카릴은 마음을 굳힌 듯 담담한 목소리로 그에게 말했다.

"파렐의 마지막 층에서 있었던 일을."

파앗--!!

그 순간. 무너지던 파렐의 풍경이 사라지고 그의 주위에 어둠이 짙게 깔렸다.

스캉……!!

어둠 속에서 번뜩이는 섬광이 눈에 들어왔다. 익숙한 파공음에 카릴은 살짝 고개를 꺾으며 그 소리에 집중했다.

캉! 캉!! 카가가강……!!

[……나는 당신과 싸우고 싶지 않다.]

날붙이가 부딪히는 굉음 속에서 여인의 목소리가 들렸다.

[여기까지 인간이 파렐을 오를 것만도 대단한 일. 너는 영웅으로 칭송받아도 마땅한 자이다.]

〈닥쳐.〉

[신이 인간에게 어떤 짓들을 해왔는지 잘 알고 있다. 우리의 행위가 그대들을 고통스럽게 만든 것에 나는 마음이 아프지만 그렇다고 해서 열 번째 신인 내가 다른 신들을 질책할 수는 없는 법이야.]

그녀의 말 속에서 어쩐지 안타까움이 느껴졌다.

[나 역시 다신의 한 명으로서 인간의 시선과 신의 잣대가 다른 것을 인정해야 하니까.]

〈마음대로 지껄여. 네가 싸우고 싶지 않든 좋든 나는 널 죽일 거니까.〉

[……]

카릴은 그녀에게 대답을 하는 또 다른 목소리가 무척이나 익숙하다는 것을 깨달았다.

[나는 생명을 관장하는 신. 비록 다른 신들에 비하여 그 힘

은 미약하나 다른 의미로 인간에게 가장 강한 신이기도 하다. 그렇기에 열 번째의 자리를 내가 맡고 있는 것이기도 하지.]

어둠 속에 로브를 쓰고 있는 여인은 한 남자를 바라보며 말했다.

[인간은 나를 죽일 수 없다.]

〈그건 해보지 않고선 모르는 일이지.〉

그녀를 향해 날카롭게 말하는 남자의 얼굴엔 지친 기색이 역력했다.

"……."

카릴은 그를 바라봤다.

검은 눈과 흐트러진 검은 머리카락. 이렇다 할 장식도 없는 쥐고 있는 검의 날은 굳은 핏물로 무뎌질 대로 무뎌졌고 검날에는 그 어떤 마나 블레이드도 느껴지지 않았지만 뿜어져 나오는 예기만큼은 날카로웠다.

어둠 속에서 보이는 한 사람.

놀랍게도 그 얼굴은 바로 자신이었다.

그리고 깨달았다. 지금 저 광경이 바로 전생의 자신이 행했던 잃어버린 기억의 한 페이지라는 것을 말이다.

콰아아아앙--!!

강렬한 폭음과 함께 컥! 하는 비명이 들렸다. 카릴은 자신도 모르게 전생의 자신을 바라보며 몸을 움찔거렸다.

두근…… 두근…… 두근…….

심장이 맹렬하게 뛰기 시작했다. 그것이 두려움이라는 것을 깨달았고 카릴은 그 두려움이 머리의 기억이 아니라 몸이 기억하고 있는 경험에서 오는 본능적인 두려움임을 깨달았다.

'……내가?'

카릴은 자신이 신에게 공포를 느꼈다는 것에 어이가 없었다. 기억해 보면 대전쟁의 당시 열두 번째 신이라 불리는 락슈무는 아무런 힘도 없는 가장 유약한 존재였다. 그런 신에게 두려움을 느끼는 것도 모자라서 그에게 더 충격적으로 다가온 것은 정말로 자신이 락슈무와 싸웠는가 하는 것이다.

'나는 당연히 파렐을 지나 시간을 회귀했다고 생각했다. 그런데…… 지금 떠올려보면 파렐의 마지막을 어찌 넘어왔는지 기억이 나지 않아.'

〈컥…… 커컥…….〉

그때였다. 거친 신음과 함께 카릴은 락슈무의 발아래 쓰러진 자신의 모습을 보았다.

'내가…….'

그 순간 그는 직감했다.

'실패했다……?'

믿을 수 없는 광경에 카릴은 자신도 모르게 고개를 저었다. 그렇다면 그가 느꼈던 억겁의 시간들은 도대체 무엇이냐 말인가.

비록 마지막 층의 기억이 없다 한들 인내(忍耐)했던 그 셀 수 없는 오랜 시간을 분명 몸은 기억하고 있었다.

"파렐이 무너뜨려야 하는 존재임과 동시에 무너뜨려서는 안 되는 존재이기도 하다."

검귀의 목소리가 들렸다. 지금 눈 앞에 펼쳐진 이 혼돈을 해명해 줄 수 있는 유일한 존재인 그를 향해 카릴이 고개를 돌렸다.

"이것을 이해하기 위해서는 파렐과 신의 상관관계부터 알아야 할 거야."

"신과 파렐의 관계? 신이 인간을 괴롭히기 위해 만든 것이 저 빌어먹을 탑이 아닌가?"

"흐음, 파렐이 빌어먹을 탑이라는 것은 맞지만 신이 만든 것은 틀렸어."

"……뭐?"

검귀는 낮은 목소리로 말했다.

"최상위 신이자 우리 세계를 관장했던 로드(Lord)가 죽기 전 그는 내게 말했지. 파렐은 자신이 만든 것이 아니라고 말이야."

카릴의 얼굴이 굳어졌다.

"파렐은 처음부터 존재했고 앞으로도 존재할 것이다."

검귀의 말이 공간을 울리는 것 같이 느껴졌다.

"우리는 지금까지 당연하게 여겼던 생각을 뒤집을 필요가 있어. 파렐의 각층은 신을 대변하는 재해들이 있다. 그렇기 때문에 신이 파렐을 만든 것이라 생각했지. 하지만 그 반대라면?"

꿀꺽-

카릴은 검귀의 말에 자신도 모르게 마른침을 꿀꺽 삼켰다.

"각층의 재해들이 있는 이유가 바로 파렐에서 신이 태어난 것이기 때문이라면……."

"……말도 안 돼."

"신을 비롯해서 정령과 타락까지 균열에서 태어난 존재라는 대목이 이 세계의 문헌에도 남아 있을 거야. 그럼 과연 그 균열이란 무엇일까. 그것은 일종의 경계의 갈라짐이나 틈."

검귀는 두 손바닥을 서로 마주 보게 펼쳐서는 포개었다. 합장을 하듯 포개어진 손바닥이 길게 수직으로 세워졌다.

마치, 탑처럼.

"균열의 경계를 시각화한 구조물. 그것이 바로 파렐이다. 이곳에는 혼돈과 질서가 공존하기에 신이 말하는 규율이 엉클어진 상태로 존재한다. 그 혼돈으로 인해 앞으로 흐르는 시간이 뒤로 되감아질 수도 있는 이유지."

"그게…… 파렐이 시간 회귀를 할 수 있게 하는 이유란 말인가?"

"맞아. 파렐은 곧 균열의 형상체라 할 수 있다. 하지만 파렐이 무너지는 순간 그 균열이 세계를 덮친다. 우리 세계에서는 그것을 가리켜 써드 드림(Third Dream)이라 말하지만…… 세계가 다른 당신과는 상관없는 일이야."

검귀는 가볍게 어깨를 으쓱했다.

"다만 확실한 것은 균열이 세계를 덮치게 되면 걷잡을 수 없는 붕괴가 일어난다. 당신이 마지막 층의 공략을 실패한 것은 어쩌면 불행 중 다행일지도 몰라."

"말도 안 돼. 파렐을 무너뜨리면 세계의 균열이 생긴다고? 우리는 이미 파렐을 무너뜨렸고 대륙엔 그 어떤 위협도 없다."

"그건 신살이 선행되었기 때문이다. 좋은 의미로 당신의 계획이 들어맞은 거지."

"……내가 만약 파렐부터 무너뜨렸다면 세계가 멸망했을지도 모른다?"

"하지만 그렇지 않았잖아."

카릴이 인상을 찡그리며 그를 바라봤다.

"물론 균열이 멸망을 뜻하진 않아. 써드 드림을 겪은 우리들은 결국 살아남았으니까. 단지 더 힘든 길을 걷게 되겠지만 말이야."

"……이보다 더 고된 길이라고? 미쳤군."

카이에 에시르의 유언에서 카릴은 자신들보다 먼저 신살에 그들이 성공했다는 것을 알고 있었기에 그것이 얼마나 어려운 일인가를 가늠할 수 있었다.

"그렇다면 마지막 층에서 패배한 내가 어떻게 시간을 회귀할 수 있었지? 당신 말대로라면 나는 실패했는데."

그의 물음에 검귀는 옅은 미소를 지었다.

"파렐의 영향을 끼칠 수 있는 존재는 오직 신뿐이다. 그리고 신의 증거는 당신도 알다시피 디멘션 스파이럴이라 불리는 파편."

우우우웅…….

검귀가 펼친 손바닥에 힘을 주자 그의 팔목 주위에 에메랄드빛 보석들이 나타났다.

"당신은 신의 영역에 머물러 있는 자로군……. 그렇다면 당신이 전생의 파렐을 간섭해서 나를 살렸다는 말인가."

"그래."

"어째서? 결국 나는 실패했다. 실패자를 살려봐야 똑같은 패배의 미래를 되풀이할 뿐인데."

"솔직히 말해서 내가 살리려고 했던 자는 당신이 아냐. 이민족으로 검술 하나만으로 극의에 도달한 것은 대단한 일이지만 그것만으로는 부족했으니까."

카릴이 그를 바라봤다.

"시간을 회귀한다는 것은 단순히 시간을 돌리는 것으로 그치는 것이 아니야. 당신도 그런 생각을 해봤겠지. 당신의 회귀를 혹여 신이 알 수 있는 것은 아닐까 하고 말이야."

확실히 그랬다.

카릴은 항상 의문을 가졌었다. 자신의 회귀를 정말로 신이 알지 못하는가에 대한 의문 말이다.

"시간을 회귀하기 위해서는 결국 그것을 알아차리지 못하게 신을 속여야 하는 일이기도 하다. 그렇기에 나의 힘으로도 많은 것에 관여하는 것은 어려운 일. 미래를 바꾸기 위해서는 더 확실한 가능성을 가진 자를 뽑아야 했지. 하지만 내가 선택한 그자가 부탁했거든. 자신이 아니라 당신을 회귀시켜 달라고."

"그게 누구지?"

"그렇게 물어도 표정을 보아하니 당신도 어느 정도는 눈치를 챈 모양인데. 지금 머릿속에 떠오르는 사람 말이야."

"설마……."

카릴은 검귀가 처음 모습을 드러냈을 때 찾던 한 인물을 떠올렸다. 그의 눈동자가 불안하게 떨렸다.

"너…… 여기에 있냐."

천년빙동을 향하던 그 순간부터 어딘지 모르게 가슴 한편에 머물러 있던 이상함.

"올리번."

그는 나지막한 목소리로 그 이름을 불렀다.

[여기가 파렐 안이로군. 어떻게 생겼는지 궁금했었는데……보기보다 별게 없는걸.]

카릴의 뺨을 스치고 지나가는 바람이 그의 등 뒤에서 서로 뭉치더니 검은 연기가 되어 하나의 형상을 이루기 시작했다.

[하지만 아무것도 없기에 더욱 외로웠겠군…….]

카릴은 그 모습을 보며 역시나 하는 얼굴로 쓴웃음을 지으며 고개를 저었다.

"어떻게 된 일인지 설명을 해야 할 것 같은데. 그렇지 않고서는 내가 널 소멸시켜 버릴지 몰라."

검은 연기 속 소년은 그의 으름장에 짐짓 두려운 척 자신의 양쪽 어깨를 마주 잡으며 몸을 부르르 떨었다.

[신마저 살해한 너라면 정말로 그럴지도 모르지. 이거야 원…… 오금이 다 저리는걸.]

"육체도 없는 놈이 오금이 느껴지기나 해? 헛소리하지 말고 설명이나 해봐. 대답의 여하에 따라서 내가 지금 한 말이 장난이 아니라는 걸 알게 될 테니까."

올리번은 어쩐지 그의 말에도 전혀 두려운 기색을 느낄 수 없었다. 오히려 이 모든 사실이 밝혀진 지금 약간은 즐거워 하는 것 같기도 했다.

"지금 너는 누구지? 네가 그에게 나를 회귀하라 부탁했다는 말은…… 너 대신 내가 회귀의 기회를 잡았다는 뜻인데 어떻게 해서 네가 전생의 기억을 가지고 있을 수 있지?"

카릴의 물음에 그는 옅은 미소를 지었다. 그 미소 속에는 씁쓸함이 느껴졌다.

[나는 너와는 달리 파렐을 오르지 못했다. 오를 엄두조차 내지 못했다는 것이 맞겠지. 백금룡에게 회귀의 가능성을 듣고 한 치의 망설임 없이 탑 안으로 들어간 너와는 달리 말이야.]

올리번이 그를 향해 말했다.

[하지만 네가 파렐의 끝에서 한 사람을 만났던 것처럼 나 역시 멸망하는 세계 속에서 너보다 먼저 그를 만났다. 그리고 그로 인해서 나 역시 전생의 기억을 가지고 세계로 돌아올 수 있었다.]

"그럼……! 그 사실을 내게 말했다면 더 쉽게 미래를 바꿀 수 있었을 수도 있잖아!"

[어떻게?]

"……뭐?"

카릴의 물음에 올리번은 어깨를 으쓱했다.

[네가 날 믿었을까……? 인간의 기억은 언제나 좋은 쪽으로 미화시켜 버리니……. 잊어버린 거야? 나는 전생에 너를 죽이려 했다는 걸. 오히려 전생의 역사를 알고 있는 나를 가장 큰 위험요소로 보진 않았을까.]

"하……."

그의 말에 카릴은 자신도 모르게 낮은 탄성을 터뜨리고 말았다. 쓸쓸하면서도 인정하지 않을 수 없는 이야기였다.

정말로 그가 진실을 털어놓았을 때 과연 자신이 올리번과 힘을 합칠 수 있었을까는 스스로 생각해도 알 수 없는 일이었기 때문이다.

전생에 분명 유일한 친우(親友)라 여겼던 그였지만 결과적으로 끝은 서로 죽이려던 사이가 되었으니까.

"어째서 넌 나를 죽이려 했지? 그 당시 신살의 10인들은 신탁을 이행하기 위해 누구보다 열심히 싸웠다. 비록 실패했으나 네가 우리를 죽이려고 했던 것은 이해가 가지 않는 일이야."

카릴이 파렐행을 택한 가장 큰 이유가 바로 올리번이 자신을 죽이려 했던 그 사건에 있었다.

[제국의 역적. 북부의 더러운 이민족이 결국 자신을 받아들

여 준 황제를 죽인 사건. 확실히 큰일이었지. 안 그래?]

"너……."

올리번의 말이 이어질 때마다 카릴의 얼굴이 굳어졌다.

[그런데 난 너를 죽이려 하지 않았다.]

"……뭐?"

[우리 모두 속은 거야. 이 모든 일의 시작에 관여했던 한 놈에게 말이지.]

"백금룡……."

카릴은 마치 둔기로 머리를 맞은 것 같은 기분이 들었다.

[신력을 머금었던 너는 블레이더의 전설에 대해 잘 알 거다. 블레이더는 반역자 이전에 신의 기사라는 걸 말이야. 백금룡 역시 그중 하나였고 그는 내게 새로운 신탁이 내려졌다 했다.]

"설마 그게 우리를 죽이라는 것이었냐."

올리번은 쓴웃음을 지었다.

[미안하다.]

그의 대답에 맥이 풀려 버리는 기분에 카릴은 주저앉고 싶었다.

[변명을 하진 않겠다. 나는 친우를 포기하더라도 고통받는 백성들을 살려야 했으니까.]

"알아. 네놈은 그럴 놈이지."

카릴의 대답은 결코 올리번을 나무라는 것이 아니었다. 단지 수많은 감정이 뒤엉킨 채로 그를 바라볼 뿐이었다.

확실히 회귀 이후 백금룡의 실체를 알게 된 그는 나르 디 마우그가 인간의 가능성을 실험하기 위해 자신을 파렐로 보냈음을 깨달았다. 지금 와서 생각하면 이상한 일도 아니었다.

"인간을 도구로 여기는 건 비단 신만이 아니었으니까. 놈이라면 충분히 우리 사이를 이간질할 만하지."

[죽음 직전 나는 너의 대화를 들었다. 그리고 회귀 이후 나 역시 의문을 품었지. 어째서 나르 디 마우그는 너를 파렐 안으로 보냈을까. 그렇기에 회귀 이후 나는 너를 만나기 이전에 먼저 백금룡부터 파고들었다.]

올리번은 자신을 바라보는 카릴을 향해 고개를 끄덕였다.

[너도 알다시피 그는 나르 디 마우그임과 동시에 제국의 4공작 중 한 명이었던 닐 블랑 공작이었다. 전생에 이미 그 사실을 알고 있었던 나는 그와의 접촉이 그다지 어렵지 않았다. 애초에 전생에 나를 황좌에 오르게 한 것 역시 백금룡의 도움이 있기도 했으니까.]

"너 설마……."

[그래. 그의 비밀은 너도 아는 그대로였어. 아마 내가 너보다 더 빨리 그의 실체를 알았겠지. 인간을 이용해서 신의 힘을 탐하던 그놈은 신의 사자라 불리던 블레이더가 아니라 반역을 꿈꿨던 블레이더를 배신한 것도 모자라 이제 신마저 집어삼키려 했으니 말이야.]

"우리가 백금룡의 손에 놀아난 것이로군."

[전생은 그러했을지 모르지만 현생은 아니지. 백금룡은 네 손에 죽고 더 나아가 우릴 신좌를 결정하는 놀잇감으로 썼던 율라 역시 소멸했으니.]

올리번은 카릴을 향해 말했다.

[인간의 승리다.]

기뻐하는 그와 달리 카릴은 어쩐지 그의 말에 쉽사리 동조할 수 없었다.

[나의 죽음은 네 탓이 아니다. 내가 자초한 일이었으며 너와는 달리 파렐을 오르지도 못한 내가 기억을 가지고 회귀를 할 수 있었던 것만으로도 과분한 일이니까.]

올리번은 그의 생각을 읽은 듯 쓴웃음을 지었다.

[이미 육체가 죽은 사자(死者)였던 나는 시간 역행 자체가 불가능했다. 다만, 한 가지 규율을 이행하는 것을 조건으로 그가 가진 신력으로 나의 정신을 봉인하여 과거로 올 수 있었지.]

"규율?"

[전생의 역사를 내가 바꾸지 않는 것.]

꿈틀-

그의 말에 카릴의 뺨이 씰룩였다.

"인간의 삶은 운명이라는 이름하에 제각각 정해진 규율이 있다. 일종의 파라미터라 할 수 있는 신이 만들어낸 변수는 수없이 다양하고 복잡하지만 어쨌든 모두 계획되고 정해져 있다 할 수 있다. 하지만 그 정해진 규율에서 벗어난 유일한 존재인 당신은 신을 속이고 미래를 바꿀 수 있었다."

검귀의 말에 카릴이 고개를 돌려 그를 바라봤다.

"하지만 올리번은 달라. 그 역시 미래를 알고 있기는 마찬가지지만 그가 미래를 대비해서 미리 바꾸려고 했다면 신이 정해 놓은 그의 삶과 달라지기에 눈치챌 수 있거든."

[뭐, 에이단 하밀, 수안 하자르…… 물론 네가 다른 이의 미래를 바꾼 것처럼 나의 미래도 네가 바꿀 가능성도 있었겠지.]

카릴은 올리번에게서 두 사람의 이름이 나오자 눈빛이 떨렸다. 올리번의 기억이 온전한 것이라면 전생에 자신을 따랐던 충신들이 적이 되는 모습을 버젓이 바라볼 수밖에 없었던 것일 테니까.

[의식의 봉인이 깨어진 순간 나는 네가 시간 회귀에 성공했음을 직감했다. 내가 직접 역사를 바꿀 수 없다면 네가 역사를 바꿀 수 있도록 하겠다고.]

"미친……."

[이게 나의 결의다. 어차피 죽어야 한다면 확실하게 네가 죽여야만 할 악역이 되어야겠다고 말이야. 그리하여 네가 진정으로 적법한 왕으로서 가치를 가질 수 있도록.]

"너 그게 말이라고 해?"

카릴은 올리번의 멱살을 잡으려 했다. 하지만 그의 두 팔은 영혼체인 올리번의 몸을 관통해 허우적거릴 뿐이었다.

[내 선택에 후회는 없다. 나는 결코 선한 사람이 아니야. 전

생의 나 역시 널 이용한 것뿐이다.]

그런 카릴의 뺨에 올리번은 손을 얹었다. 그의 손바닥 역시 카릴을 만질 수 없는 것이 당연했지만 가볍게 얹은 그 손은 꼭 그를 어루만지는 것 같은 기분이었다.

[그럼에도 불구하고 참으로 고집스럽게 나를 따라주었지. 네게 고맙다는 말도 못하고 눈을 감은 것이 전생에서 가장 후회스러운 일이었구나. 카릴.]

"시끄러……."

[비록 우리의 끝이 행복하진 않았으나 이렇게라도 끝맺음을 지을 수 있어서 다행이다.]

"입 다물라고 했잖아!!"

소리치는 카릴에도 불구하고 올리번은 여전히 옅은 미소를 지을 뿐이었다. 그의 눈엔 그저 투정을 부리는 어린 시절 그때의 카릴로 보일 뿐이었으니까.

[나는 선왕이 될 수 없다. 백성을 위해서 내가 왕이 되어야 한다고 생각했다. 하지만 그 결과 동생을 죽이고 아비를 끌어내려 옥좌에 오른 내가 어찌 선왕의 자격이 있겠어.]

"나 역시 마찬가지야. 내가 선왕이 될 수 있을 것 같아?"

[하지만 올곧은 왕은 될 수 있겠지.]

올리번은 카릴을 바라봤다.

[카릴. 아무리 우리가 전생의 기억을 함께 가지고 있다 한들 그 시절이 돌아오는 것은 아니야. 나는 내게 패배했고 너는 너

를 믿는 자들을 이끌고 앞으로 나아가야 한다.]

꽈악-

카릴은 주먹을 쥔 손에 힘을 주었다.

[너는 잘 해낼 거다.]

쏟아내고 싶은 많은 할 말이 입안에 머물렀지만 쉽사리 나오지 않았다.

"올리번."

검귀가 그를 부르자 순간 카릴의 얼굴이 굳어졌다.

"이번 생에서까지 당신이 죽을 것이라고는 솔직히 예상하지 못한 일이야. 어차피 대륙의 주인이 되는 것까진 정해졌던 미래였으니까. 그런데 제국 전쟁 자체를 패배하다니……."

올리번이 천천히 고개를 돌렸다.

"애초에 당신은 회귀에 성공하게 된다면 처음부터 카릴에게 대륙을 넘겨줄 생각이었다는 거로군. 나로서는 아쉬운 일이야. 이 세계의 승리는 충분히 기쁜 일이지만 내가 필요한 것은 신의 힘을 다룰 수 있는 동료니까."

"동료?"

"전에도 얘기했듯이 아직 전쟁은 끝나지 않았다. 로드의 신살로 부서진 디멘션 스파이럴로 인해 다른 차원들 역시 고통받고 있다. 나는 그것을 끝내기 위해 마지막 전장을 준비하고 있거든."

검귀의 말에 카릴은 그를 흘겨봤다.

"올리번의 정신을 봉인하여 회귀를 시킨 것은 이 차원에 있는 디멘션 스파이럴을 회수하고 나와 함께 싸울 동료를 찾기 위함이었다. 하지만 이런 식으로 그가 죽어버릴 줄이야."

그는 어깨를 으쓱했다.

[동료를 찾는 것이라면 저보다 카릴이 더 마땅한 자일 겁니다.]

"그가 나를 도울 것이라 생각해?"

[물론 아니겠지만요.]

올리번은 쓴웃음을 지으며 카릴을 바라봤지만 그는 묵묵부답이었다.

"나는 인간으로서 살아가기로 결정했다. 신의 영역이다 차원의 힘이다 하는 것은 이제 관여할 생각 없다. 그저 내 주위의 그들의 평온을 지키고 싶을 뿐이야."

[너로서는 당연한 결정이겠지.]

올리번은 고개를 돌려 검귀를 향했다.

[카릴의 도움은 어려울지 모르지만 이 세계에 남아 있던 디멘션 스파이럴의 회수는 해결할 수 있을 겁니다. 더불어서 동료가 될지는 모르겠지만…… 도움을 요청해 볼 수 있는 자가 있죠.]

"차원에 관여하려면 신의 힘에 닿았던 자만이 가능한 일이다. 밀리아나를 엮으려는 생각이라면 포기해."

[하하, 너와 함께 있어야 할 디곤의 여제에게 도움을 요청할 만치 나는 바보가 아냐.]

"……흠?"

[파렐에 오기 전 내가 잠시 사라졌던 것을 기억해? 내가 어디에 다녀왔을까.]

"무슨······."

[한 명 더 있잖아. 누구보다 신력을 가장 확실하게 쓸 수 있는 존재 말이야.]

카릴의 얼굴이 순간 굳어졌다.

[고작 신의 힘에 발을 담근 정도가 아닌 진짜 신. 우리의 세계를 관장하는 그는 누구보다 인간적이며 괴상한 자이니까. 다른 차원에도 관심을 가질 수 있지.]

"너 설마······."

[게다가 그는 신이 되기 전에 영령(英靈)의 존재였기에 우리 같은 사자(死者)들에게까지 영향력을 발휘하고 있거든.]

콰아아아아아앙--!!

그 순간 무너지는 파렐 위로 날카로운 자줏빛의 낙뢰가 사정없이 떨어지기 시작했다.

[신(神)이 인간계에 강림하는 것은 어려운 일이나 이곳은 신의 구조물인 파렐(Pharel). 신인 그 역시 자유로이 자신의 힘을 발현할 수 있는 곳이니 이곳이야말로 재회에 가장 어울리는 곳이겠지.]

올리번은 카릴을 향해 나지막하게 웃었다.

"······!!"

카릴은 번개에서 오래된 친숙한 기운을 느꼈다.

비전력이었다.

"알른 자비우스……?"

카릴은 쏟아지는 자줏빛 낙뢰를 향해 낮은 목소리로 중얼거렸다.

[위대한 신 앞에 머리를 조아려라. 우매한 인간이여.]

가당치도 않은 말을 내뱉는 익숙한 목소리에 카릴은 자신도 모르게 헛웃음을 터뜨리고 말았다.

[클클클.]

그리고 그 말을 내뱉은 당사자 역시 농담이라는 듯 옅은 웃음을 지으며 그를 바라봤다. 그의 웃음 속에는 반가움이 서려 있었다.

[잘 지냈느냐. 애송아.]

"미친……."

카릴은 반가운 그의 얼굴을 보며 고개를 저었다. 자신을 향해 내민 손을 꽉 움켜잡으며 카릴은 말했다.

"당신을 다시 볼 줄이야."

[말했잖느냐. 우리는 또다시 만나게 될 거라고. 부득이하게 세계를 유지하기 위해 공석이 된 신좌에 오르게 되어 신탁이라는 거창한 방법 말고는 인간계에 내려오는 것이 어렵게 되었지만…… 너의 삶은 쭉 지켜보고 있었다.]

알른 자비우스는 카릴을 바라봤다.

[밀리아나는 좋은 여자야. 축하한다.]

묘한 웃음과 함께 말하는 그의 모습에 카릴은 자신도 모르게 피식 웃고 말았다.

"정말로 지켜보고 있었군."

[물론. 내 제자의 삶이지 않느냐. 잊지 말거라. 나는 너와 언제나 함께라는 것을 말이야.]

카릴은 그 말에 이따금 자신을 괴롭히듯 꿨던 알른과의 이별 꿈이 사실은 그와의 재회를 예견함이었다는 것에 더 이상 괴롭지 않았다.

"다수의 디멘션 스파이럴을 가진 신이라…… 로드(Lord) 이후로 처음이로군. 처음부터 신이 아닌 신좌를 쟁탈한 자이기 때문에 가능한 일이겠지만."

두 사람의 재회도 잠시 검귀는 알른을 향해 다가왔다.

[네놈이로군. 올리번에게 이야기는 들었다. 가히 신이라 해도 될 만큼 강력한 신력이로구나. 도대체 몇 개의 디멘션 스파이럴을 가지고 있는 거지?]

검귀는 그의 물음에 옅게 웃었다.

[하나의 신력을 쓰는 것만으로도 인간의 수명을 모두 바쳐야 할 일인데 십수 개를 가지고도 멀쩡하다니 말이야. 그것도 인간임을 잃어버리지 않고 말이지.]

알른은 검귀를 향해 기가 막힌다는 표정으로 말했다.

[다른 차원의 인간은 모두 너와 같은 자들인가?]

"설마. 나는 블레이더로서 신의 영역에 조금 발을 들여놓았을 뿐이다."

[말이 짧군.]

"여러 차원을 다니다 보면 인간의 기준으로만 볼 수 없는 일이 허다해서 말이지. 게다가 당신도 이제 인간이 아닌데 인간의 잣대를 버리지 못해서야 쓰겠어."

[크큭. 말은 잘하는구나. 그래, 마음에 드는군. 인간의 좁은 시야로 차원을 바라볼 수는 없는 법이지.]

알른이 검귀를 바라봤다.

탁-

그가 손을 튕기자 무너지던 파렐이 사라지고 새로운 공간이 나타났다.

[이 차원을 구축하던 다신들이 사라지고 나는 공석이 된 신좌를 대신하여 세계의 붕괴를 막았다. 당연한 그들의 디멘션 스파이럴 역시 내가 가지고 있지.]

지면 아래에서 천천히 상자 하나가 나타나더니 그가 손을 젓자 상자의 뚜껑이 열리고 그 안에 8개의 파편이 가지런하게 놓여 있었다.

[하나는 일곱 조각으로 저 아이가 나누어 대륙에 봉인하였고 내가 가지고 있는 하나를 제외한 나머지 파편들이다.]

"잠깐, 뭘 믿고 저자에게 조각을 준다는 말이야?"

카릴이 상자를 건네려는 알른을 막아섰다.

[아서라. 이 녀석아. 인간인 너는 모르겠지만 신좌에 앉은

나는 누구보다 저자의 강함을 느낄 수 있다. 그는 우리가 어찌 해 볼 수 있는 상대가 아냐. 고작 파편 한두 개로 신이라 입을 놀렸던 율라가 우습기 짝이 없을 정도니까.]

"……."

알른의 대답에 카릴은 입술을 씰룩였다.

탁-

그때였다. 검귀가 상자에 손을 가져가려는 찰나 알른은 기다렸다는 듯 상자의 뚜껑 위에 올려놓은 손에 힘을 주었다.

"무슨 의미지?"

[이걸 주는 것은 어렵지 않다. 하지만 그냥 주면 좀 재미없지 않겠어? 너의 상황은 충분히 알겠지만 우리 쪽에서도 뭔가 떨어지는 게 있어야 하지 않겠냐는 말이야.]

"나와 거래를 하자는 말인가? 신이나 된 자가 속 좁게 잔머리나 굴리다니."

[고귀한 척 자신들의 손을 더럽히지 않으려고 인간을 도구로 쓰는 놈들보다 낫지. 안 그래? 빙빙 돌려서 말하는 것보다 확실하게 정해주는 게 너도 편할 텐데.]

"원하는 게 뭔데?"

[말이 통하는군. 카릴 녀석이었다면 일단 검부터 뽑아 들고 봤을 텐데 말이야.]

알른은 껄껄 웃으면서 말했다.

[첫 번째. 이 파편을 네게 주는 조건으로 더 이상 이 세계에

관여하지 말 것. 네가 준비하고 있다는 차원 전쟁에 이 세계가 휘말리지 않도록 약속해라.]

"대전쟁이 일어났던 것처럼 차원 전쟁을 어떻게든 발발하게 되어 있다. 고작 하나의 세계에서 벌어진 전쟁에도 열 개의 차원이 뒤엉켜 있어. 너희가 나머지 신들을 죽이는 바람에 그들의 세계는 멸망했지."

카릴은 차갑게 그를 바라봤다.

"전쟁엔 희생이 수반될 수밖에 없어. 그런데 지금 너희만 안전지대를 만들어달라는 것은 욕심이라 생각하지 않아?"

[그로 인해 너는 손쉽게 나머지 디멘션 스파이럴을 얻게 되었잖아. 그것만으로도 충분히 값을 치른 것이라 생각하는데.]

"첫 번째가 있다면 조건이 하나가 아니라는 말이겠지. 그다음은?"

[역시 성격 하나는 마음에 든다니까. 두 번째는 이 세계에 남아 있는 신의 파편은 손대지 않는 것이다.]

"그건 당신이 가지고 있는 것을 말하는 건가?"

[아니. 일곱 개로 나뉜 파편의 조각 말이다.]

"어째서?"

[판도라의 상자 속에는 희망이 들어 있었다고 했지? 나는 그 조각난 파편이 인간의 희망이 되어줄 것이라고 생각한다.]

"당신…… 차원을 넘은 적이 있군?"

[클클클…… 남는 시간 동안 멍하니 앉아 있는 것은 성미에

맞지 않아서 말이야. 신의 조각을 가지고 있으면서도 율라를 비롯한 다신들은 자신의 차원 안에 국한되어 있었다. 나는 그 이유가 궁금했지. 우주가 드넓다면 차라리 더 넓은 세계의 주인이 되면 될 것을 왜 이 좁은 곳에서 아웅다웅 싸우는지 말이야.]

"결론은?"

[힘이 약했기 때문이다. 하지만 나는 어찌 되었든 그들과 달리 아홉 개의 디멘션 스파이럴을 가진 상태. 차원을 넘어 다른 차원의 세계를 보았다. 그리고 무척이나 흥미로웠지.]

검귀는 그의 대답에 한쪽 입꼬리를 올렸다.

[카릴. 저자의 말은 사실이다. 차원전쟁은 일어날 거다. 나는 우리의 세계 이외에 다른 차원을 보았으니까.]

알른이 카릴을 바라봤다.

[너는 이해가 안 되겠지. 어째서 다른 차원을 우리가 신경써야 하는지 말이야. 그런데 믿어지느냐. 내가 신의 힘을 통해 여러 차원을 구경했을 때 이 세계를 구성하는 77차원 속에는 놀랍게도 너와 똑같은 자가 있었고, 알른 자비우스가 죽지 않고 살아 있는 차원도 있었다.]

"그게 무슨 말이야……? 내가 또 있다니? 도플갱어를 뜻하는 거야? 그건 단순한 흑마법에 불과해."

[껄껄. 그게 아니다.]

카릴의 말에 알른은 재미있다는 듯 웃으며 그의 어깨를 가볍게 두들겼다.

"평행 세계. 하지만 각각의 차원은 분명 자신들만의 역사를 가지고 있다. 당신 말대로 이 세계의 알른은 신좌에 오른 영령이지만 다른 차원에서는 허무한 삶을 살 수도 있겠지."

검귀가 알른의 말에 고개를 끄덕이며 덧붙였다.

[설령 다른 차원의 '내'가 불행한 삶을 산다 한들 그 이유로 도와야 한다는 것은 아니다. 그의 말대로 그들은 그들만의 역사가 있는 법.]

카릴은 믿을 수 없다는 듯 그를 바라봤다.

[하지만 우리는 차원에 관여한 것에 대한 한 가지 의무를 지어야 한다.]

"그게 뭐지?"

[우리가 열 번째 신의 배 속에 남아 있던 씨앗을 놓쳤던 것을 기억하느냐.]

카릴은 고개를 끄덕였다.

[락슈무의 이름을 이어받은 그 신이 만들 차원은 분명 다른 신들과 달리 인간을 명백히 저주하는 악신이 될 것이다. 그 차원에서 살아갈 인간들은 어찌 보면 우리로 인해 고통받는 삶이 규정되어 있다고 볼 수 있겠지.]

"하지만 다른 차원에 영향을 줄 수 있는 것은 오직 신의 힘뿐이야. 내가 그들을 도와주고 싶다 한들 방법이 없어."

[신력이라면 있지 않느냐.]

알른의 말에 검귀는 이제야 그의 속내를 알겠다는 듯 피식 웃었다.

[7개로 쪼개어진 신의 파편들 말이다. 오히려 부서진 조각이야말로 신의 눈을 속이면서 은밀하게 다른 차원에 영향을 줄 수 있는 가장 좋은 재료가 될 것이다. 카릴. 너는 그것을 가지고 만들 거라.]

알른은 그를 향해 나지막한 목소리로 말했다.

[인간계 최강의 무구를.]

"주군."

카릴은 천천히 눈을 떴다. 천년빙동에 있던 파렐은 사라지고 그 자리에 남은 커다란 공동 속에서 그는 마치 꿈이라도 꾼 것 같은 기분이었다.

"완성되었습니다."

하지만 자신을 향해 들려 오는 목소리에 카릴은 무너진 파렐이 현실이라는 것을 다시금 느꼈다.

"고생했군."

그의 앞에 서 있는 사람은 다름 아닌 칼립손이었다.

그뿐만이 아니었다. 나인 다르혼, 세르가, 베르치 블라노, 카딘 루에르, 데릴 하리안, 윈겔 하르트, 앤섬 하워드, 천둥일가와 무쇠일족까지. 대륙에 내로라하는 천재들과 손재주가 뛰어난 북부의 가주들까지 모두 한자리에 모이게 된 이 순간은 결코 평범한 날이 아니었다.

그리고 눈앞에 보이는 하나의 무구. 검(劍)이었다.

"정말 말도 안 되는 일을 벌였습니다."

데릴 하리안은 카릴을 향해 물었다. 그는 피곤한 기색이 역력한 수척해진 얼굴로 옅게 웃으며 말했다.

"그래, 말도 안 되는 일이지. 정말 죽는 줄 알았다고. 얼마나 많은 마력을 쏟아부은 건지…… . 대마법사들의 전력이 이 안에 다 응축되어 있으니 엄청난 일이지."

그의 말에 나인 다르혼 역시 치가 떨린다는 듯 고개를 저었다. 새하얀 피부 때문에 내려온 다크써클이 더욱 도드라지게 보였다.

철컥-

나인 다르혼이 고개를 끄덕이자 칼립손은 작은 상자를 가져왔다. 그 안에는 여섯 개의 조각이 세공되어 있었는데 각기 다른 색깔로 마치 보석처럼 보였다.

"신의 파편에 속성을 입혔습니다. 단지 눈속임에 불과하지만 대마법사의 결계 마법으로 조각은 일반적인 속성석처럼 보일 겁니다."

카릴은 그의 말에 고개를 끄덕였다.

"정말 가능할까?"

빙동의 입구에 들어오는 밀리아나는 조금 부푼 배를 조심스럽게 감싸며 그의 옆에 섰다.

"우리가 만든 이것이 다른 차원에 존재하게 될지 말이야."

"글쎄. 이것은 그저 하나의 가능성일 뿐이지. 이것으로 하여 금 다른 차원의 인간들이 승리를 약속받을 수 있다는 기대는 하지 않아."

밀리아나는 그의 말에 천천히 고개를 끄덕였다.

"인간은 그리 약하지 않으니까."

"그래. 다른 차원이라 할지라도 그들은 그들 나름의 방식으 로 신에게 대항할 거야. 다만 그 길에 작은 도움이 되길 바랄 뿐이지."

[이것으로 충분하다.]

휘이이익……!!

검은 연기가 카릴의 앞에 형상을 두르며 나타났다. 밀리아 나는 반가운 얼굴로 그를 향해 손을 흔들었다.

"오랜만이네요. 알른."

[클클. 배 속의 아이는 잘 크고 있는 것 같구나. 신으로서 축복이라도 내려주고 싶으나 축복은 나와 어울리지 않는 은총 이니 말이야.]

"걱정 마세요. 이 아이는 누구보다 강하게 클 테니까요."

[그래. 누구의 아이인데 어련하겠어.]

"정말로 검귀와 떠날 생각이야? 당신은 이 세계를 관장하는 신의 자리에 있던 자야. 당신이 사라지면 우리는 신이 존재하지 않는 차원이 되어버려."

[클클…… 하지만 네가 있지 않느냐. 신마저 죽인 네가 무엇이 두려운 게냐.]

알른의 말에 카릴은 쓴웃음을 지었다.

"이 세계는 걱정 마. 적어도 내가 있는 한 이곳은 전쟁의 화마에서 안전할 거야. 약속은 지키마."

두 사람을 바라보던 검귀가 그를 향해 말했다.

[카릴. 만약 너 역시 더 넓은 세계를 꿈꾼다면 우리는 다른 차원에서 또 만날 수 있을 거다.]

"됐어. 난 이곳이 좋아."

[클클. 그래. 하지만 나는 평온보다 탐구를 원하는 자이니까. 신과의 전쟁…… 그보다 더 흥미로운 것은 없겠지.]

"기대해도 좋아. 당신은 내가 만들 새로운 무대의 훌륭한 조연이 될 거야."

검귀의 말에 알른은 웃으며 가볍게 어깨를 떨었다.

"모든 시작이 있었던 천년빙동에서 우리는 이제 진짜 마지막을 장식할 준비가 되었어."

화르르르륵……!!

카릴의 말이 끝남과 동시에 알른이 검은 연기를 흩날리며 천천히 하늘 위로 날아올랐다.

[그래. 이제 끝을 낼 때구나. 나는 내가 가진 신력으로 락슈무가 만들 저주받을 세계에 한 가지 신탁을 내릴 것이다.]

알튼의 말이 끝남과 동시에 칼립손은 마법으로 벼린 소검을 조심스럽게 거푸집에서 꺼내 들어 올렸다.

[7가문은 이제 7왕국이 되어 존재할 것이며 다른 차원이라 할지라도 우리의 역사를 머금고 있는 새로운 곳에도 7왕국은 영원할 것이다.]

꽈악-

카릴은 그 검을 잡았다.

검의 형태는 특이하게도 검날의 중간에 여섯 개의 구멍이 뚫려 있었는데 조금 전 상자 안에 담겨 있던 조각들과 똑같은 크기였다.

"모두 받들어라."

그의 말이 끝남과 동시에 7가문의 수장들이 일제히 각자의 파편을 움켜잡았다.

"신력으로 만든 이 검은 나의 의지를 이어 이제 7왕국의 영원을 뜻하는 혈맹을 소검이 영원히 존재할 것이다."

우우우우웅…….

카릴이 쥐고 있던 검이 그 힘에 반응하듯 가볍게 떨렸다.

"그리고 혈맹의 소검을 얻고 남은 파편을 모두 모으는 자가 있다면 그는 누구보다 강한 힘을 얻게 될 것이다."

북부에 모인 모든 사람들이 이제 그를 바라봤다.

"하지만 결코 쉽게 얻을 수는 없을 것이다. 신의 눈을 속이기 위해 나뉘어 봉인될 이 검은 많은 이들의 신임을 얻고 오직 인정받는 지도자만이 쟁취할 수 있게 될 것이다."

그의 목소리가 울렸다.

"부디…… 이 검이 다른 차원에서도 신살(神殺)을 행하려는 자에게 조금이나마 힘이 되어줄 수 있기를."

[지금이다. 카릴.]

알른의 말이 끝남과 동시에 파편을 쥔 여섯 명의 수장들이 머리 위로 조각을 들어 올렸다.

"나는 명명(命名)하노니. 진정으로 신살의 의지를 이루고자 하는 자는 분명 우리의 무구를 얻게 되리라."

솨아아아아아악……!!

파편들이 마치 차원을 넘어 사라지는 것처럼 하늘 위로 솟아올랐고 그 광경을 바라보며 카릴은 천천히 검을 들어 올렸다.

"이 무구의 이름은……."

카릴은 저 멀리 사라지는 소검을 바라보며 나지막한 목소리로 말했다.

"검의 구도자(Seeker of the Sword)."

외전 완(完)

임제열 퓨전 판타지 장편소설
WISHBOOKS FUSION FANTASY STORY

뽑기 게임에서 살아남는 법

"빌어먹을 인생"

정말 쓰레기 같은 인생이었다.
친구도, 가족도, 연인도 없었다.

어차피 망해 버린 그런 인생.

"그냥 폰 게임이나 해야지"

뽑기 게임에서 살아남는 법

지랄맞은 현실이 되어버린 게임 속에서
다시 한번 최고가 되겠다.

밥만 먹고 레벨업

박민규 게임 판타지 장편소설
WISHBOOKS GAME FANTASY STORY

바사삭, 치킨. 새벽 1시에 먹는 라면!
그런데 먹기만 해도 생명이 위험하다고?

가상현실게임 아테네.
먹고 싶은 음식을 먹을 수 있는 유일한 방법!

[식신의 진가가 발동됩니다.]
[힘 1, 체력 1을 획득합니다.]

「밥만 먹고 레벨업」

"천년설삼으로 삼계탕 국물 내는 놈이 세상에 어디 있냐!"
"여기."

나는 될 놈이다

글쓰는기계 게임 판타지 장편소설
WISHBOOKS GAME FANTASY STORY

판타지 온라인의 투기장.
대장장이로 PVP 랭킹을 휩쓴 남자가 있다?

"아니, 어디서 이런 미친놈이 나타나서……."

랭킹 20위, 일대일 싸움 특화형 도적, 패배!

"항복!"

바퀴벌레라고 불릴 정도로
끈질긴 생명력을 가진 성기사조차 패배!

"판타지 온라인 2, 다음 달에 나온다고 했지?"

평범함을 거부하는 남자, 김태현!
그가 써내려가는 신개념 게임 정복기!